김기협의 **페리스코프**
10년을 넘어

김기협의 페리스코프
10년을 넘어

초판 1쇄 발행 2010년 4월 20일
초판 2쇄 발행 2010년 5월 3일

지은이 김기협
펴낸이 이영선
펴낸곳 서해문집
이 사 강영선
주 간 김선정
편집장 김문정
편 집 김계옥 임경훈 성연이
디자인 오성희 당승근 김아영
마케팅 김일신
관 리 박정래 손미경

출판등록 1989년 3월 16일 (제406-2005-000047호)
주 소 경기도 파주시 교하읍 문발리 파주출판도시 498-7
전 화 (031)955-7470 | **팩스** (031)955-7469
홈페이지 www.booksea.co.kr | **이메일** shmj21@hanmail.net

ⓒ 김기협, 2010
ISBN 978-89-7483-428-9 03810

이 도서의 국립중앙도서관 출판시도서목록(CIP)은 e-CIP 홈페이지(http://www.nl.go.kr/ecip)에서
이용하실 수 있습니다.(CIP제어번호: CIP2010001238)

김기협의 PERISCOPE

페리스코프

10년을 넘어

나이 예순 된 사람이 그리 크게 변할 일이 있으리라고는 나 자신뿐만 아니라 세상 누구에 대해서도 생각해 본 적이 없었다. 그런데 2009년 한 해 동안 나는 놀랄 만큼 크고 깊은 변화를 겪었다. 그리고 그 변화를 고맙게 생각한다. 이 책에 실린 글들에 이 변화의 곡절이 모르는 사이에 담겨 있었음을 이제 돌아본다.

변화의 계기를 만들어준 것이 어머니였다. 어머니와 수십 년 동안 관계가 좋지 않았다. 대체로 불편했고, 때로는 험했다. 어려서부터 '보통 어머니'처럼 따뜻하고 부드럽지 않으신 것이 은근히 불만스러웠거니와, 23년 전 내 나이 서른여덟일 때 비로소 아버지 일기를 보여주신 이후 그분에게 매우 불편한 마음을 가지게 되었다.

아버지 일기는 몇 해 후 《역사 앞에서》란 제목으로 출판되었고, 그분이 사후 40년이 지나 많은 사람들의 추앙을 받게 되었다. 거기에 조연으로 나온 어머니와 엑스트라로 나온 나도 음덕을 입었다. 그런데 그때부터 석연치 않고 아직도 아주 풀리지 않은 문제가 하나 있다. 왜 어머니는 그렇게 늦게야 그 일기를 보여주신 것일까?

반공법이 핑계였지만, 아무리 그래도 그렇지, 역사 공부한다는 아들이 나이 마흔이 다 되도록 그렇게 감춰놓으실 수가 있나? 고민을 나눌 자격이 이 아들에게 없다고 무슨 근거로 판단하신 것인가? 일기를 감춰놓은 것은 아버지를 감춰놓은 것이나 마찬가지였다. 아버지 돌아가신 연세가 다 되어서야 그분이 어떤 분이었는지 깨닫고 내 불초함을 뼈저리게 느끼는 마음 때문에 원망이 더 컸다. 40대에 사춘기를 겪은 셈이다.

그 후 20년간 나는 어머니를 똑바로 쳐다보지 못하고 지냈다. 형식적인 모자관계는 지키면서도 마음속으로는 그분을 위선자로 규정하고 있었다. 어머니를 똑바로 쳐다보지 못하니 스스로 떳떳할 수 없고, 따라서 세상 사는 길도 갈수록 편벽하게 되었다.

일기를 본 이후 오랫동안 나는 한 가지 정형화된 악몽에 시달렸다. 갑자기 죽는다든가 하는 불가항력의 상황으로 그 시점에서 내 인생의 단면이 드러나 버리는 것을 무기력하게 바라보게 되는 꿈이었다. 꿈속에서 나는 죽음보다도 노출을 더 두려워하고 있었다. '불초'란 말을 나처럼 절실한 강박으로 느끼며 산 사람도 많지 않을 것이다.

8년 전부터 연길에 가 살며 이름 없이 파묻혀 살 생각을 했다. 칼럼 쓰기도 그만뒀다. 그러다가 2005년 10월 한국에 다니러 온 길에 많이 쇠약해지신 어머니 모습을 보고 당분간 국내에 머물기로 했다. 계룡산의 암자에서 지내고 계셨는데, 절 살이가 한계에 이르신 것 같아 양로원으로 옮기시는 것이라도 보고 가야겠다는 생각이었다. 애틋한 마음이 있어서가 아니라 그 정도는 자식으로서 최소한의 의무라고 본 것이다.

오랜만에 한국에서 지내다 보니 그동안 구상해 오던 책 하나를 정리할 계기를 얻어 체류가 자꾸 길어지고 있던 차에 2007년 6월 어머니가 쓰러지셨다. 그동안 살펴둔 파주의 요양병원에 모시고 시병생활을 시작했다.

최소한의 의무로 생각하고 시작한 시병생활인데, 원래 체질에 맞았던 것인지, 아니면 너무 부자연스럽게 멀어졌던 모자관계의 회복 추세 때문인지, 갈수록 그 의미가 커지고 깊어졌다. 두려워하고 미워하던 마음이 연민으로 순화되어 갔고, 그에 따라 어머니 마음도 편안해지시는 것 같았다. 그렇게 1년을 지내다가 기력이 급격히 떨어져 튜브피딩을 시작할 때 뇌 단층촬영을 한 차례 해보고는 떠나실 때를 기다리는 마음이 되었다.

2008년 11월 이후의 회복은 전혀 예상치 못한 일이었다. 12월 31일 입으로 식사를 시작하시고 꾸준히 회복일로였다. 지난 6월에 퇴원해 요양원으로 옮기실 수 있었고, 이후 내내 좋은 건강을 누리고 계시다. 걸음을 못하실 뿐이지, 이제 찻잔을 손에 들고 할머니들과 담소를 나누실 수 있게 되었다. 놀라운 회복이다. 한두 해 사이의 어려움을 이겨낸 정도가 아니라 30년 전, 퇴직 이전의 건강을 되찾으신 것 같다.

몸의 회복보다 더 놀라운 것이 마음의 회복이시다. 수십 년간 마음을 짓눌러 온 모든 질곡을 벗어나신 듯, 마음이 더할 수 없이 편안하시다. 모든 것을 있는 그대로 받아들이고 아무 집착이 없으시다. 엊그제 가 모시고 앉았을 때도 무슨 얘기 끝에 "이제 살아 있을 날도 얼마 남지 않았지" 하시는데, 아무 미련도 묻어 있지 않은 담담한 말씀이었다.

늙으면 애기가 된다는 말이 있는데, 정말 애기 마음이 되셨다. 장난을 너무 좋아하신다. 어느 날은 말끝마다 "고맙다"를 거듭하시기에 "어머니, 어머니 뱃속에 고마운 마음이 가득차 있으신가 봐요. 건드리기만 하면 '고맙다' 소리가 나오시는 걸 보니" 했더니, "그래, 그게 똥만 가득 차 있는 것보다 낫지 않냐?" 하신다. 아흔 노인의 농담 수준이 이러하니 요양원에서 인기가 하늘을 찌르실 수밖에. 간병인들에게 돌봐드리느라 수고 많다고 인사를 하면 "박사 할머니 덕분에 저희들이 얼마나 즐거운데요" 하며 손사래를 친다.

돌이켜 보면 인간관계란 역시 상호적인 것이다. 꼼짝 못하고 누워 계신 모습을 뵈며 나는 그동안 얽매여 있던 시비지심을 벗어나 모자관계를 있는 그대로 받아들일 수 있었고, 조금이라도 더 즐겁고 편안하게 만들어 드리는 데 노력을 집중할 수 있었다. 어머니에게도 나와의 관계가 인생의 큰 질곡이었을 텐데, 이 질곡의 해소가 다른 모든 질곡까지 넘어서는 계기가 된 것 같다. 그리고 어머니의 이런 변화가 의무감으로 출발한 내 노력을 즐거움의 경지로 이끌어 가는 피드백 현상이 일어난 것이다.

어머니를 편안한 마음으로 대하게 되면서 나는 세상에 대해서도 떳떳해질 수 있었다. 가족관계도 원만히 풀어가지 못하는 놈이라는 자격지심을 벗어날 수 있었고, 같은 세상을 함께 살아가는 사람들을 시비지심에 얽매임 없이 아끼는 마음을 일으킬 수 있게 되었다.

그래서 시사칼럼을 다시 쓰게 되었는데, 그 이전에 쓰던 칼럼과 자세가 달라졌다. 종래의 태도는 연전에 낸 책 제목 《밖에서 본 한국사》에 나타나 있다. 나는 바깥에 있었다. 시사에 대해서든 역사에 대해서든 내 비평은 개입 없는 아웃사이더의 입장이었다.

칼럼에 다시 손대게 된 계기는 2008년 가을의 《뉴라이트 비판》이었다. 역사 교과서 파동을 보며 《밖에서 본 한국사》의 취지를 이어 펼칠 필요를 느낀 것이었는데, 이 작업을 통해 나는 현실감각을 얻었다. 이 사회의 구성원으로 내 자리를 찾은 것이다.

《뉴라이트 비판》 작업을 마치고 나니 칼럼을 다시 쓰고 싶은 마음이 들었다. 그래서 2009년 초부터 〈10년 전으로〉라는 새로운 형태의 칼럼을 《프레시안》에 연재하기 시작했다. 10년 전이면 《중앙일보》에 매주 2~3회 〈분수대〉를 쓸 때였다. 지금 벌어지는 일을 보며 그때 썼던 글 위에다가 지금의 생각을 얹어서 풀어내는 형태다. 10년의 시간을 사이에 두고 사회의 변화와 나 자신의 변화를 엇갈려 입체적으로 펼쳐놓는 것이 역사학도에게 적합한 방식으로 느껴졌다. 연말에는 번역하고 있던 《공자 평전》 내용을 바닥에 깔고 비슷한 형태로 몇 차례 쓰기도 했다.

2009년 한 해 동안 30회 가량으로 일단락된 이 복합형 칼럼을 통해 나는 사회 안으로 돌아왔다. 돌아왔어도 주변부의 소수파에 머물러 있다. 앞으로도 중심부의 다수파에 들어갈 일은 없을 것 같다. 그러나 수가 많지 않더라도 이 사회를 함께 걱정하는 동지들의 숨결을 느끼게 되며 마음이 놓이는 것은 사회적 동물의 본능일 것이다. 오랫동안 아웃사이더로 지낸 내게 단백질이나 탄수화물 같은 영양가가 있겠는가? 소금 노릇이 제격이다.

사회로 돌아오는 동력을 어머니에게서 얻는 시점에서 돌아오는 방향을 짚어준 것은 노무현 대통령이었다. 어머니의 회복을 계기로 내 살아가는 자세, 나 자신을 대하는 자세가 변화를 겪었다면, 노 대통령의 비극은 내 일하는 자세, 사회를 대하는 자세를 크게 바꾸는 계기가 되었다.

2003년 노 대통령의 취임 무렵까지 그를 무척 좋아하게 되었지만 그때 나는 철저한 아웃사이더였다. 마음만이 아니라 몸까지 아웃사이더가 되려고 중국으로 떠나던 참이었다. 그분이 대통령 노릇 잘하기를 막연히 바랄 뿐, 무엇을 어떻게 해주기를 구체적으로 바라는 생각도 없었다. 내가 몹시 좋아하고 아끼는 두 친구, 이정우와 유시민이 그분을 가까이서 보좌하게 된 것도 그냥 그럴싸한 일로 여겨 마음속으로 고개를 끄덕였을 뿐, 참여정부 5년 동안 그 친구들 얼굴조차 보지 않고 지냈다.

2005년 말 이후 국내에서 지내면서도 노 대통령에 대한 관심은 크게 늘어나지 않았다. 이런저런 뉴스와 그에 따른 논란이 눈에 띄면 '아무리 봐도 괜찮은 사람인데 어째 저렇게 고생이 심할까?' '저 양반 하는 일이 크게 틀리지 않는 것 같은데 왜 저렇게 시끄럽지?' 하는 생각을 마음속으로 스쳐보내는 정도였다.

그러다 2008년 들어 퇴임 후의 모습을 보며 그때까지의 피상적 호감과 다른 차원의 존경심을 품게 되었고, 얼마 후 《뉴라이트 비판》 작업을 위해 우리 사회의 과제를 살펴보며 참여정부의 정책 노선을 더 깊이 생각하게 되었다. 그래서 〈10년 전으로〉 칼럼을 시작하면서는 현 정부 들어 나타난 우리 사회에 대한 위협 요소들을 참여정부 노선을 기준으로 지적하는 데 중점을 둘 생각을 하게 되었다.

그런데 2009년 들어 걷잡을 수 없는 상황이 펼쳐졌다. 나는 현 정권이 짖을 줄만 알지, 물 줄은 모르는 개 같은 정권이라고 생각하고 있었다. 용산 참사도 마음먹고 저지른 게 아니라 까불다 사고 친 것이라고 지금도 생각한다. 그런데 일단 주위 담을 수 없는 짓을 저지르고 보니, 똥개도 광견병 걸리면 물 줄 안다고 날뛰게 되었다.

무책임한 인간은 잘못된 일이 있을 때 더 큰 잘못을 저질러 앞의 잘못을 감추려 한다. 촛불 사태 때부터 현 정권은 전임 대통령에게 짖어댐으로써 비판의 소리를 가리려 하고 있었는데, 용산 사태 뒤에는 진짜로 물겠다고 날뛰기 시작했다. 사태는 파국으로만 흘러갔다.

4월로 접어들며 나는 '노무현 지키기' 외의 다른 주제를 돌아보지 않게 되었다. 5월 들어가서는 뒷전에서 칼럼 쓰는 것으로 성이 차지 않게 되었다. 5월 20일경 유시민 씨를 찾아가 이 싸움에 더 적극적으로 뛰어들 길을 찾아달라고 부탁했다. 그리고 며칠 후, 그분이 세상 떠난 소식을 들었다.

2009년에 나는 '노빠'가 되었고, 많은 분노를 느끼며 지냈다. 이 책에 실린 글 대부분도 분노가 바닥에 깔려 있다. 이 글을 쓰는 지금도 분노를 아주 벗어나지 못하고 있다. 그런데 지금 돌아보면 2009년의 내 분노는 그 이전의 분노와 다른 것이었다. 아웃사이더의 분노와 인사이더의 분노 사이의 차이랄까?

사회와의 총체적 접촉을 인정하는 인사이더에게는 분노가 분노에서 분노로 끝나는 명쾌한 것일 수 없다. 고통이 뒤섞이고 슬픔이 곁드는 것이다. 타자만 쳐다보지 못하고 자신을 돌아봐야 하는 것이기에 슬프고, 깨끗이 해소하는 방법이 없는 것이기에 고통스럽다. 뱉어버리고 잊을 수 있는 것이 아니라 더불어 살아야 할 분노요, 고통이요, 슬픔이다.

"미친 것들!" 한마디 던지고 돌아서서 잊어버릴 수 있던 아웃사이더 시절이 그리울 때가 많다. 그러나 괴롭고 답답해도 이제 이 사회를 다시 떠날 수 있을 것 같지 않다. 돌아가신 분이 남긴 말씀 '함께 사는 세상'의 의미를 생각하게 되었으니까.

예나 지금이나 사람들 많이 보지 않고 틀어박혀 지낸다. 그러나 '함께 사는 세상' 속에 살고 있다는 의식은 분명히 전과 달라졌다. 이 변화가 어디에서 왔는가 곰곰이 생각해 보니 역시 어머니다! 어머니와 불화하던 시절, 나는 세상이 두려웠다. 감정이 남과 뒤얽히는 일을 본능적으로 피하며 살았다. 그런데 그분이 내게 편안히 의지하시고 내가 그분의 생활을 즐거운 마음으로 보살펴 드리게 되니, 겁나는 것이 없다. 온 세상에 퍼져 있는 분노와 고통과 슬픔을 함께 사는 사람들과 함께 겪으며 당당하게 살아갈 자신감을 얻었다. 어머니와 '함께 사는 세상'을 즐겁고 편안하게 느끼니까.

얼마 동안 어색했던 것 하나는 내가 노빠이면서 보수주의자라는 사실이다. 보수인지 진보인지 스스로 구분할 필요도 느낄 일 없이 살아오다가 《뉴라이트 비판》을 하면서 밝히는 쪽이 좋을 것 같아 조금 생각해 보니 보수 같았다. 그러고도 미심쩍어서 보수주의에 관한 책까지 구해서 읽어보며 더 생각해 봤다. 생각할수록 제대로 찍은 것 같다. 이제는 아주 자연스럽게 느껴진다.

나를 진보 쪽으로 생각하는 사람들이 많다. 진보 쪽 인사들과 교우관계도 많고 수구의 행태에 대한 비판도 강하니 그럴 수밖에 없기도 하다. 그들에게 '나는 향상심도 없고 정의감도 약한 인간'이라고 겸손한 척하며 말한다. 그 개떡 같은 말을 '욕심이 없고 마음이 너그러운 사람'으로 찰떡처럼 알아들어 주기를 바라면서.

나는 정말 이 세상에 근본적인 불만이 별로 없는 사람이다. 분노와 고통과 슬픔이 넘치는 세상이긴 하지만 인간 세상이 원래 그런 것 아닌가? 그런 것 다 겪으면서도 대개의 사람들은 나름대로 보람을 느끼며 살아가는 것 아닌가? 더 좋은 세상을 만들겠다는 사람들을 말릴 생각은 없다. 하지만 분노와 고통을 오히려 불필요하게 늘리기 쉬운 일에 따라나설 마음은 들지 않는다.

나 자신이 매우 불만이 많은 사람이었기 때문에 근년에 얻은 편안한 마음을 절실하게 느끼는 것이리라. 나 자신을 확! 바꾸고 싶은 마음이 많았기에 이 세상이 바뀌었으면 하는 욕심도 강했을 것이다. 지금은 더 풍족한 생활도 바라지 않고 더 훌륭한 사람이 되고 싶지도 않고, 그저 편안하게 살고 싶다. 그러기에 사회에 대해서도 더 풍요로운 세상이나 더 정의로운 세상보다 그저 사람이 사람답게 사는 조건만을 생각하는 것일 게다.

그토록 마음이 너그러운 내게도 2009년 현 정권의 행태는 너무했다. 이 책에 실린 비판 중에는 과격하게 보이는 것도 많을 것이다. 그러나 지금 다시 읽어봐도 진짜 과격한 내용은 없다. 엄청나게 좋은 세상을 요구하는 글이 아니라 인간 사회의 최소한의 요건을 주장한 글일 뿐이다. 강렬하게 느껴지는 것이 있다면 과격하기 때문이 아니라 절실하기 때문이다. 인간 사회의 최소한의 요건, '사람 사는 세상'을 그리는 내 마음은 절실하다.

대중집회에는 한 번 고개를 들이밀지 않으면서도 그 한 해를 나는 이 사회의 한가운데 서 있었다. 그 자리에서 마음에 떠오르는 것을 수시로 적은 이 기록이 그때를 지나면 그냥 지나가 버릴 것으로 생각하고 있었다. 그러나 생각해 보면 내게는 하나의 전환으로 의미가 남는 기록인데, 그 의미를 함께 새길 독자들을 찾아주겠다는 서해문집이 고맙기 한량없다.

차례

갑남을녀 수준의 돈 문제로… | 비속한 정치, 어디까지 가려나? | 추위가 닥칠 때 송백의 푸름이 드러난다더니… | 이것을 '자살'이라고 할 수 있는가? | 검찰 없는 세상에서 살고 싶다 | 신문 없는 세상에서 살고 싶다 | 경향신문 사절 | 대통령 없는 세상에서 살고 싶다 | 보수면 또 어때? | 죽음은 평등한 것인가? | [弔辭] 시대의 운명 받아들여 모두의 존엄 지켜준 당신

01

지금은 사랑을
탐닉할 때가
아니다

갑남을녀
수준의
돈
문제로…

_도덕적 상징성은 살아남기를…

도필리刀筆吏**의 시대**　전국시대 제자백가 가운데 정치사상으로 가장 큰 영향력을 가졌던 것은 유가儒家와 법가法家였다. 전체적으로는 유가가 더 널리 퍼져 있었지만 진秦나라는 법가를 채택해 부국강병을 이룸으로써 천하통일의 주역이 될 수 있었다.

　그러나 법가는 진나라가 오래가지 못하고 망하게 된 원흉으로도 꼽힌다. 시황제가 죽은 뒤 환관 조고趙高가 권력을 장악해 유능한 인재를 멋대로 죽이고 나라를 망친 것은 법가에 의거한 맹목적 통치 체제 덕분이었다고 지적된다. 그리고 형식적 법률 체계에 매달려 백성을 편하게 해주지 못했기 때문에 민심이 반란군 쪽으로 휩쓸리게 되었다고 한다.

　진나라의 뒤를 이은 한漢나라가 법가를 기피한 것은 이런 나쁜 평판 때문이었다. 그러나 황제들은 효율적 통치 방법으로서 법가의 매력을 버릴 수가 없었다. 특히 한나라를 반석 위에 올려놓았다고 평가되는 무제는 법가 전통을 이어받은 혹리酷吏(혹독하고 무자비한 관리)들을 많이 등용했다.

《사기》〈혹리열전〉의 가장 대표적 인물은 장탕張湯이다. 장탕이 미천한 출신으로부터 3공의 하나인 어사대부御史大夫 신분에 오른 것은 법 체제의 정비와 집행을 엄혹하게 한 공로 덕분이었다. 너그러운 정치를 주장하던 순리循吏의 대표적 인물 급암汲黯은 혹리들의 득세가 민심을 각박하게 만든다고 탄식하며 "도필리刀筆吏(기능직 관리)에게 정치를 맡기면 안 된다는 말이 맞음을 장탕을 보면 알 수 있다. 천하 사람들이 외발로 서 있는 듯 불안하고 서로를 곁눈질로 쳐다보게 되었다"고 했다.

장탕이 후에 모함에 걸려들어 엄혹한 법 집행의 대상이 되었을 때 결백함을 밝히려고 발버둥을 치자 오랜 동료 조우趙禹가 타일렀다.

"자네의 고발로 신세를 망친 사람이 얼마나 많았는가? 자네가 쓰던 법망에 이제 자네가 걸려들었는데 이 법망을 어떻게 무너뜨리겠단 말인가?"

이에 장탕은 체념하고 자살하였으며 덕분에 그의 명예와 자손은 보전되었다고 한다.

사마천司馬遷은 〈혹리열전〉 서문에서 정政과 형刑으로 백성을 다스리면 이를 빠져나가는 사람들이 부끄러움을 모르게 되므로 덕德과 예禮로 다스려야 한다고 말했다. 물리적 규제보다 심리적 감화가 질서의 중요한 원천임을 지적하며 법치의 한계를 말한 것이다.

요즘 정치권에서 걸핏하면 '법적 대응'이 튀어나오는 것을 보며 '정치'의 실종을 걱정하게 된다. '법적 대응'은 의혹을 푸는 유일한 길도 완전한 길도 아니며, 정치의 사회 지도 기능을 없애는 길일 뿐이다. 무제 때 혹리들은 법치의 명분으로 공포정치를 도입, 황제의 통치를 쉽게 만들어줬지만 정치의 수준을 떨어뜨리고 자기들 신세도 망쳤다는 평가를 받는다. 경계할 일이다. (1999. 11. 15)

며칠 전 〈박동천 칼럼〉 '진시황식 법치로 가는가?'(《프레시안》, 2009. 3. 30)를 보니 법치를 '법으로 다스림'과 '법이 다스림'으로 구분한 것이 눈에 띄었다. 중국 고대에 형성된 법가 사상과 서양 근대에 만들어진 법치 관념을 멋지게 대비한 시각이다. 20세기 초까지 지속된 중국 황제 제도의 전제적 성격이 이 시각에 잘 포착된다.

그러나 현실은 관념처럼 산뜻하게 재단되지 않는 구석이 많다. 중국의 경우 '법으로' 다스린다 하지만, 그 효과를 극대화하기 위해 '법이' 다스리는 방향으로 몰고 가는 경향이 있었다.

당 태종(627~649)은 강력한 전제권력을 누린 중국 황제 중 하나다. 태자였던 형을 제거하고 그가 황제가 되는 과정에는 목숨을 걸고 보필한 심복들이 있었다. 그가 제위에 오른 10여 년 후 심복의 하나인 당인홍黨仁弘이 비리 사건으로 사형 판결을 받았다. 그러자 태종은 신하들을 모아놓고 이렇게 말했다.

"법이란 하늘이 임금에게 내려준 것이다. 그런데 이제 나는 사사로운 정으로 당인홍을 풀어주고자 하니, 이는 법을 어지럽히고 하늘의 뜻을 저버리는 짓이다. 남교南郊에 멍석을 깔아 하늘에 죄를 고하고 거친 밥을 먹으며 사흘 동안 근신하여 이 죄를 풀고자 한다."

현대의 법치에서도 용인되는 국가원수의 사면권 행사를 위해 막강한 전제군주 태종이 이런 요란을 떤 것을 한낱 제스처로 치부할 수도 있다. 그러나 어떤 제스처에도 목적이 있고 의미가 있는 것이다. 그리고 제스처라도 이 제스처는 매우 강력한 것이었다. 판결에 이르는 과정에 은밀히 개입하지 않고 판결을 존중하는 태도를 분명히 한 것이다.

태종의 처남이자 중신이던 장손무기長孫無忌가 봉칙奉勅 편찬한 〈당률소의唐律疏議〉가 태종 사후 반행된(653) 사실에 이 일화를 비쳐볼 수 있다. 당시 당나라에서는 법치의 확립이 절실한 과제였던 것이다. 제도적으로 볼 때 당시의 법은 의회가 아닌 천자가 정하는 것이었으니, 현대인의 관점에서는 법이 통치의 주체가 아닌 도구였다고 볼 수도 있다. 그러나 천자 자신의 노력에 따라 법을 통치의 주체에 가깝게 만들 수 있었던 것이다.

법을 만드는 것이 천자 아닌 의회라 하여 통치의 주체로서 법의 위상이 저절로 보장되는 것도 아니다. 천자가 만들더라도 천자 자신이 지키면 법이 통치의 주체가 되는 것이요, 의회가 만들더라도 의회 스스로 법을 잘 지키지 않으면 통치의 주체가 되지 못하는 것이다. 법을 만드는 과정 역시 천자의 이름으로 만들더라도 엄정한 절차를 밟을 수 있는 반면, 의회에서 만들더라도 날치기로 만들어질 수 있는 것이다.

권력자는 '법이' 다스리게 하기보다 '법으로' 다스리고 싶은 유혹을 느낀다. 진나라에 법치의 뿌리를 심었던 상앙商鞅이 권력을 잃고 법망에 걸려 탄식한 이래 법을 누가 어떤 방식으로 집행하는가 하는 것은 중국사 전개의 중요한 한 축이 되었다. 중세 유럽이 로마제국의 법체계를 잃어버리고 약육강식의 정글에 빠져 있는 동안 수당隋唐 제국은 고대 제국의 법질서를 회복하고 발전시켰다. 이후 중국사에서 법의 과용과 남용이 거듭 문제를 일으키기는 하지만, 법치의 원리는 중세를 통해 유럽 문명보다 중국 문명에서 더 큰 비중을 지켰다.

1748년 몽테스키외가 《법의 정신》을 들고 나올 때는 인간을 초월하는 자연법칙을 과학을 통해 파악할 수 있다는 믿음에 뒤따라 인간 세상에서도 불변의 법칙을 찾을 수 있으리라는 희망이 유럽 사상계에 떠돌고 있었다. 이 불변의 법칙을 법률로 제도화한다면 '법이' 다스리는 세상을 만들 수 있으리라는 희망이 근대적 법치 정신의 출발점이었다.

법치의 전통이 약하던 근대 초기 유럽에서는 이상적 법치에 대한 환상을 억제하는 경험이 적었다. 중국에는 진시황 이후로 그런 환상이 사회를 지배한 일이 없다. 사마천이 《사기》에 〈혹리열전〉을 두고 형정刑政보다 예덕禮德의 중요성을 강조한 것도 그런 환상에 대한 비판이었으며, 그 태도는 중국 문명의 꾸준한 전통의 하나가 되었다.

예덕이 경시되고 형정刑政만이 힘을 쓰는 '도필리의 세상'에서 법은 과용되고 남용된다. 현 정권에서 현행법을 확대해석하여 국민의 헌법상 권리를 제한하고 정략적 목표를 추구하는 것이 바로 도필리의 세상을 만드는 길이다. 그러던 끝에 노무현 전 대통령이 돈 문제로 검찰의 조사를 기다리는 입장이 되었다.

청렴과 도덕성을 내세우던 노무현 씨의 일이기에 안타까운 일이다. 문제된 사안이 전임자들의 권력형 비자금과 비교가 되지 않는 경미한 것으로 보이기에 더욱 안타까운 일이다. 갑남을녀 수준의 돈 문제로 그토록 중요한 상징성을 지켜내지 못하다니. 무제 때 장탕이 걸려든 일의 내용을 상세히 알 수는 없지만, 당시의 기준으로 경미한 것이었기에 그토록 억울해했으리라.

평소 '구시대의 마지막 인물'이 되고자 하던 노 씨의 염원이 이런 고통을 통해서라도 이뤄지기 바란다. 청렴의 상징성이 깨어지더라도 도덕적 상징성은 살아남을 여지가 있다. 이제부터의 고통을 어떻게 받아들이느냐에 달린 일이다. 진정한 도덕은 세속과 등진 성인군자의 전유물이 아니라 보통사람들이 고민과 고통 속에서 실천하는 것이다. 도필리의 세상을 막는 길이 여기에 있다. (2009. 4. 8)

비속한
정치,
어디까지
가려나?

히틀러의 웃음 아돌프 아이히만은 나치의 유태인 학살에 가장 중요한 역할을 맡은 하수인이었다. 나치친위대SS 간부로서 1938년 비엔나에서, 이듬해에는 프라하에서 유태인 청소를 지휘했고, 42년 이후에는 수용소의 집단학살을 기획하고 관리했다. 그가 1960년 아르헨티나에서 이스라엘 요원들에게 체포돼 예루살렘에 압송되었을 때 이 '살인마'의 재판은 세계의 이목을 모았다. 1961년 12월 이스라엘 법정은 그에게 사형을 선고했고, 62년 5월 교수형이 집행됐다.

아이히만의 재판과 처형에 대해서는 많은 글이 나왔거니와, 가장 격렬한 논쟁을 불러일으킨 것은 한나 아렌트의 《예루살렘의 아이히만》(1963)이다. 독일 유태인 출신으로 나치 박해를 피해 1941년 미국으로 이주한 아렌트는 전체주의 연구에 탁월한 업적을 이룬 학자였다.

아렌트가 많은 유태인들을 격분시킨 논점은 두 가지였다. 하나는 박해 당시 유태인 사회 지도층이 나치의 통제에 협조했다는 것이다. 이런 협조 없이 몇 년 안 되는 기간 동안 500만 이상을 처형하는 것은 불가능한 일이었다고 아렌트는 지적했다. 본의가 아니었더라도 '결과적으로' 협조한 것은 분명한 사실이고, 또 이 지적에 일반 유태인들이 발끈하는 것도 쉽게 이해가 가는 일이다.

또 하나는 보다 미묘한 것이었다. 아렌트는 히틀러와 아이히만을 '악마'가 아닌 비속한 인물로 그렸다. 20세기는 과거와 달리 지적으로나 정서적으로 특이성이 없는 비속한 인물들이 술수만으로 권력을 쥐고 엄청난 범죄를 저지를 수 있는 '비속성의 시대'가 되었다는 것이 아렌트의 관점이다. 그는 히틀러와 스탈린을 가장 두드러진 예로 꼽았다.

유태인들이 이 논점에 분노한 것은 대학살이 유태인 정체성正體性의 근거가 돼 있기 때문이었다. 악마적 범죄에 희생당했다는 비극성은 이스라엘의 호전적 대아랍 정책까지도 정당화시켜 주는 시오니즘의 상징이다. 그런데 그 희생을 비속한 인간들의 비속한 범죄로 격하시키는 것을 시오니즘에 대한 모욕으로 유태인들은 받아들였다.

히틀러의 웃는 얼굴을 만들어 담은 껌 광고에 독일 대사관이 항의한 배경에도 비슷한 상징성이 작용한 것 같다. 히틀러를 완벽한 악마로 규정해야만 나치즘의 죄악을 일반 독일인들로부터 절연시킬 수 있기 때문이다. 아렌트가 이 광고를 봤다면 뭐라 했을까. (1997. 6. 13)

한나 아렌트의 'banality of evil'이란 말을 인용할 때 나는 '악의 비속성'이라고 써왔다. 그런데 아렌트의 책 우리말 번역서에는 이것이 흔히 '악의 평범성'이라고 옮겨져 왔음을 최근에 알게 되었다.

사전적인 뜻으로는 두 가지 번역이 다 가능하다. 그런데 아렌트가 이 말을 통해 내세운 논점을 놓고 생각하면 아무래도 '평범성'엔 아쉬운 느낌이 든다. 전통적인 '악evil'은 증오의 대상이었다. 아렌트가 보는 20세기의 악은 경멸의 대상이다. 천재성도 용기도 보여주지 않고 그저 천박한 탐욕에 몰려 저질러지는 악, 그에 대한 아렌트의 경멸감이 '평범성'에는 제대로 담기지 않는다.

아렌트가 말하는 비속성은 근대 문명의 본질을 가리키는 것일지도 모른다. 제조업 현장에서는 명장名匠이 사라졌다. 싸움터에서는 용사勇士가 없어졌다. 천재天才조차도 20세기의 천재는 기능적인 존재가 되어버렸다. 20세기 예술계의 거장巨匠들은 복사의 바다 속에 빠져버렸다.

비속화 현상은 전쟁에서 제일 두드러진다. 전사와 전사 사이의 육박전은 비중이 떨어지다 못해 20세기 말의 전쟁에서는 완전히 사라졌다. 전쟁의 주류는 눈먼 대량살상무기의 몫이 되었다. 공격당할 위험이 없는 곳에서 버튼을 누르는 손가락이 상대방을 인간으로 파악하지도 않은 채 목숨을 앗아가는 것이다. 옛날의 전사들이 자기 뜻에 목숨을 걸던 고귀한 활동이던 전쟁이 한낱 물량적 경쟁으로 전락하고 말았다.

전쟁만이 아니라 일반 경쟁이나 투쟁에서도 20세기 세계에서는 비속화의 추세를 널리 읽을 수 있다. 돈벌이에서도 개인의 능력과 노력보다 자본의 힘이 압도적인 작용을 하게 되었고, 학생들의 공부도 개천에서 용 나기 어렵게 되어가고 있다. 어느 분야에서나 '기득권'을 쌓고 활용하는 것이 '도전'보다 유리한 전략으로 채택되는 환경이 굳어지고 있는 것이다.

비속화 추세가 두드러진 분야의 하나가 정치다. 유행하고 있는 '정치공학'이란 말은 아마도 '정치철학'과 대비되는 뜻일 것이다. 정치가 무엇인가. 한 사회의 진로를 결정해 나가는 과정이다. 진로 결정을 위해서는 철학으로서 가치관이 필요하다. 그런데 현실정치에서는 가치관도 철학도 가지지 않은 테크니션들이 선거 승리를 위한 기술만을 가지고 폴리티션들의 설 땅을 빼앗는 그레셤의 법칙이 판을 친다.

지난 가을 《뉴라이트 비판》 작업을 하면서 뉴라이트가 '성공'의 의미를 외면하며 '승리'에만 집착하는 행태를 지적한 바 있다. 정치철학 실종의 극단적 사례라 할 것이다. 정권 운용을 위한 승리만을 추구할 뿐, 국가 운영의 성공은 생각할 줄 모르는 것이다.

정치의 비속화 추세는 우리나라만의 일이 아니다. 제2차 세계대전 후의 미국을 보더라도 나름의 정치철학을 가졌다고 할 만한 대통령이 몇 안 된다. 아이젠하워야 워낙 인기 높은 전쟁영웅이라 대통령이 된 것이고, 카터와 오바마 정도의 철학을 가진 대통령이 나올 수 있었던 것은 그에 앞서 닉슨과 부시가 워낙 국민을 지겹게 만들어 놓은 상황 덕분이었다.

.정치공학의 달인으로 자타가 공인한 닉슨의 전략 노선을 설명하는 '미치광이 이론Mad Man Theory' 이란 것이 있다. 주어진 상황에 대해 미국이 어떤 극한적 대응을 할지 모른다는 두려움을 상대방에게 심어주는 것이 미국의 국익을 증진시켜 준다는 것이다. 당시 미국의 대베트남 전략 중에는 이 이론 아니면 설명하기 힘든 것이 많았다.

당시에는 이 전략이 어느 정도 전술적 성공을 거두었다고 할 수도 있지만, 미국의 국가 정체성은 그로 인해 크게 훼손되었고 미국 사회에 큰 상처를 남겼다. 국가 사회의 큰 '성공'을 생각지 않고 목전의 '승리'만을 추구한 전략이었기 때문이다.

현 정권의 행태를 보며 미치광이 이론을 떠올릴 때가 많다. 〈PD수첩〉 탄압에서 미디어법 '입법전쟁' 까지, "상식? 상식이 더 센지 우리 힘이 더 센지 한번 붙어보자!"는 식으로 계속 밀어붙이기만 한다. 지금의 승리만이 중요한 것이기 때문에 사회의 장래는 안중에도 없고, 자신들이 힘을 가졌다고 믿기 때문에 모든 것이 힘으로만 결정되는 형세를 만들려 든다.

아렌트가 히틀러와 스탈린을 지목해 말한 '비속한 악'이 바로 이런 것이다. '사회의 성공'이라는 거대한 욕심이 아니라 남에게 이기고 남보다 많이 갖기 위한 천박한 욕심만이 춤춘다. 힘 있는 사람들이 사회 전체의 성공을 외면하는 이런 사회는 망하지 않을 수 없다. 히틀러와 스탈린의 사회가 망했던 것처럼.

이 미치광이 행태가 요즘 노무현 전 대통령에 대한 공격에서 절정에 달한 감이 있다. 부인과 아들을 '참고인'으로 소환했으면 '피의자'는 노 전 대통령일 수밖에 없다. 박연차의 진술을 인용한 '검찰 관계자'들의 폭로는 갈 데까지 갔다. "무는 호랑이는 짖지 않는다"던데 왜 이렇게들 짖어댈까? 정말로 우리의 전임 국가원수에게 문제가 있다면 조용히 살펴봐서 피할 수 없는 문제가 확인될 때 어쩔 수 없이 발표하는 것이 '상식'이고 '예의' 아닌가? 왜 이렇게 속 보이도록 떠들어 대는 걸까?

노 전 대통령은 부인이 박연차의 돈을 받은 데 대해 국민에게 사과했다. 액수는 3억 원 더하기 100만 달러인 모양이다. 이것만으로도 많은 국민이 상당한 충격을 받은 것은 그가 워낙 청렴과 도덕성을 간판으로 한 인물이기 때문이다. '권력형 비리' 축에 낄 수도 없음은 물론, 지금으로서는 '비리'라고 단정지을 수도 없는 사안이다.

그런데도, '무죄 추정의 원칙'과 '피의 사실 공표 금지 원칙' 때문에 '○○일보 ○사장' 이름이 신문 지상에 오르지도 못하는 21세기 대한민국에서, '검찰 관계자'는 전임 국가원수의 피의 사실에 대한 자칭 뇌물공여자의 진술 내용을 중계방송하기 바쁘다. 당장 언론이 잘 받아먹어 주니까 눈앞의 승리에 도취된 꼴이다.

나는 노 전 대통령이 요 며칠간 발표한 글에 거짓이 없다는 데 10만원을 걸 용의가 있다. 그가 거짓말을 일체 않는 성인군자라고 생각하는 것이 아니다. 그러나 거짓말을 해서는 안 될 자리를 살필 줄은 아는 사람이라고 믿는다. 다른 나라 대통령의 정책 공약을 놓고 "선거 때 무슨 소리는 못 하냐?"는 사람과는 전연 다른 사람이다. (2009. 4. 14)

추위가
닥칠 때
송백의 푸름이
드러난다더니…

_그가 빛나는 이유

미국이 북한과 싸우려는 이유 당선자 확정을 지켜본 뒤 잠깐 생각에 잠겼다가 메일을 확인해 보니 파리에서 클레망텡 교수의 쪽지가 와 있다. "좋지glad?" 하는 제목이었다. 밑도 끝도 없는 이 말에 조금 전 들은 당선자의 "그냥 참 좋습니다~" 하던 말이 떠올랐다.

누가 당선되기 바라는지 이야기한 적도 없는 것 같지만, 1980년대 초 한국에서 몇 해 지낸 적이 있는 그는 내가 얼마나 정치를 재미없어하는지 안다. 한국 정치가 얼마나 재미없는 것인지도 안다. 그래서 모처럼 재미있는 방향이 열린 것을 기뻐하고 축하해 주는 것이다.

그곳 라디오에서 노 후보의 당선 확정을 보도하며 당선자의 특징 두 가지를 소개했다고 한다. '체구가 작지만 선이 굵은 풍모'와 '미국 안 가 본 것을 자랑으로 여기는 사람'이라는 것이다. 그중 후자는 프랑스에서도 널리 통할 만한 자랑거리라고 덧붙였다.

"반미反美면 또 어떤가?"

이번 선거에서 정책 대결의 양상 중, 한 중요한 방면을 상징한 말이다. 정몽준 씨의 이탈 핑계도 우방 미국에 대한 절대적 신뢰를 내세운 것이었다. 상식을 초월하는, 신앙 수준의 이런 절대적 신뢰가 그런 장면에서 핑계거리로 나올 수 있었던 데서 대한민국 반세기 역사가 이 우방관계에 어떻게 묶여 있었는지 극명하게 볼 수 있다.

미국과의 관계를 상식의 차원에 갖다놓는 것은 새 대통령만이 아니라 대한민국의 과제다. 그 길이 모처럼 열린 것을 멀리서 구경하는 프랑스 친구도 그래서 축하해 주는 것이다. 부시 정권의 초강경 패권주의가 이런 변화를 달가워하지 않을 것이 분명하기 때문에 구경꾼은 더더욱 재미있을 것이다.

구경꾼이야 재미있겠지만 당사자로서는 여러 모로 걱정스러운 일이다. 외교·군사 등 대외관계만이 아니라 국내 경제구조에서 지식층의 사고방식, 대중의 소비 패턴까지 깊이 미국화되어 있는 이 나라가 아닌가. 미국 중심 체제에서 실제로 조금이라도 벗어나는 변화가 닥치면 일부 친미주의 세력이 문제가 아니라 온 국민이 상당한 고통과 불안을 느낄 것이다.

그렇다고 미국의 우산 속에 영원히 안주할 수는 없다. 미국 자신이 한국을 자기네 우산 속에 길이길이 안주시킬 동기를 잃는 쪽으로 주변 여건이 바뀌고 있다. 한국 방향, 동북아를 바라보는 미국의 시각이 어떻게 바뀌는지 이해하고 국제사회 속에서 한국의 새로운 위치를 찾아 나서야 할 때다. 아무리 고통스럽고 불안하더라도.

미국 우파는 중국을 21세기 스파링 파트너로 점찍고 있다. 끊임없이 대결을 필요로 하는 패권주의 세력에게 '악의 축'으로 찍힌 조무래기 나라들은 성에 안 찬다. 한두 차례는 몰라도 체급이 너무 다른 상대만 계속 데리고 놀아서는 국민에게 흥행이 안 된다.

인류 역사상 가장 많은 돈을 들이는 사업인 미사일 방어망MD도 중국을 겨냥한 것이라는 관측이 일반적이다. 경제 경쟁의 측면에서는 중국은 과거 소련과 비교도 안 되게 벅찬 상대로 떠오르고 있다. 미국이 압도적 우위를 가지고 있는 군사 분야로 경쟁의 주 무대를 옮기는 것이 미국 우파가 바라는 바다. 군비 수준을 높여야 인적 자원보다 물적 자원의 중요성이 큰, 미국이 유리한 싸움터로 중국을 끌어들일 수 있는 것이다.

정상적 상황에서는 비용이 많이 들고 평화를 위협하는 패권주의 정책이 국민의 폭넓은 지지를 받기 힘들다. 뭔가 국민을 불안하게 만들어 줄 꼬투리가 필요하다. 과거 소련은 폐쇄된 체제로 이런 꼬투리를 오랫동안 잘 만들어 줬다. 그런데 중국의 개방 추세로 인해 꼬투리 잡기가 갈수록 힘들어지고 있다. 2008년 베이징 올림픽을 지나면 미국 국민에게 중국에 대한 적대감을 고취하는 것이 불가능하게 될지도 모른다.

이슬람 지역을 둘러싼 테러 전쟁에 편승해 북한을 '악의 축'으로 서둘러 규정하고 북한의 개방을 최대한 방해하며 극한적 대립으로 북한을 몰아가는 부시 정권의 압박정책도 중국을 겨냥한 것으로 보인다. 중국의 오랜 맹방 북한을 집적거리며 중국이 어떻게 나오는지 보려는 것이다. 중국이 발끈해서 삿대질하고 나오면 당장 중국을 소련을 잇는 주적主敵으로 규정한다. 중국이 참고 있으면 중국 옆구리에 시한폭탄을 계속 키운다.

부시 정권이 바라는 한국의 역할은 북한 압박정책에 명분을 만들어 주는 것이다. "북한과 미국이 싸우면 우리가 말린다"는 것은 전혀 부시가 바라는 것이 아니다. "쟤 나쁜 애래요, 쟤 좀 혼내 주세요" 하고 고자질하기를 바란다. 이런 부시의 소망을 김대중 정부가 속 시원하게 들어주지 않았으니 답답했을 것이다. 오죽하면 국제적 망신을 자초하며 화물선을 나포하는 난리까지 벌였을까.

대한민국은 반세기 가까이 소련과의 대결에서 미국의 첨병 노릇을 했다. 그리고 이제 중국과의 대결에서 또 하나의 역할을 요구받고 있다. 생산성을 추구하는 경제적 대결 속에서 선의의 경쟁에 끼어드는 역할이라면 우리 국익에 부합할지 신중히 검토해야 할 것이다. 그러나 군사적 대결 속에서 대립과 위험을 늘리는 역할이라면 할 만큼 하지 않았는가.

미국에겐 더 이상 한국을 위성국가로 묶어놓을 경제적 동기가 없다. 다만 군사적 동기가 있을 뿐이다. 6·25 후 수십 년간 '전쟁의 나라'로만 외국에 알려졌던 한국이 지금은 '번영의 나라'로 더 널리 알려졌다. 우리는 군사적 중요성을 가진 나라가 아니라 경제적 중요성을 가진 나라로 나아가야 한다. 그러려면 미국과의 특수한 관계를 벗어나 같은 지역 안의 '진짜 이웃'들과의 관계에 관심을 집중하고 능동적 역할을 찾아야 한다.

어버이로부터 자유로우려면 의존하지 말아야 한다. 미국은 어린 대한민국에게 우방이 아니라 어버이 노릇을 했다. 낳아주고 지켜주고 먹여주고 입혀줬다. 친구와 애인, 전공과 직업까지 정해줬다. 그리고 말만 잘 들으면 계속해서 슬하에 두고 싶어 한다.

그 무릎을 떠나면 힘들고 괴롭고 불안한 일이 있을 것이다. 하지만 이만큼 덩치도 크고 생각도 자란 이제 떠나야 한다. 우리 일은 우리가 결정해 나가면서 힘닿는 대로 그동안의 은공을 갚아야지.

(2002. 12. 20)

2002년의 대통령 선거는 내게 모처럼 즐거운 선택이었다. 이회창 후보는 보수정당의 역대 대통령 후보 중 가장 호감과 신뢰가 가는 인물이었다. 그런데 노무현 씨는 더욱 큰 기대감을 주는 후보였다. 언론에 비쳐진 모습을 넘어 그 사람 됨을 아는 것이 없으면서도 그에게 큰 기대감을 품은 것은 그가 후보 위치에 이르는 과정이 당당했기 때문이다.

한국 현실정치에서 거대 정당의 대통령 후보 자리를 따내는 데는 돈과 조직의 힘이 필수적이다. 노무현 씨는 돈과 조직의 열세를 무릅쓰고 이 일을 해냈다. 이것이 얼마나 힘든 일이었는지는 그가 후보로 선출된 후 당시 민주당의 실세들이 후단협을 통해 그를 흔들어 댄 사실에 비추어 보아도 알 수 있다.

돈과 조직의 열세는 본선에서 더욱 심했다. 그럼에도 그는 비전을 무기로 승리를 거뒀다. 그 때문에 나는 '노무현 대통령'에게 더욱 큰 기대를 품을 수 있었다. 이회창 후보가 당선되었다면 돈과 조직을 제공한 자들에게 빚으로 묶이지 않을 수 없었을 텐데, 그런 빚이 적은 대통령을 가지게 된 것이 다행한 일이었다. 한국에서 처음으로 정치공학보다 정치철학에 의지해 대통령 자리에 오른 인물이었다.

선거 직후 위 칼럼을 쓴 것은 정치적 빚에서 자유로운 새 대통령에게 가장 큰 기대를 건 것이 한미관계의 조정과 남북관계의 발전이었기 때문이다. 물론 한국 사회에는 새 대통령을 기다리는 요긴한 과제들이 여러 가지 있었다. 그러나 한미관계와 남북관계는 다른 과제들과 차원을 달리하는 것이라고 나는 생각한다. 대한민국의 국가 정체성이 달린 과제이기 때문이다.

냉전 해소 때까지 대한민국은 온전한 독립국이 아니었다. 이승만 정권이야 아예 식민지 총독부와 별 차이 없는 존재였고, 그 후에도 예속이 종속 수준으로 완화되었을 뿐, 대한민국의 국제적 위상은 미국의 그늘 속에 묶여 있었다. 무엇보다 민족 분단 문제를 주동적으로 풀어나갈 위치에 있지 못했던 것이 종속 상태의 가장 뚜렷한 지표였다.

냉전 해소 덕분에 한국은 위성국가 위치를 벗어날 기회를 맞았다. 미국에게 위성국가를 거느릴 필요가 없어진 것이지, 한국이 종속 상태를 벗어날 노력을 기울인 것이 아니었다. 종속 상태에 너무 익숙해진 많은 한국인들이 이를 벗어나는 것에 대해 불안감을 느꼈다. 엘리트 계층만이 아니라 중간 계층까지 널리 퍼져 있는 현상이다.

종속 중독증의 가장 큰 증세가 경제성장 집착이다. 한국의 자칭 중산층이 모델로 삼는 것은 미국 중산층이다. 유럽과 일본 중산층은 엄두를 내지 못하는 미국 중산층의 자원 낭비적 라이프스타일이 많은 한국인들의 머릿속에 생활의 표준으로 자리 잡고 있다. 그 표준을 향해 고속 성장의 강박이 계속되는 것이다. 100평방미터 안팎의 임대아파트에 만족하는 유럽 중산층의 라이프스타일을 이해하려 하는 한국인은 많지 않다.

정치가 돈과 조직으로만 움직여지는 상황은 종속관계 청산에 제약을 준다. 돈과 조직의 힘은 기득권층에 집중되어 있고, 기득권층은 대미 종속 관계에 집착이 크기 때문이다. 출신 배경이 기득권층과 거리가 있고, 또 대통령이 되는 과정에서도 기득권층의 힘에 크게 의존하지 않았던 노무현 대통령은 한미관계의 변화를 추구하는 데 적합한 조건을 가진 지도자였다.

그런 기대감을 가지고 참여정부 5년을 지켜봤다. 대북 교섭 특검, 이라크 파병, 한미FTA 추진 등 부분적으로는 석연치 않은 일들도 있었다. 그러나 큰 틀에서는 기대에 어긋나지 않았고, 정권이 바뀐 후 그 사실을 더욱 분명히 확인할 수 있었다. 한미관계의 조정과 남북관계의 발전이라는 과제에 대한 엄청난 저항이 우리 사회 안팎에 있으며, 그 저항을 무릅쓰고 그만한 성과를 거두기 위해서는 상당 수준의 양보가 불가피한 것이었음을 이해할 수 있게 된 것이다.

국가 정체성의 기준에서 나는 참여정부에 합격점을 준다. 남북관계 발전은 더 빠르지 못했던 것이 아쉽기는 하지만 일관성 있게 신뢰의 근거를 다져왔다. 개성공단과 6자회담 등의 근거들이 남북관계를 퇴행시키려는 현 정권의 노력을 가로막고 있는 것이다.

미국과의 관계에는 큰 굴곡이 없던 것처럼 보인다. 미국의 이라크 파병 요구에도 응했고 FTA도 추진했다. 그러나 대북관계를 둘러싼 부시 행정부와의 긴장이 계속되는 가운데 한미관계는 적지 않은 실질적 변화를 말없이 겪어왔다. 현 정권이 들어서면서 동맹관계 복원을 부르짖은 데서 이 변화를 비쳐볼 수 있다.

미국과의 관계가 줄어든 빈자리의 큰 부분이 한중관계의 발전으로 채워졌다. 중국의 국제적 위상이 커지는 과정 속에서 한국은 인접국으로서 적절한 관계를 키워왔다. 작년 이래 세계적 경제위기를 배경으로 세계무대에서 중국의 역할이 계속 자라나는 상황에서 한국이 중국과 협력할 태세는 어느 나라 못지않게 잘 갖춰져 있다. 근년 극우파가 득세해 온 일본은 훨씬 불리한 처지에 놓여 있다.

북한, 미국, 중국과의 관계 변화를 통한 한국의 국가 정체성 확립 과제는 사실 김대중 정부에서 시작된 것이고 노무현 정부는 이를 이어받은 것일 뿐이다. 그러나 2003년 이래 5년간, 안팎의 상황에 비춰보면 제대로 이어받는다는 것도 쉬운 일이 아니었다. 대북 교섭 특검 요구에서 단적으로 드러난 내부 저항과 미국 부시 정권의 패권정책이 끊임없이 걸림돌로 작용했다. 노무현 씨와 참여정부가 현 정권의 악착스러운 공격을 받고 있는 근래 상황 속에도 남북관계와 관련된 꼬투리를 전혀 주지 않고 있는 것은 대단한 업적이다. 조그만 빈틈이라도 있었다면 남북관계 퇴행을 간절히 바라는 현 정권이 이용하지 않았을 리가 없다.

노무현 씨는 몇 달째 검찰의 전면적 공격에 직면해 있다. 그에게 어떤 허물이 있었는지는 앞으로 밝혀질 만큼 밝혀질 것이다. 그러나 지금 단계에서도 검찰의 공격은 그 내용에 앞서 그 방법부터 문제점을 너무 많이 드러내고 있다. 박연차의 진술을 중계 방송하고 박연차와의 대질 계획을 일방적으로 공표한다든지, 노무현 씨가 조사받고 있는 동안 부인의 재소환 가능성을 흘린다든지, 시정잡배들도 야비하다고 침 뱉을 짓을 가리지 않는 것을 보면 검찰이 정상적인 방법으로 기능을 발휘하지 않고 있는 것이 분명하다.

노무현 씨에게 돈과 관련해 남들 눈에서 가렸으면 하는 일이 전혀 없지는 않으리라고 생각한다. 정치와 돈의 관계는 만만한 것이 아니다. 아무리 정치공학 아닌 정치철학에 힘입어 대통령 자리에 올랐다 하더라도 돈과 조직을 전혀 쳐다보지 않고 현실 정치 속에 자리를 가진다는 것은 불가능한 일이다. 그 이전과 비교해 10분의 1 수준으로 비용을 줄일 수 있었다면 대단히 훌륭한 일이다.

박연차 외의 다른 사람 돈도 받아먹은 것이 있을지 모른다. 그러나 대가성 없는 돈을 흔적 없이 받아먹은 것이라면, 밝혀졌을 때 본인이 면구스러워할 수는 있을지언정 검찰이 대들 일이 아니다. 당장 박연차가 대가성 있는 돈을 주었다니까 문제를 삼는다고 하는데, 증거 없는 일방적 진술만 가지고 오라 가라 한다면 전임 대통령 아니라 일개 시민이라도 짜증이 나지 않겠는가?

아무튼 검찰이건 현 정권이건 노무현 씨에게 조그만 허물이라도 있으면 가만두지 않을 속셈을 너무나 적나라하게 드러내고 있다. 당장은 죄인 꾸짖듯하는 큰 목소리로 국민의 이목을 모으고 있지만, 가만 생각하면 떠들고 있는 문제 외에는 노무현 씨에게 아무 문제가 없다는 확인을 해주고 있는 셈이다. 노무현 씨 입장이 편하게 됐다. 공인 입장에서 의혹이 있다면 법률적 필요와 관계없이 해명할 부담이 어느 정도 느껴질 것인데, 검찰에서 너무 속 보이고 달려드니 최소한의 방어만 하면 되는 입장이 되었다.

북한, 미국, 중국을 상대로 한 국가 정체성 과제에 대한 참여정부의 실적은 그에 역행하는 현 정권의 정책 때문에 더 두드러져 보인다. 추위가 닥칠 때 송백松柏의 푸름이 드러난다는 이치일까? 돈 관계 도덕성 문제에도 같은 이치가 작용하는 것 같다. 남들이 가만히 있는데 본인이 스스로 도덕적 인간임을 입증하려면 절대적 도덕성이 필요하다. 그러나 온 세상의 손가락질을 받다가 무고함이 밝혀지면 상대적 도덕성이라도 큰 평가를 받게 된다. 현 정권과 검찰은 노무현 씨의 도덕적 지도력을 크게 키워주고 있다. (2009. 5. 4)

이것을 '자살'이라고 할 수 있는가?

'죽을 권리'를 찾는 사람들 한 달 전 CNN 방송에서는 '죽음의 의사' 잭 케보키언의 '자살방조' 장면을 방영, 미국 사회에 큰 반향을 불러일으켰다. 자살방조는 미국 대부분의 주에서 범죄로 규정돼 있다. 그런데 몇 년 전부터 불치병에 걸린 사람들이 '품위 있게' 생을 마감할 권리를 가져야 한다는 '자살권' 운동이 인터넷을 매개로 활발해지고 있다. 케보키언은 이 권리를 분명히 확립해야 한다고 주장하며 지금까지 수십 명의 자살을 도와준 사실을 밝히고, 녹화한 자살방조 장면을 방송국에 제공한 것이다. 그는 당국에 자신의 체포를 요구하며, 체포될 경우 단식에 들어가겠다고 하고 있다.

'자살권' 문제는 법률적으로 예민한 문제다. 회복 불가능한 환자의 자살방조는 암암리에 꽤 널리 행해져온 것으로 추정된다. 혐의가 있는 경우라도 열심히 기소하려 들지 않고, 증거가 명백해 부득이한 경우라도 실형까지 언도하는 일은 거의 없다.

3년 전 뉴욕에서 63세의 작가가 부인 자살방조 혐의로 6개월 실형을 선고받았다. 조지 딜루리라는 이 작가는 최후에 이르는 몇 달간의 곡절을 일기로 남겼고, 재판 과정에서 이 일기를 출판할 뜻을 밝혔다. '직업적 이득'을 취하려는 욕심이 자살방조에 개입됐다는 점이 실형 선고의 한 이유가 됐다. 그가 감옥에서 정리해 이듬해 출판한 이 책에는 의식이 약해져 자살의지마저 오락가락하는 아내를 놓고 갈등을 일으키는 저자의 마음이 적나라하게 그려져 있어, 자살방조와 자살교사의 경계선에 대한 논란까지 불러일으켰다.

오리건 주에서는 재작년부터 자살방조 합법화의 길을 열어놓았다. 엄격한 절차에 따라 의사의 극약 처방을 허용한 이 제도는 자살을 가장한 범죄의 예방에 오히려 도움이 될 것으로 평가되고 있다.

로마제국 말기에 자살을 금지하는 법령이 생긴 것은 노예의 자살로 노동력이 줄어드는 것을 막기 위한 것이었다고 한다. 그러나 대부분의 문명권에서는 종교적·도덕적 이유로 자살을 금기로 삼았다. 이 금기가 세속법에도 반영돼 있다가 1789년 프랑스대혁명 이후 자살미수자를 처벌하는 법 조항이 사라지기 시작했다. 그러나 자살방조는 살인을 은폐하는 수단으로 쓰일 위험 때문에 아직도 합법화되지 않고 있는 것이다.

안락사 문제가 근년 심각하게 제기되는 까닭은 베이비붐 세대가 사회 주력이 되면서 가치관의 전환을 일으키는 데 있다. 더 기본적으로는 의학의 발전과 사회의 안정이 어느 수준에 이른 덕분에 '죽을 권리'까지 따질 수 있게 된 셈이다. 김훈 중위 사건을 비롯해 '의문사'를 '자살'로 처리하는 의혹이 남아 있는 우리 사회로서는 부러운 일이다. (1998. 12. 22)

존엄사 판결 뉴스를 보고 그에 관한 글을 쓸 생각이 나서 위키피디아의 'suicide' 조를 펼쳐놓고 있는데 전화가 왔다. 노 대통령이 돌아가셨다는 소식을 들었다.

뉴스를 켜놓고 한참 멍하니 앉았다가 책상에 돌아와 펼쳐놓았던 화면을 들여다봤다.

자살에 대한 관점은 종교, 명예, 삶의 의미 등 존재론적 주제에 대한 문화적 관점의 영향을 받아왔다.

기독교에서는 자살을 죄악시해 왔다. 신의 섭리에 대한 저항으로 본 것이다. 기독교권에서는 중세 이래 자살을 법률적으로도 범죄시했다. 위 글에서 밝힌 것처럼 프랑스대혁명 이후 자살 처벌법이 철폐되기 시작했지만 영국에는 1961년까지 그런 법이 남아 있었다. 이슬람교, 유대교 등 다른 유일신교도 마찬가지로 자살을 죄악시했다.

자살을 명예롭게 여긴 문화권들도 있다. 일본의 '세푸쿠'(할복), 인도의 '수티'(남편의 화장 시에 아내도 함께 타죽는 풍습)가 잘 알려진 사례들이다. 세푸쿠나 수티나 실제로는 강압을 통해 행해지는 일이 많았지만, 그 원리는 명예의 자발적 추구에 있었다. 태평양전쟁 말기의 '가미가제' 전술도 그런 배경에서 나왔다. 불교의 윤회 사상 등 죽음을 궁극적 종말로 보지 않는 관점에서는 자살을 비교적 관용적으로 본 것이라고 설명하기도 한다.

16세기 말 중국에 온 가톨릭 선교사 마테오 리치가 정말 이해하기 힘든 일의 하나가 사람들이 쉽게 자살을 행하는 것이었다. 그는 이런 기록을 남겼다.

더욱더 야만적인 풍습은 자살을 하는 것인데, 생활고를 견디지 못하거나 큰 불행을 이겨내지 못하는 경우가 많지만, 이런 것 보다도 더욱 어리석고 더욱 비겁한 동기는 미워하는 사람을 골탕 먹이기 위해 제 목숨을 끊는 일이다. 들리는 말에 의하면 해마다 수천 명의 사람들, 남자들만이 아니라 여자들까지 자기 손으로 목숨을 끊는다고 한다. 공적인 장소나 증오하는 상대의 집 문 앞에서 목을 매다는 것이 가장 흔한 방법이다. 그밖에는 강물에 뛰어들거나 독약을 먹는 것이 많이 쓰이는 방법인데,

이유는 별별 사소한 것들이 다 있다.

1960년대에 베트남의 고 딘 디엠 정권에 항거하는 승려들의 분신 시위가 서방세계를 경악시킨 것은 문화적 충격도 겹쳐진 일이었다. 자살이란 것이 서양인에게는 상상도 못할 극단적 행동이었기 때문이다. 근년에는 이스라엘의 극한적 탄압에 저항하는 '인티파다' 전사들이 자살폭탄 등 목숨을 던지는 전술을 채택해 왔다. 이슬람교에서는 자살을 금지하지만 알라를 위한 일이기 때문에 허용된다는 것이다.

우리 사회에서도 민주화운동과 노동운동 과정의 여러 고비에서 자살을 통한 극렬한 표현이 있었다. 그런데 유럽사의 투쟁과 혁명 속에서는 자살의 사례가 거의 없다. 북아일랜드에서 1981년 보비 샌즈가 이끈 단식투쟁으로 10명의 투쟁가들이 목숨을 끊어 유럽을 뒤흔든 일이 있던 정도다. 그러나 단식은 절명의 확실성이 덜하다는 점에서 분신이나 투신보다 온건한 방법이다. 그 사태로 영국 정부가 국내외의 지탄을 받은 것은 투쟁가들의 목숨을 건질 방법이 있는데도 취하지 않았기 때문이었다.

세계적으로 해마다 100만 명 이상의 사람들이 자살로 목숨을 끊는다. 그 대부분은 위키피디아에 나열된 이런 이유들로 인한 것이다.

자살의 이유에는 우울증·수치심·죄책감·절망감·신체적 고통·정서적 압박·걱정·돈 문제 등 바람직하지 못한 상황들을 포함하여 여러 가지가 있다.

텔레비전의 해설에도 노 대통령의 투신 이유로 검찰 수사를 둘러싼 위와 같은 요인들을 엮어보려는 사람들이 보인다. 뭐 눈엔 뭐만 보이는가 싶다.

자살을 처음 체계적으로 탐구한 에밀 뒤르껭은 《자살론》(1897)에서 자살을 (1)과도한 개인주의가 사회와의 유대감을 약화시킨 결과로 나타나는 '이기적 자살', (2)사회에 대한 과도한 책임감에서 비롯되는 '이타적 자살', (3)사회의 기준과 가치관 혼란에 기인하는 '아노믹 자살' 등 세 범주로 분류했다. 노 전 대통령 경우는 (2)와 (3)의 사이에서 생각할 문제로 보인다.

노무현은 지지자들에게나 반대자들에게나 '투사'로 인정받아 온 사람이다. 그의 뛰어난 투쟁력은 어디에서 온 것인가? 다른 점을 짚을 사람도 있을지 모르지만 나는 그의 '유머감각'을 힘의 원천으로 생각해 왔다. 보통사람들이 견디기 힘든 좌절을 거듭거듭 겪으면서도 무너지지 않는 강인함, 그리고 승부의 고비에서 본질을 파고드는 담대함은 자기 자신을 관조하는 초연함에서 나오는 것이라고 보아왔다.

그런 투사, 그런 유머리스트가 검찰이 들볶아 댄다고, 아끼는 사람들이 고생한다고 해서 맥을 놓아버린다? 있을 수 없는 일이라고 생각한다.

나는 그가 퇴임할 때까지 그의 '지지자' 노릇을 한 일이 없다. 그러나 이번 검찰의 수사 방법이 억지스러운 것은 혐의 내용이 부실하기 때문이라고 봤고, 그래서 그의 지도력이 역경으로 보이는 상황을 통해 증폭될 것이라고 예상했다. 투사로서 그의 면모가 되살아날 기회가 무능한 정권에 의해 주어지는 것으로 보았다.

그런데 그가 스스로 세상을 떠났다. 뉴스를 듣고부터 열다섯 시간 동안 생각에 잠겨서도 갈피를 잡을 수가 없었다. 삶과 죽음을 하나로 본다는 유서, 투철한 유머리스트에게 기대할 만한 말씀이긴 하지만… 다른 사람은 몰라도 권 여사한테 그럴 수 있나?

대통령 되기 이전의 그의 행적에서 많은 사람들이 많은 것을 배운 반면 대통령 노무현에게서는 사람들의 배우려는 자세가 줄어들었다. 내가 보기엔 같은 사람이 같은 태도로 일한 것인데, 왜 그런 차이가 생겼을까? 대통령 되기까지는 '승리의 길'이라 해서 사람들이 우러러보고, 대통령 된 뒤에는 '권력자'라 해서 질시의 대상이 된 것일까?

재임 중 어느 고비에서 자신이 계몽주의자가 되어버리는 것 같다고 반성의 마음을 토로했다는 노 대통령. 그렇다, 그는 국민을 다스리기보다 가르치려 한 사람이다. 대통령 자리에서 국정을 이끌어 본 그가 하나의 세력을 일으키는 투쟁의 길에 흥이 나겠는가. 차라리 탁 놓아버림으로써 대통령으로서도 펼치지 못했던 하나의 큰 가르침을 던진 것 아닐까? 승리에만 집착하는 이 사회, 전술·전략에만 몰두하는 이 사회에 철학적 반성을 일깨운 의미를 두고두고 파고들어야겠다는 생각을 한다.

이것을 '자살'이라고 할 수 있을까? 나는 '자기희생'의 의미를 더 많이 보고 싶다. (2009. 5. 24)

검찰 없는 세상에서 살고 싶다

검찰 청사 유감　사법시험에 합격하면 판사가 될 수도 있고 검사가 될 수도 있다. 30년 전까지는 판사의 길이 더 인기 있었다. 판사는 한 사람 한 사람이 독립된 국가기관으로서 막중한 권위를 가진 몸임을 생각하면 그럴싸한 일이었다. 국회의원에도 판사 출신이 검사 출신보다 많았다. 판사로 뽑힐 자격이 되는 연수원생이 검사를 지망한다면 특별한 뜻을 가진 사람으로 보곤 했다.

1970년대 들어 이런 사정에 변화가 일어났다. 검찰을 지망하는 우수한 연수원생이 늘어나, 때에 따라서는 법원을 앞지르기도 했다.

스스로 3D 직종이라 칭하는 검사의 인기가 늘어난 까닭이 무엇일까? 국가 기능이 강화됨에 따라 배당된 사건을 받아 판결만 하는 판사의 수동성보다 사건을 찾아 적극적으로 파고드는 검사의 능동성이 국가와 사회에 더 훌륭한 공헌이 될 수 있다는 인식이 늘어난 것으로 보인다.

다른 한편으론 검사의 길이 출세에 더 유리하다는 인식도 늘어났다. 판사보다 검사가 언론의 각광을 받는 일이 많아졌고 정계 진출도 많아졌다. 재력가들은 학교 후배나 먼 친척 중에라도 검사가 있으면 후원자 노릇을 맡으려 안달이라고 한다. 권력기관으로서 검찰의 비중도 크게 늘어났다.

대법원과 대검찰청이 덕수궁 옆에 있을 때, 두 건물의 모습은 두 기관의 성격을 그대로 나타냈다. 고풍 어린 법원 청사가 '권위'를 몸으로 말해준다면 멋대가리 없는 현대식 검찰 청사는 '기능'의 상징으로 보였다.

그런데 서초동으로 옮기며 양쪽 건물의 차이가 크게 줄어들었다. 외장만 다를 뿐, 규모나 기본 형태가 거의 똑같게 된 것이다. 서초동뿐 아니라 80년대 이후 지은 전국 각지의 법원과 검찰 건물이 모두 이런 식이다.

법정 중심의 법원 건물과 사무실 위주의 검찰 건물을 한 켤레 신발처럼 꼭 맞춰 지은 것은 검찰의 권위를 법원과 대등하게 보이려는 의지가 작용한 것으로 보인다. 80~90년대는 이런 의지가 관철된 시기였다.

얼마 전 청주지검에서 '검찰 갤러리'를 열었다. 청사 건물의 여유를 지역사회에 문화공간으로 제공한다는 것이다. 뜻은 좋지만 과연 범죄인을 수사하는 검찰 청사가 그런 목적에 적합한 것인지 의아하기도 하다. 법원 청사에 지지 않게 웅장하게 지어놓고 보니 과분한 공간을 가지게 된 것도 같다.

아무리 화려하고 웅장한 청사를 지어도 이 건물을 등지는 예비 법조인이 늘어나고 있다. '권력의 시녀'가 되기보다 세계화 시대의 선두주자를 바라보고 최정예 연수원생들이 로펌으로 빠져나가는 것이다. 특히 검찰 외면 추세가 몇 년째 극심해서 관계자들의 걱정이 태산이라고 한다. 옛날의 왕조들도 망할 무렵에 화려한 궁궐을 지은 일이 많았던 생각이 난다. (1999. 5. 24)

생각해 보니 나이 60이 되도록 피의자는커녕 참고인으로도 검찰 신세를 져본 일이 없다. 그렇게 그야말로 법 없이 살아온 나도 요즘 와서는 한국 검찰이 이 세상을 더 나쁘게 만드는 존재란 생각이 든다.

검찰이 할 노릇은 못하면서 못된 짓만 하는 것을 비난할 때 '권력의 주구'란 말을 많이 쓴다. 그런데 근년에는 검찰이 주구가 아니라 권력 그 자체가 아닌가 하는 생각이 든다. 독재정권 때는 주구가 맞았다. 그러나 민주화 시대 들어 검찰의 '독립성'이 보장되기 시작했다. 힘은 그대로 가진 채 정권의 통제를 받지 않게 되었으니 주인 없는 들개가 될 수도 있는 것이다.

지금의 검찰은 어둠 속의 권력답게 국민을 괴롭히고 사회 발전을 가로막는 것을 역할로 삼고 있는 것처럼 보인다. 물론 검찰 구성원 전부를 놓고 하는 말이 아니다. 흔히 '수뇌부'라 지칭되는 엘리트 그룹이 이 사회 특권층의 일부로서 자기 정체성을 확인하고 이 사회의 특권 구조를 유지·강화하는 데 검찰 조직을 이용하고 있는 것이 아닌가 생각된다는 것이다.

도덕적 잣대만을 들이대는 게 아니다. 검찰이 헌법을 초월하는 권력을 가지는 것은 국가 안보의 취약점이 되는 것이다. 병참기지를 교통 요충지에 집중시켜 놓으면 물류비용을 줄이고 능률을 높일 수 있다. 그러나 그런 집중은 전략적 취약점이 될 수도 있다. 적군이 좁은 범위만 공격해도 쉽게 치명적 타격을 입을 수 있기 때문이다. 권력 집중도 마찬가지다. 독재국가는 지도자의 안위가 곧바로 국가 안보에 영향을 끼칠 수 있다.

대한민국 옆에 삼성돈국이란 적성국가가 있다 치자. 삼성돈국이 대한민국을 식민지로 삼고 싶을 때, 선전포고를 하고 정면으로 침공하려면 비용이 많이 든다. 그런데 대한민국에 검찰이란 불법 권력이 요충을 장악하고 있으면 손쉽게 목적을 이룰 방법이 있다. 검찰 수뇌부만 포섭하면 되는 것이다. 검찰 수뇌부에게는 자기네 특권을 유지하기 위해 대한민국을 실질적 식민지로 만드는 데 협조할 동기가 있다. 수십 명만 꾸준히 '관리'하면 대한민국을 마음대로 요리할 수 있다. 대한민국 검찰은 못하는 짓이 없으니까.

국가의 검찰 기능을 아주 없애자는 게 아니다. 기능은 남겨두되 권력기관으로서의 성격을 약화시키자는 것이다. 그토록 일사불란한 지휘체계가 검찰에 꼭 필요한 것인가? 정연한 지휘체계가 능률에는 조금 보탬이 되는 면이 있을지 모르겠다. 그러나 바로 그 경직성이 검찰을 국가의 암적 존재로 만드는 것이다.

용산 사태를 놓고는 수사기록을 제출하라는 법원의 명령조차 거부하고 있는 대한민국 검찰이다. 법원의 명령이 없더라도 모든 수사기록을 피의자에게 공개하는 것은 검찰 직업윤리의 기본 중 기본이다. 정부 대 개인의 소송인 형사사건에서 검찰은 정부 측 소송대리인이지만 국가 공무원으로서 국민을 보호할 책임이 있는 입장이기 때문이다.

노 대통령 주변에 대한 수사는 어땠는가? 몇 십억 뇌물의 혐의를 잡아냈다고 주장하는데, 감사원에서 이 프로젝트를 한번 조사해 보면 좋겠다. 검사들 월급을 비롯해서 국민 혈세를 쏟아부은 금액이 더 크겠다. 게다가 '빨대질'은 또 어떻고? 직업윤리는커녕 시정잡배의 기본 상식에도 못 미치는 언론플레이는 증오에 앞서 경멸을 불러일으켰다.

미국처럼 선거로 뽑거나 단기간 계약직으로 채용된 검사라면 이런 미친 짓을 할 이유가 없다. 한국의 검사는 양심에 따라 업무를 수행할 수 없게 하는 조직에 속해 있다. 검사동일체 원칙을 제거했다고 하지만, 일사불란한 지휘체계가 그대로 있는 한 이름만 없어진 것일 뿐이다.

돌아가신 분이 남긴 글에 "아무도 원망하지 마라" 하는 말씀이 있다. 그는 자신을 핍박한 사람들을 미워하기보다 그들이 그렇게 행동할 수 있게 하는 제도와 환경에서 더 큰 문제를 생각한 것이다. 이번 사태를 놓고 검찰의 문제점을 생각한다면 몇몇 사람의 문책 따위로 넘길 일이 아니다. 일선 검사들이 양심과 소신에 따라 업무에 임하게 함으로써 '수뇌부'가 권력을 참칭하지 못하게 해야 한다. (2009. 5. 26)

김기협의 **페리스코프** 10년을 넘어

58

한 언론인의 반성 민주당이 예상 밖의 승리를 거둔 미국 중간선거에서 공화당원들 못지않게 패배감을 느끼는 사람들이 있다. 클린턴의 섹스 스캔들 파헤치기에 열 올리던 언론인들이다.

《워싱턴포스트》의 칼럼니스트 오버홀서는 언론이 심판자의 역할을 자임하던 종래의 오만을 반성할 기회라고 말한다. 언론은 사실을 만들어 내는 기관이 아니라 전달하는 기관일 뿐이며, 그것도 자기들이 중요하다고 생각하는 사실이 아니라 독자들에게 중요한 사실을 전달해야 한다는 것이다.

여론조사는 선거 몇 달 전부터 클린턴의 스캔들에 대한 유권자들의 무관심을 보여주고 있었다고 오버홀서는 지적한다. 대통령을 평가하려면 대통령 업무의 수행 실적을 보면 됐지, 사생활을 따질 필요가 없다는 유권자들의 뜻을 언론이 묵살해 왔다는 것이다. 언론인들이 워터게이트의 환상에서 깨어나지 못하고 있다는 것이 그의 자아비판이다.

언론의 영향력이 미국 못지않게 막중해진 우리 사회에서도 깊이 음미해 볼 만한 지적이다. 특히《조선일보》와 최장집 교수 사이의 사상 검증 논쟁에서 요긴한 문제점들이 겹쳐진 것을 느낀다.

공인 자격의 검증은 언론의 임무라고 신문 측은 주장한다. 그런데 이번 검증 대상은 공인으로서의 활동이 아니라 학술 문헌이다. 학술 활동 내용을 검증하려면 학술적 방법에 따라야만 한다. 갈릴레오의 종교재판도 당대 일류 학자들의 견해를 수집했다. 거두절미한 표현 몇 가지가 '사회통념'에 벗어난다고 전문가도 아닌 사람들이 문제 삼은 것은 '심판자' 역할의 자부심이 지나쳤던 것이 아닌가 반성이 필요한 일이다.

독자의 관심에 충실히 부응하려는 자세도 가다듬을 필요가 있다. 온 국민의 관심은 경제난 극복과 남북관계의 전개 등 미래의 문제에 쏠려 있다. 중요한 과제에 사회의 관심이 제대로 모이지 못하고 있는 때라면 언론이 이를 어느 정도 일깨워 줄 수도 있겠지만, 철 지난 파당적 정쟁이나 냉전적 대립 사고의 부활에 언론의 사명을 걸 수는 없다.

오버홀서는 분쟁을 토론의 차원으로 승화시키는 것이 언론 최고의 사명임을 새삼 깨달았다고 술회한다. 이 또한 오늘의 한국 언론이 깊이 새겨들을 말이다. 칼에도 활인活人의 칼과 살인殺人의 칼이 있듯 펜에도 살리는 펜과 죽이는 펜이 있다. 권위주의 시대에는 언론이 추상같은 자세로 절대권력 앞에 맞서주기를 국민이 원했다. 그러나 이제는 심판자보다 봉사자로서의 언론을 바라는 시대가 되고 있다. (1998. 11)

2001년까지 10년 동안 정규직은 아니라도 객원 연구위원, 객원 논설위원 등의 위치에서 《중앙일보》에 의지해 활동했다. 1998년 말에 쓴 위 글도 《중앙일보》에 실었던 것이다. 1990년 교수직을 그만두면서 꼭 언론계에서 일할 생각은 아니었다. 이런저런 인연으로 《중앙일보》에 칼럼을 쓰게 되었고, 그 인연에 대해 지금까지도 고맙게 생각하고 있다.

내가 《중앙일보》 일을 하는 동안에도 '조중동'의 지나친 보수성을 비판하는 얘기는 있었다. 그러나 내겐 그리 큰 문제가 느껴지지 않았다. 《중앙일보》 색깔을 의식해서 펜을 굽힐 필요를 느낀 일이 거의 없다. 거기 썼던 글을 여기 옮겨담아 놓아도 별로 어색한 느낌이 안 든다.

2006년 귀국한 후에도 당연히 《중앙일보》를 구독했다. 그런데 오랜만에 다시 보는 이 신문을 읽기가 너무 힘들었다. 몇 달 받는 대로 쌓아놓기만 하다가 결국 구독을 끊었다.

《중앙일보》에서 함께 일하던 유영구 선생을 몇 해 만에 다시 만났을 때 이런저런 얘기 끝에 이 일이 생각났다.

"유 선생,《중앙일보》를 한참 안 보다가 보려니까 왜 그렇게 읽기 힘들지? 신문이 바뀐 걸까, 내가 바뀐 걸까?"

유 선생이 크게 웃고 대답한다.

"선생님, 그때는 정운영 선생님도《중앙일보》에 글 쓰실 때였어요."

나보다《중앙일보》가 더 많이 변한 모양이다. 하기야 나는 몇 달 전《뉴라이트 비판》작업을 하던 중에도 스스로 밝힌 것처럼, 그때나 지금이나 보수주의로 일관하고 있다. 그렇다면 그 사이에《중앙일보》가 보수에서 수구로 바뀐 것일까?

《중앙일보》일을 하던 당시 함께 '조중동'으로 불리면서도《조선일보》와《중앙일보》사이에 큰 차이를 느끼고 있었다. 위에 옮겨놓은 글도《조선일보》의 색깔 논쟁을 비판한 것인데,《중앙일보》에 올리는 데 아무 스스럼이 없었다.

그런데 귀국 후 몇 달 동안 받아 본《중앙일보》는《조선일보》를 많이 닮아 있었다. 괜찮은 보수 신문이었는데, 아깝다. 아깝기는 하지만 그리 크게 상심하지는 않는다. 이념 문제가 아니라 전술 문제이기 때문에 상황이 바뀌기만 하면 원래 면목을 회복하는 것이 크게 어렵지 않으리라 생각한다. 정작 큰 실망을 느끼는 것은 '진보 신문'의 변하는 모습이다.

《중앙일보》를 끊은 뒤 2년간 신문 구독을 않고 지내다가 작년 촛불 사태 중에 《경향신문》 구독을 시작했다. 촛불 현상의 의미를 적극적으로 추구하는 자세가 마음에 들었기 때문이다.

그런데 해가 바뀌면서 《경향신문》도 자꾸 읽기가 힘들어졌다. '박연차 게이트' 빨대질에 누구보다 덜 빨아먹을까봐 안달이 난 꼴이었다. 오늘(5월 29일) 아침 만평에 김용균 화백이 "받아쓰기식 중계 만평 책임을 통감하며 반성합니다" 하는 반성문을 올렸지만, 그게 시원찮은 짓이란 사실을 이제 와서 알았단 말인가? 1년 전엔 괜찮은 신문 같아 보이던 것이 1년 뒤에 이런 '찌라시' 꼴을 보이는 건 웬 까닭일까?

세상 돌아가는 사정을 꽤 아는 친구에게 얼마 전 물어보니 '진영 논리' 때문이라고 설명해 준다. 촛불 때는 'MB 대 반MB'의 단순한 진영 구도였지만, 박연차 때는 소위 진보 진영 내의 복잡한 갈등이 신문의 태도에 작용한다는 것이다.

오늘 《경향신문》 만평의 반성문에는 어떤 의미가 있는 것일까? 노 전 대통령의 서거를 통해 '노무현 대 MB'의 구도로 갑자기 바뀌는 상황에 놀라 황급히 대응하는 것뿐이라면 정말 실망스러운 일이다.

'노무현 전 대통령을 떠나보내며'란 제목의 사설은 실망스러운 쪽을 보여준다. '언론의 책임론'이 몇 줄 들어 있지만, '이른바 보수 언론들'을 가리킨 얘기고, 끝에 "《경향신문》도 그 책임론에서 자유로울 수 없다는 지적을 겸허하게 새기고자 한다"라는 한 줄이 달랑 붙어 있다.

이것이 정말 '겸허하게 새기는' 자세인가? 언론답지 못한 꼴을 그동안 보인 데 대해 일 터지고 일주일이 다 된 지금까지 새겨놓은 것이 아직 없어서 이제부터 새기겠단 말인가? 몇 달 동안 노 전 대통령 관계 보도 자세를 놓고 '이른바 보수 언론들'과 자신을 차별화할 의미가 무엇이 있단 말인가?

오버홀서가 반성한 자세를 보라. 그를 비롯한 미국 언론인들은 허위 사실을 내세운 것도 아니고 도덕적으로도 정당한 방향으로 펜을 놀렸다. 기사와 논설을 통해 미국을 더 정의로운 곳으로 만들기 위해 노력했다. 그러나 그 뜻이 독자들에게 받아들여지지 않은 것으로 판단했을 때 오버홀서는 '분쟁을 토론의 차원으로 승화시키는' 언론 최고의 사명에 충실하지 못했음을 반성했다.

내가 왜 조중동은 놔두고 하필 어려운 여건에서 좋은 신문 만들려 애쓰는 《경향신문》에게 투정을 쏟아내나? 《경향신문》이 한국 사회에서 조중동보다 더 중요한 신문이기 때문이다. 돌아가신 분도 신문 보고 마음 상했다면 조중동 보고 상했겠는가?

그리고 좋은 신문 만들기에 진정으로 열악한 여건을 가진 게 조중동이다. 돈 사정은 좋은 신문 만드는 여러 조건 중 하나일 뿐이다. 조중동은 돈 사정 한 가지가 우월한 대신 다른 중요한 조건들이 그에 희생당하고 있다.

《경향신문》이 조중동보다 더 좋은 신문인 것은 당연한 일이다. 그런데 왜 조중동 따라서 빨대질을 하나? 자기 진영, 그나마 '진보 진영'을 잘게 쪼갠 좁은 파벌에 공헌하는 것과 언론의 기본 사명에 충실한 것, 어느 쪽을 바라볼 것인지 통렬한 반성을 바란다.

보수주의자를 자처하는 내가 진보 신문을 자처하는 《경향신문》을 왜 구독하는가? 그것은 한국에서 보수 언론과 진보 언론의 구분에 큰 의미를 보지 않기 때문이다. 더 중요한 것은 찌라시와 신문의 차이다. 《경향신문》이 '진보'에 집착하기보다 '좋은 신문'을 만들어 주기 바란다.

지금 같아서는 신문 없는 세상에 살고 싶다. (2009. 5. 29)

《경향신문》 사절!

종이 신문으로 유일하게 경향신문을 구독하지만 큰 기대는 하지 않고 본다. 시원찮아 보이는 기사는 첫 줄 보다가 넘어가고 재미있는 것만 더 살펴본다.

몇 달 전부터 그냥 지나가는 글이 많아지다가 거의 외부 필자 글만 보게 되었다. 문제된 유인화 글도 오늘 우리 게시판 기사 덕분에 들어가 보니 그런 글이 있었던 것 같다. 첫 줄만 흘끗 보고 그냥 지나쳤던 것 같다.

그냥 틀린 '비' 보다 비슷하면서 아닌 '사이비'가 더 나쁜 거라고 공자님도 말씀했다.

그래서 일전의 프레시안 글 〈신문 없는 세상에 살고 싶다〉에서도 경향신문에 비판의 초점을 맞췄다.

사실 한겨레 인상이 더 나쁘지만, 훑어보지도 않으면서 비판할 수는 없는 거니까.

그런데 경향신문의 그동안 시원찮은 자세를 비판한다고 했지만...

유인화 글처럼 흉악무도한 글이 있었다는 사실은 생각하지 못하고 있었다.

그걸 염두에 뒀으면 더 쎄게 조지는 건데.

내가 존경하고 사랑하는 분을 씹었다 해서 '흉악무도' 하다는 게 아니다.

누구를 대상으로 하더라도 미디어의 힘을 그딴 식으로 사람 잡는 데 쓰는 건 흉악무도한 짓이다.

사람이 아니라 권력을 비판하는 거라면 강렬한 패러디도 쓰일 수 있다.

하지만 이명박 깐다고 해서... 그 부부간의 대화를 유인화 식으로 패러디한다는 건...

너무 조중동스러운 짓이다.

일 터지기 전 경향신문의 시원찮은 짓들이나 흉악무도한 짓까지도, 반성만 제대로 한다면 구독을 끊을 사유까지는 안 된다, 내게는.

그런데 너무도 반성을 할 줄 모른다.

차악이라도 아껴 줄 가치가 있는 거라고 하는 이들도 있지만,

조중동이 '비' 라면 경향은 '사이비' 다.

돌아가신 분이 신문 보고 마음 상하셨다면 조중동 보고 상하셨겠냐고 내가 물었다.

살아 있는 사람들에게도 나쁜 영향을 끼칠 힘을 조중동보다 경향이 더 많이 가지고 있다.

사이비는 차악이 아니라 최악이다.

6월 말까지만 반성을 기다려 보겠다.

유인화 글을 보며 글쟁이로서 조심스러운 마음이 더 든다.

게시판에서 이렇게 주고받는 글은 마음대로 써도 괜찮다. 쌍방향이니까.

그런데 미디어를 통해 내놓을 때는 근본적으로 일방적인 것이 된다.

메시지를 내놓기 전에 확고한 것으로 만들려는 강박 때문에 오버하기 쉽다.

프레시안에 쓰는 데는 시간에도 돈에도 쫓기지 않는 입장이라서 강박이 덜한 편이지만, 그래도 메시지를 분명히 하기 위해 오버할 위험에 늘 불안하다.

10년 전 쓴 글들을 재활용하는 작업을 하면서 그리 심한 망발은 없었다는 사실을 새삼 다행스럽게 여긴다.

지난 금요일 내가 속한 동호회 게시판에 올린 글이다. 《경향신문》에 좋은 점이 있다고 봐서 구독해 왔고, 그동안 추한 꼴 좀 보였다 해서 확 끊어버릴 생각도 없다. 그런데 잘못된 일이 밝혀졌는데도 반성을 제대로 못한다면 계속 구독할 의미가 없다.

영결식이 있던 5월 29일 만평란과 조그만 사설 한 꼭지에서

'잘못을 저지른 게 있다'는 표시는 있었지만, 그 잘못이 어떤 잘못인지 반성도 충분해 보이지 않았고, 그 잘못을 극복하려는 의지는 거의 보이지 않았다. 그 시점까지 그 정도밖에 뜻을 밝히지 못하는 것이 한심스러웠지만, 시간을 두고 더 반성하는 게 있겠지, 하고 기다려 왔다.

오늘 아침 두 개 면을 털어 나름대로 그동안의 반성 내용을 내놓았다. 그런데 내가 보기에는 제대로 된 반성이 아니다. 그래서 《경향신문》을 끊기로 했다.

두 면 중 한 면(5면)은 아예 반성을 등진 방향이다. 《조선》·《동아》보다 자기네가 나쁜 짓을 덜해 왔다고 우기는 내용이다. 50보 도망간 놈이 100보 도망간 놈 흉보는 꼴이 아니고 무엇인가! 이런 변명도 못 되는 변명에 진짜 반성(비슷한 것)과 똑같은 지면을 쓰다니. 쯧쯧.

그런대로 반성 비슷한 형식을 갖춘 4면을 들여다봐도 한숨이 폭폭 나올 뿐이다. 주 기사의 소제목만 봐도 "검찰 주장에 대한 반론-해명 보도" "정권 차원의 '기획수사' 의혹 제기" "'살아 있는 권력'에 대한 엄정 수사 촉구" 등 그래도 자기네가 잘했다고 우기는 내용이 주종이고, 정작 잘못에 대해선 "검찰 발표 의존과 일부 과도한 보도"라고 마지못해 조금 끼워넣었을 뿐, 끝까지 "성찰하는 언론의 자세 지켜"라며 국면이 완전히 뒤집어진 뒤에 뒷북 좀 친 것을 가지고 생색낸다.

5월 29일 올린 글(〈신문 없는 세상에서 살고 싶다〉)에서 《경향신문》을 중심으로 언론의 행태를 비판했지만, 나는 미디어 비평가가 아니다. 한 독자로서 불평을 털어놓은 것뿐이다. 신문을 꼼꼼히 보지도 않는다. 읽을 만한 기사가 있으면 읽지만, 마음에 안 드는 기사는 제목이나 첫 줄만 훑어보고 지나가 버린다. 5월 4일자 유인화의 칼럼도 나중에 보니 그런 물건이 있었다는 생각이 어렴풋이 나지만 내용은 안 읽었던 것이다. '시원찮은 글 또 하나 있나 보군' 하고 지나쳤을 것이다. 만약 읽었더라면 그 흉악무도함에 분노하지 않았을 수 없다.

오늘 반성 기사 중 이 글을 언급한 대목이 있다.

> 유인화 문화1부장의 5월 4일자 칼럼 〈아내 핑계 대는 남편들〉은 노 전 대통령이 직접 돈을 받았을 것이라는 의심을 전제로 썼다. … 이는 그만큼 노 전 대통령에 대한 실망이 컸다는 걸 방증한다고 할 수 있다.

이 무슨 구차한 소린가? 《경향신문》이 올려서는 안 될 글을 올렸습니다. 다시는 그런 일이 없도록 최선을 다하겠습니다" 하는 제대로 된 반성이 왜 못 나오나?

인터넷으로 그 글을 찾아보려 해도 찾을 수 없다. 치워놓은 모양이다. 올려서 안 될 글이라서 없앤 게 아니라 놓아두면 불편하니까 치워놓은 모양이다. 그 글의 한 대목처럼 "소나기만 피하자고. 국민들, 금방 잊어버려" 하는 배짱일까?

《경향신문》이 조중동보다 나은 신문이니까 지켜줘야 한다는 이들도 있다. 그러나 나는 조중동과 비교될 만한 신문을 지켜줄 생각이 없다. 무능하고 무력한 것은 참아줄 수 있고 감싸줄 수 있다. 그러나 떳떳치 못한 상대에게 사랑을 줄 수는 없다.

(2009. 6. 8)

대통령
없는
세상에서
살고 싶다

현대 속의 부족국가　은殷나라 왕실 세계를 보면 형제 간 계승이 태
반이다. 이에 비해 그 뒤의 주周나라는 부자 간 계승이 엄격히 지켜
졌다. 즉위 1년 미만에 왕이 죽은 세 차례를 빼면 형제 계승이 거의
없었다.

　부자 계승 원칙은 그 이래 중국 왕조 체제의 뼈대가 되었다. 아무
리 큰 능력과 세력을 가진 인물이라도 적장자嫡長子가 아니면 보위寶
位를 쳐다보지도 못하게 함으로써 갈등의 소지를 원천봉쇄한 것이
다. 이 원칙은 조선에도 전해져 태종, 세조처럼 실력으로 왕위를 차
지한 임금들에게 큰 정치적 부담을 주었다.

　주나라에서 부자 계승이 확립된 것은 누구보다 주공周公의 공로였
다. 은나라를 정복한 무왕武王은 죽을 때 동생 주공에게 어린 아들
성왕成王의 섭정을 맡겼다. 얼마 후 다른 동생들 관숙管叔과 채숙蔡叔

이 은나라 잔당과 결탁해 반기를 들면서 주공이 조카 성왕의 자리를 넘본다고 비난하고 나섰다. 이 반란을 평정함으로써 주나라 체제가 완성되었다고 한다.

부자 계승의 원칙이 기정사실이 된 후세 사람들은 주공이 성왕을 모신 것을 당연한 일로 여겼다. 그러나 주공 당시에는 힘 있는 아저씨가 어린 조카의 왕위를 빼앗는 것이 오히려 당연한 일이었을지도 모른다. 그럼에도 불구하고 신하의 자리를 지켰기에 공자는 주공을 성인聖人으로 받들었다.

주공의 처신은 도덕적으로뿐 아니라 시스템공학의 관점에서도 의미 있는 것이다. 형제 계승의 시스템에서는 가장 능력 있는 사람이 가장 높은 자리를 차지한다는, 추장의 의미에 임금 자리가 머물러 있었다. 이런 시스템에서는 국가의 힘이 임금 개인의 능력 범위에 제한을 받는다. 이 한계를 뛰어넘는 천자天子 체제를 세운 주공을 중국 역사의 개창자라 해도 지나친 말이 아니다.

대통령이 행정 집행의 기능에 그치지 않고 국가의 모든 일에 초월적 권력을 행사해 온 대한민국 전통은 추장이 거느리는 부족국가 수준이다. '박정희 신드롬'을 보거나, 대통령 또는 후보의 가족 문제가 허구한 날 정치권을 뒤덮는 것을 보아도 우리 국민이 대통령에 거는 기대는 줄어들지 않는 것 같다. 쌓이고 쌓인 실정과 비행으로 대통령의 권위가 만신창이가 된 오늘날이기에 더욱더 답답하다.

(1997. 8. 8)

국가원수로서 최초의 '대통령president'은 1776년 미국 독립과 함께 취임한 조지 워싱턴이었다. 18세기 초 공화국으로 독립한 중남미 국가들이 흔히 대통령제를 채택했고, 유럽에서는 1848년 프랑스 제2공화국이 처음으로 대통령제를 실시했다. 공화정이 확산됨에 따라, 그리고 옛 식민지들의 독립에 따라 대통령을 두는 나라는 계속 늘어나 지금은 150개국에 이른다.

대통령제가 공화정을 시작하는 나라에서 널리 선택받는 이유는 사람들이 오랫동안 익숙해 있던 왕의 존재를 대통령이 대신해 주기 때문이다. 주권이 국민에게 있다고 하지만, 국민은 누군가가 과거의 왕처럼 포괄적 책임을 져주어야 마음을 놓을 수 있다. 대통령은 공화제 국가의 국가원수치고는 전제군주와 너무 비슷한 존재다.

선진국 중에는 대통령중심제가 별로 없다. 유럽 국가에는 대통령이 있더라도 대개 국가원수로서 상징적인 존재일 뿐이며, 정부 수반을 겸하는 프랑스의 대통령도 제한된 범위의 권력만을 가지고 있다. 대통령에게 권력이 집중되는 나라는 대개 정치적 후진국들이다. 미국만 해도 부시 하나 잘못 뽑아놓고 나라 꼴이 얼마나 망가졌나 보면 정치제도 면에서는 선진국이 못 된다. 토

크빌 시절 이후 세상의 변화를 따라오지 못한 것이다.

그래도 미국은 3권분립과 견제-균형의 원리가 정권 운용에 어느 정도 통하는 편이다. 그 밖의 대통령중심제 국가에서는 대개 대통령이 절대적인 권력을 쥔다. 우리나라 경우도 그렇지만, 헌법상으로 3권분립을 규정해 놓아도 사회의 민주 역량이 부실한 상황에서는 행정권의 현실적 힘이 다른 2권을 압도하는 경향이 있기 때문이다.

대한민국은 미국의 입김 속에 세워진 나라이기 때문에 미국을 따라 대통령중심제를 취했다. 그 후 60여 년간 대통령의 존재가 이 나라에 가져온 득실을 한번 따져보자.

우선 대통령의 자리가 독재자에게 이용당한 사례들을 생각해야겠다. 대통령 한 사람에게 권력이 집중돼 있으면 헌법상의 주권재민 원리가 사문화되기 쉽다는 사실을 대한민국 역사가 확인시켜 준다.

분단 건국을 주도한 이승만은 통일국가 제창자들 대부분이 보이콧한 국회에서 대통령으로 선출됐다. 그 후 그가 국민직선제로 개헌을 행한 것은 국회의 지지를 유지할 능력이 없기 때문에 자신이 쥐고 있는 행정력으로 쉽게 주무를 수 있는 길을 찾은 것이다. 박정희는 군사정권이 실질적으로 지속되고 있는 상황 속에서 대통령 자리에 오른 뒤 힘과 돈으로 그 자리를 지켰다. 유신 후 '체육관 선거'로 바꾼 데는 비용 절감의 의미만이 있을 뿐이다.

어느 정도 요건이 갖춰진 선거를 통해 대통령을 뽑게 된 것은 1987년 이후의 일이다. 대통령제의 문제점은 여기서부터 더 극명해진다. 그전까지는 뽑는 과정이 제대로 지켜지지 않아서 뽑힌 사람이 엉망이었다고 볼 여지도 있지만, 선거가 큰 하자 없이 치러졌는데도 대통령의 존재가 국가와 사회에 도움이 안 된다면 이건 다른 차원의 문제다.

노태우, 김영삼, 김대중 대통령에 이르기까지 15년 동안 대통령을 둘러싼 권력 구조는 독재 시대의 유산을 이어받고 있었다. 비자금과 공권력을 이용해 헌법상의 권한을 넘어서는 힘을 대통령이 지킨 것이다. 개인 비리를 위해서든, 선의의 정책 추진을 위해서든 초헌법적 권력을 대통령이 행사했다.

노무현 대통령은 이 어두운 전통을 마감하는 데 큰 노력을 기울였다. 소위 권력기관에 대한 영향력 행사를 스스로 삼가고 비자금으로 지지 세력을 조종하지도 않았다. 대통령으로서 그의 역할은 두 겹이었던 셈이다. 겉으로 드러나는 업무 수행, 그리고 대통령직 정상화를 위한 보이지 않는 노력.

일상적 업무 수행에서 그를 성공한 대통령으로 평가하기는 힘들다. 심심찮게 '노빠' 소리를 들을 만큼 그를 높이 평가하는 나로서도 어쩔 수 없다. 나는 '인간 노무현'을 대단히 높이 평가하지만 '대통령 노무현'에 대해서는 쉽게 성공을 우길 수 없다.

내가 가장 중요하게 생각하는 남북관계부터 그렇다. 전향적 자세를 임기 내내 견지했음에도 불구하고 임기 말에 이르러서야 정상회담을 치를 수 있었다. 그 때문에 성과를 충분히 정착시킬 시간이 없었고 이명박 정부의 퇴행 정책에 쐐기가 약하게 되었다. 정상회담이 늦어진 데는 투명성을 위해 뒷거래를 마다한 이유가 클 것이다.

탄핵도 그렇다. 정당한 탄핵 사유가 없었다는 사실은 '관습헌법'이란 기발한 창작을 해낸 헌법재판소조차 인정한 사실이다. 탄핵은 당시 야당의 부당한 행패로 인식되어 직후의 총선에서 그 응징을 받기도 했다. 그러나 국정에 공백이 생긴 데는 노 대통령의 책임도 있다. 대통령이 돈과 권력으로 선거에 은밀히 개입하던 관행을 배척한 결과다.

대연정 제안에도 같은 문제가 작용했다. 열린우리당이 국회 과반수를 확보한 상황에서도 그는 '속도전'을 요구하지 않았다. 그는 대통령의 초헌법적 권력을 깎아내면서 국회의 헌법상 기능을 제대로 살려내려고 꾸준히 노력했으며, 대연정 제안도 그 뜻을 담은 것이었다. 그러나 그런 권력 조정을 원하지 않는 한나라당에게 거절을 당했을 뿐 아니라 여당의 반발까지 불러와 레임덕 현상을 가속시켰다.

그런 의미에서 '대통령 노무현'은 실패자였다. 퇴임 후 가족, 친지, 측근 등 아끼는 사람들과 함께 형편없는 곤경에 빠져든 대통령을 어떻게 성공한 대통령이라고 말할 수 있나? 퇴임 1년도 안 돼 남북관계, 복지-분배 등 주요 정책이 모두 거꾸로 뒤집히기에 이른 대통령을 어떻게 성공한 대통령이라고 말할 수 있나?

그러나 보이지 않는 측면, 대통령직을 정상화한다는 측면에서는 큰 성과를 이룩한 5년이었다. "그런 사람이 대통령이 되었다는 사실만으로도 대단한 성과"라고 평한 이도 있거니와, 나는 "그런 식으로 대통령직을 수행하고 무사히 퇴임할 수 있었다는 것이 대단한 일"이라고 생각한다. 나는 5년간 그의 일거수일투족이 모두 대통령직을 둘러싼 권위주의 타파를 향한 것이었다고 본다. 대한민국 정치사의 가장 중요한 인프라 작업이라고 할 수 있다.

그가 가장 큰 노력을 기울이고 그만큼 큰 보람을 느낀 일이 대통령직 정상화였다고 나는 생각한다. 다른 정책은 정권이 바뀐 뒤 뒤집히더라도 현실 조건에 의해 합리적 한계가 있을 것이고, 권위주의 타파는 비가역적 문화 전환이라고 생각했을 것이다.

그런데 퇴임 후 1년간 그는 권위주의의 부활을 목격했다. 되살아난 권위주의가 경제정책과 대북정책을 독단으로 몰고 가고 민주 질서를 파괴하는 것을 지켜보았다. 평화적이고 해학적인 '촛불 문화'는 그의 체취를 풍겼다. 그러나 군홧발과 물대포 앞에서 너무 무력했다. 그리고 촛불을 미워하는 자들이 그를 노리고 달려들 때, 진보 진영에서도 그의 곁에 선 사람은 많지 않았다.

'대통령 노무현'의 어려움은 '제왕적 대통령'이기를 거부하는 데서 비롯되었다. 그는 대통령직을 5년간 종사할 하나의 직업으로 택했다. 계약 기간이 끝나면 고향에 돌아가 유유자적하며 농촌 발전이라는 또 하나의 인프라 사업에 힘을 쏟으려 했다. 그런데 제왕적 대통령 노릇 요구가 봉하마을까지 따라왔다. '통치 기록' 반환 요구, 비리 수사를 빙자한 정치적 탄압, 모두 그를 제왕적 대통령으로 간주한 공세였다.

한국 사회는 정말로 아직까지 제왕적 대통령을 필요로 하는가? 대통령 바뀌고 1년 남짓 사이에 바뀐 상황을 보면 그런 것도 같다. 그러나 이것이 정상적 상황이 아님을 사회가 깨달을 때가 되었다. '제왕적'이란 말의 근거가 된 근대 이전의 '제왕'도 한국 대통령처럼 제왕적이지는 않았다.

앞에 붙인 글에서 보듯 3천 년 전 사람들도 절대권력이 지닌 문제점을 알아보고 있었다. 임금의 자격을 능력보다 혈통에 둠으로써 최고 권력의 의미를 제한했던 것이다. 근대적 변화를 겪은 뒤의 서양인들은 '동양적 전제정치oriental despotism'를 손쉽게 조롱했지만, 그 전제정치란 것이 수천 년간 질서의 뼈대 노릇을 할 만큼 조화와 균형을 갖춘 것이었다. 한국의 대통령제는 그보다 훨씬 미개한 상태로 돌아가 있다.

이명박의 대통령직 수행에 불만과 분노를 가진 사람들이 그의 하야를 요구한다. 나는 하야를 요구할 생각이 없다. '제왕적' 권력을 포기하고 헌법대로 직책을 수행할 것을 요구한다. 하야하

는 것보다 훨씬 더 힘들 거다. 정 힘들면 대통령직 없애버리든
지. 노 대통령처럼 정성을 쏟고도 정상화시킬 수 없는 자리라면
차라리 없애는 게 나을지 모르겠다. (2009. 6. 2)

보수保守면 또 어때?

친미親美면 또 어때? 지난 12월 19일 밤 파리의 클레망텡 교수가 이메일로 '재미있는 후보'의 당선을 축하해 주면서 그곳 사람들의 노 후보에 대한 가장 뚜렷한 인식은 "미국 가 본 일이 없는 사실을 자랑스럽게 여기는 사람"이라고 덧붙였다. 유럽 지식인들이 재미있게 생각할 특징이다. 미국의 위성국가쯤으로 알았더니, 자존심이 제법 아닌가!

국내에서도 널리 공감을 불러일으킨 태도였다. 반미 정서까지 가지지 않은 사람이라도 종래 한국 지도층의 미국에 대한 태도에는 애들 말대로 '쪽팔리는' 느낌이 있었기 때문이다. 그 위에 여중생 역사轢死 사고 처리와 부시 정권의 무리한 대북 압박정책에 대한 반감이 겹쳐져 더욱 관심의 초점이 되었다.

"사진 찍으러 미국에 가지는 않겠다"는 노 후보의 태도를 '반미'

로 볼 수 있을까? 그렇게 보려 든 사람들이 있었다. 노 후보의 반대 자들은 그의 반미적 태도가 한미관계를 해칠 것이라고 비난했고, 반미를 표방하는 사람들은 노 후보를 자기편으로 생각했다.

나는 미국의 대외정책을 (매도에 가깝게) 비판하는 글을 꽤 많이 쓰는 사람이지만, 반미주의자가 아니다. 미국의 구조적 문제가 온 세계에 나쁜 영향을 끼치는 것을 걱정하고, 과거의 한미관계가 떳떳하지 못했던 것을 아쉽게 생각할 뿐이다. 미국이라는 국가가 있음으로 해서 이 세상에 나쁜 일보다 좋은 일이 더 많았다고 생각하는 사람이다.

노 당선자의 미국에 대한 태도도 나와 비슷한 것이라고 나는 이해한다. '친미'고 '반미'고 이름 붙여 자신의 태도를 고정시키는 것은 개인으로서도 성숙한 사고가 되지 못하기 쉽고, 더구나 국정의 책임을 가진 공인으로서는 국익에 충실할 수 없는 태도다. "반미면 또 어떠냐"는 반문에는 중립적 태도를 반미로 몰아붙임으로써 스스로의 편향된 친미를 드러내는 단세포들에 대한 짜증이 묻어 있다.

오른쪽에 단세포가 있으면 왼쪽에도 단세포가 있기 십상이다. 세상은 참으로 조화롭지 않은가. 얼마 전 노 당선자가 꺼낸 '친미적 자주'라는 표현을 둘러싼 논란에서 깨닫게 된다. 노 당선자의 자주적 태도를 좋아하던 사람들 중에 당선 후 미국에 대해 유화적 태도를 보이는 데 실망감을 표하는 사람들이 있다. 그들은, '친미'와 '자주'는 서로 모순되는 것이어서 '친미적 자주'라는 말이 논리적으로 성

김기협의 **페리스코프** 10년을 넘어
82

립되지 않는다고 비판하거나, 무게가 '친미'에 있고 '자주'는 장식처럼 붙인 말일 뿐이라고 주장한다.

노 당선자가 취임 후 정책 추진에서 비자주적이고 친미적인 태도를 보인다면 그때 가서 꺼낼 이야기다. 말만 놓고 시비를 벌일 일이 아니다. 거시적·장기적으로는 '자주'를 추구하되 미시적·단기적으로는 '친미'에 다소의 무게를 둔다는 것이 현시점에서 대한민국 대통령에게는 더 바랄 바 없이 훌륭한 자세라고 생각한다.

그런데도 '친미적 자주'에 불만을 표하는 사람들은 '반미적 자주'를 원하는 것일 게다. 그것도 좋은 얘기다. 미국은 정말 문제 많은 나라다. 미국을 악의 축, 또는 하나의 가상 적국으로 생각하고 미국의 주장과 요구를 늘 의심으로 대하는 외교 자세도 하나의 대안으로 검토할 수 있다. 그리고 국익에 적합하다고 판단되면 외교 노선으로 채택할 수도 있다.

그러나 현실의 득실을 따지지 않고 마치 친미는 악이요, 반미는 선인 것처럼 자주보다 반미에 집착한다면 이것은 친미를 가장한 숭미崇美 못지않은 독단이다. 우리에게 긴요한 것은 자주다. 어느 한 나라에 절대적으로 의지하지 않는 자주의 자세를 세우고 나면 어느 나라를 더 친하게 대하고 덜 친하게 대할지는 그때그때의 판단에 따라 택할 수 있다. 미국 아니라 어떤 나라라도 절대적으로 배척하는 것은 절대적으로 의지하는 것과 마찬가지로 선택의 폭을 스스로 좁히는 길이다.

냉전 시대의 대한민국에게는 절대적으로 배척해야 할 적성국과 절대적으로 의지해야 할 우방국만 있었다. 진정한 의미에서 '외교'라는 것이 없는 나라였다. 지금은 외교를 꽤 가진, 훨씬 자주적인 나라가 되어 있다. 미국을 적대한다고 해서 더 자주적인 국가가 되는 것이 아니다. 미국과의 외교를 더 신축성 있게 만드는 것이 자주성을 늘리는 길이다.

미국에 대한 한국의 의존도는 계속 줄어들고 있다. 여행자 수, 투자 규모, 교역량에서도 중국이 미국의 중요성을 추월하고 있으며, 몇 년 후면 미국과 큰 격차를 가진 최대의 교류 상대가 될 것이다. 미군의 한국 주둔은 갈수록 어색한 일이 되어가고 있으며, 미국의 잣대에 맹종하는 우리 사회 일각의 자세는 이미 시대착오가 되어버렸다.

심한 시대착오 증세는 부시 정부 언저리에도 많이 보인다. '맞춤형 봉쇄'니 뭐니 띄워보다가 김 대통령과 노 당선자가 의연한 태도를 보이니 주워 담기 바쁘지 않은가. 두 군데 전쟁을 동시에 수행할 수 있다고 큰소리치던 럼스펠드는 지금 무슨 표정을 짓고 있을까.

국민 대다수가 남북관계 발전을 김대중 정권 최대의(또는 유일한) 업적으로 꼽는 바탕에는 한미관계의 변화에 대한 인식이 은연중에 깔려 있다. 이 인식은 12월 19일 선거에서도 확인되었다. 부시가 김 대통령에게, '전에 놀던 방식business as usual'이 더 이상 통하지 않는다는 것을 김정일에게 가르쳐 주라고 전화로 요구했지만, 전에 놀던 방식이 통하지 않는다는 것을 지금 깨닫고 있는 것은 부시 자신이다.

자주성만 확보한다면 친미를 범죄시할 필요가 없다. 미국과의 관계에서 좋은 면을 애써 아낄 필요도 있다. 한국의 국제관계가 너무 중국 일변도로 쏠리지 않도록, 다변화의 중요한 요소로 미국과의 관계가 큰 가치를 가질 날도 머지않았다.

당선자가 취임 후에 곧 미국을 방문할 것이라고 미국 쪽에서 먼저 떠들어 대는 꼴이 예쁘지는 않다. 그렇게도 와주기를 바란다면 노 당선자, 가서 사진이라도 같이 찍어주고 와라. 하지만 더 중요한 외교 상대가 되어가고 있는 중국 방문은 정말 좋은 결실을 얻도록 잘 준비해서 추진하기 바란다. (2003. 1. 6)

한국의 정치 구조에 대한 일차적 인식은 '진보' 진영과 '보수' 진영의 대립이다. 민자당, 신한국당을 거쳐 한나라당이 보수정당 행세를 해왔고 근년 자유선진당이 그로부터 갈라져 나왔다. 다른 한편에서는 진보를 자처하는 또 하나의 거대 정당이 국민회의, 열린우리당, 민주당 등의 이름으로 존재해 왔고, 이것을 '사이비 진보'로 비판하며 '진짜 진보'를 주장하는 민주노동당과 진보신당이 있다.

진보와 보수의 단순한 구분은 하나의 흑백론이다. 흑백론이라 해서 무조건 나쁜 건 아니다. 상황 인식의 유용한 출발점이 될 수 있다. 그러나 여기에 묶여 더 이상의 분석적 이해를 포기하는 것은 지적 게으름이며 대중 조작의 표적이 되는 길이다.

한국 정치에서 흑백론이 지나친 힘을 가진 것은 독재 시대의 유산이다. 독재와 반독재의 대립이 정책 차원의 모든 이슈를 압도하는 상황에서 흑백론을 넘어서는 어떤 접근도 투쟁 자세의 선명성을 흐리게 하는 멍청한 짓 내지 나쁜 짓으로 몰렸다. 어떤 실질적 담론도 필요로 하지 않는, 투쟁 일변도의 정치판이었다.

1987년 독재 종식 후 '보수-진보'의 구도가 '독재-반독재' 구도의 뒤를 이었다. 독재 시대에 형성된 기득권층이 '보수'의 이름 아래 한국 사회의 특권 구조를 지키러 한나라당(다른 간판이던 시절 포함)으로 모이고, 이에 대항하는 세력들은 그 맞은편에서 '진보'의 이름을 가지게 되었다. 민주당(다른 간판이던 시절 포함)이 실제 진보성이 강하지 않으면서 진보의 간판을 달게 된 것은 한나라당에 대항하는 세력을 규합하기 위해서였으므로, 보수와 진보의 경계선은 한나라당에 의해 그어진 것이다.

한나라당이 보수를 표방하는 것은 "이대로!"를 외치며 변화를 거부하기 때문이다. 여기서 '수구' 논란이 생긴다. 정치사상으로서 의미 있는 보수는 지속 가능한 질서를 모색하는 '합리적 보수'다. 한국의 사회경제 구조에는 독재 시대에 절대권력의 힘으로 만들어진 특권·불평등의 요소가 많이 남아 있다. 민주사회에서 지속 가능한 질서를 이뤄내기 위해서는 정리해야 될 요소들이다. 이런 요소들까지 "이대로!" 지키겠다는 맹목적 현상 유지 주장은 보수 아닌 수구와 다름없는 것이다.

한나라당도 지지층의 유지·확대를 위해 수구 아닌 합리적 보수를 표방할 필요가 있었고, 그런 방향의 노력이 상당히 있었다. 그러나 한나라당을 궁극적으로 움직이는 돈과 힘은 수구 세력에 집중되어 있다. 다른 선택이 마땅치 않아 한나라당을 합리적 보수주의의 길로 이끌어 보겠다고 참여한 사람들은 돈과 힘에 밀려 쭉정이 노릇에 그치고 만다. 김문수, 이재오처럼 스스로 환골탈태를 해야 한나라당의 '주류'를 바라볼 수 있다.

한나라당에서 정권을 빼앗아 온 김대중, 노무현 두 정권의 기본 노선은 보수였다. 남북관계 발전, 복지 확대, 빈부 격차 완화 등 주요 정책이 모두 최소한의 지속 가능한 질서를 모색한 것이지, 한국 사회의 가치 기준을 바꾸는 것이 아니었다. 설령 두 대통령을 비롯한 정권 담당자들에게 가치 기준의 변화를 바라는 진보적 성향이 있었다 하더라도, 이 사회가 처해 있는 현시적·잠재적 위기를 처리하기 바빠 개인적 취향을 살릴 여유가 없었다.

특권 구조의 유지를 바라는 수구 세력은 한국 사회에서 막강한 힘을 가지고 있다. 노무현 대통령 서거 앞에서도 '화해와 통합'을 외치는 수구 언론, '정당한 수사'였음을 강변하고 있는 검찰,

경찰력의 무절제한 남용을 계속하고 있는 정권의 행태에서 그 힘에 대한 자만심을 지금도 확인하고 있다.

그렇게 막강한 힘을 가진 수구 세력이 어쩌다가 10년의 세월을 '잃어버리게' 되었을까? 진보 세력이 힘을 키워서? 아니다. 스펙트럼이 너무 넓은 진보 진영은 힘을 키우기는커녕 내부 갈등을 조정해 나가기도 바빴다. 해도 해도 너무 하다 보니 "이대로!"는 안 되겠다는 위기의식이 보수 성향의 국민들을 움직였기 때문이다.

자민련과의 연합은 김대중 후보에게 충청도 표만 가져다준 게 아니었다. '빨갱이'로 몰려온 그에게 보수 성향 국민들의 마음을 열어준 열쇠이기도 했다. 정몽준과의 단일화 곡절도 노무현 후보에 대한 유권자들의 경계심을 많이 누그러뜨려 주었다. 두 후보의 승리는 수많은 요인이 합쳐져 이뤄진 것이었지만 최종적이고 결정적인 요인은 보수 표심을 얼마만큼이라도 끌어들인 덕분이었다.

두 후보의 승리를 최종적으로 결정한 것이 보수 표심이었다 하더라도 무대에 올려놓아 준 것은 진보 진영이었고, 따라서 진보 진영은 정권의 주체가 되고 싶어 했다. 그러나 두 대통령은 상황이 요구하는 합리적 기준에 따라 국정을 운영하지 않을 수 없었고, 따라서 진보 진영을 충분히 만족시킬 수 없었다.

김대중 대통령 때는 IMF사태라는 특단의 위기 상황, 그리고 자민련과 연합하지 않을 수 없었던 한계가 널리 인정되었기 때문에 보수적 국정 운영에 대한 진보 진영의 불만 표출에 어느 정도 절제가 있었다. 반면 노무현 대통령은 정몽준과의 연합이 파기된 상황에서 선거에 승리, 진보 진영의 기대감을 극대화시켰다. 제한적 의미의 승리였던 김대중 대통령의 당선과 달리 이번의 '완승'은 진보적 정책 노선을 관철할 기회를 가져왔다는 것이었다. 이 기대감은 탄핵 정국에 이은 총선 승리로 더 커졌다.

"좌측 깜빡이를 켜고 우회전한다"는 비판은 한참 후에 나왔지만, 그런 방향의 불평은 취임 전부터 나타나기 시작하고 있었다. 진보 진영 일각에서는 노 대통령이 미국과의 '굴욕적' 관계를 일거에 청산해 주기 바랐던지, 당선자 신분으로 대미관계의 중요성을 확인하는 발언을 하자 마치 배신이라도 당한 듯이 흥분하고 나서는 이들이 있었다.

나 자신도 대미관계의 굴욕적 측면이 청산되기를 바라는 사람이다. 그러나 그것은 '일거에' 청산될 수 있는 것이 아니다. 굴욕적 관계의 원인은 미국의 오만에만 있는 것이 아니다. 한국의 역량이 미흡한 위에 한국의 권력자들이 굴욕적 대미관계를 권력의 발판으로 삼아온 문제가 있다. '반대자'의 입장에만 머물러 오면서 현실감각을 제대로 키우지 못한 진보 진영의 허점을 보여준 일이라고 나는 생각했다.

참여정부 경제정책의 타당성을 단호하게 논할 만한 식견이 내게는 없다. 그러나 작년《뉴라이트 비판》작업과 관련해 신자유주의 노선의 성격을 이해한 바에 비춰보면 참여정부에 신자유주의를 뒤집어씌운 진보 진영의 비판은 부당한 것이었다고 생각된다. 부시의 미국 정부가 강요한 신자유주의 노선을 부득이한 선에서 받아들이기는 했지만, 신자유주의가 지향하는 '계급화' 현상을 억제하기 위한 노력은 분명한 것이었다.

신자유주의는 보수적 정책 노선이 아니다. 세계 차원의 '수구' 노선이다. 지속 가능한 질서를 추구하는 것이 아니라 기득권층의 특권을 유지·강화하는 데 목적을 두는 것이다. 세계적 경제위기로 그 본색이 만천하에 드러날 때까지 이 노선이 미국 경제 정책을 지배하는 상황에서 종속성이 강한 한국의 정책이 당장 벗어나기 힘든 울타리가 있었다. 그 범위를 나는 세밀히 판단하지 못하지만, 한미FTA 추진 등 신자유주의로 지목되는 참여정부의 정책은 그 울타리에 묶인 것이 아니었나 생각한다. 그보다는 복지 확대, 종부세 신설 등 빈부 격차의 문제점을 완화하려는 노력이 참여정부의 색깔을 판단할 더 중요한 지표라고 본다.

한국의 정치 상황에는 진보-보수 구분의 의미를 제한하는 문제가 깔려 있다. 독재 시대의 유산으로서, 민주화 시대에도 세계화 시대에도 맞지 않는 특권 구조다. 그 청산을 서두르지 않으면 이 사회의 피해가 한없이 누적되리라는 것은 정치 성향에 관계없이 분명한 일이다. 따라서 광범위한 개혁을 요구함에 있어서 진보와 보수의 차이가 없고, 두 노선의 차이는 이 특권 구조가 어느 정도 청산된 후에나 나타날 수 있을 것이다.

1987년 이후 '민주화'가 이뤄져 왔다고 이야기들 하지만 특권 구조의 인프라를 청산하지 않은 채로는 무늬만 민주화일 뿐이며, 그것이 이른바 '87년 체제'의 한계다. 노무현 대통령이 '상식과 원칙'을 내세운 것은 이 특권 구조에 대한 도전이었다. 상식과 원칙을 벗어난 검찰과 수구 언론의 근래 행태도 이 특권 구조의 일부이며, 이명박 정부가 독재 시대로 회귀할 수 있는 것도 이 특권 구조의 힘에 기댄 것이다.

진보주의자들의 아름다운 꿈이 장차 이 나라를 얼마나 좋은 곳으로 만들 수 있을지 나는 큰 관심이 없다. 그런 꿈을 들고 나와 국민의 선택 앞에 내놓을 수 있으려면 이 나라를 상식과 원칙이 통하는 곳으로 먼저 만들어 놓아야 한다는 것이 지금 내가 중요하게 생각하는 일이다. 상식과 원칙이 통하게 하는 것, 그것은 보수주의자의 할 일이다. 그래서 나는 보수주의자를 자처한다.

수구 세력이 노무현을 매도한 것은 충분히 이해할 수 있는 일이다. 그러나 진보의 이름으로 참여정부를 걸고넘어진 자들을 어떻게 이해할 것인가? 좋게 봐주면 현실을 파악할 줄 모르는 몽상가들이겠지. 그리고 개중에는 질 나쁜 협잡꾼들도 있겠지.
(2009. 6. 5)

죽음은
평등한
것인가?

장사壯士의 뜻　바람이 소소하니 역수 물 찬데風蕭蕭兮易水寒,

장사 한 번 가면 돌아오지 않으리壯士一去兮不復還.

중국 문학사를 통해 가장 비장한 구절의 하나로 널리 알려진 이 대목은 형가荊軻가 연燕나라 태자太子 단丹의 부탁으로 진시황秦始皇을 암살하러 떠날 때 지음知音의 벗 고점리高漸離와 작별하며 부른 노래다.

형가가 진나라 궁정에서 시황을 배알하는 척하다가 척살에 간발의 차로 실패한 뒤 시황은 형가의 주변 인물들을 모두 죽였다. 다만 고점리만은 그 절세의 연주 솜씨를 아껴 두 눈을 뽑고 살려뒀다. 고점리는 기회를 엿보다가 시황 앞에서 연주할 때 악기 속에 넣어두었던 납덩어리를 꺼내 시황을 때려죽이려 했으나 실패하고 죽임을 당했다.

형가는 원래 연나라 사람도 아니었다. 그런 그가 태자 단의 부탁에 목숨을 걸게 된 것은 전광田光이라는 친구 때문이었다. 연나라 원로 명사인 전광은 저자 바닥에서 놀고 뒹구는 유랑인 형가의 고매한 인격을 알아보고 망년지교忘年之交로서 후히 대접했다.

노골화하는 진나라의 정복 사업 앞에서 연나라는 '화친이냐, 적대냐' 하는 갈림길에 놓여 있었다. 태자 단은 화친을 통해 나라를 길게 보전할 수 없으며, 시황의 암살만이 천하를 안정시키고 나라를 지키는 길이라 믿었다. 그래서 전광에게 일을 맡기려 했으나 전광은 노쇠함을 이유로 사양하고 대신 형가를 추천했다.

태자는 전광을 배웅하며 일이 누설되지 않도록 해달라고 당부했다. 전광은 태연히 웃으며 응낙했지만 형가를 만나 태자의 뜻을 받들어 주도록 부탁한 다음 "일을 행함에 상대로 하여금 의심케 한 것은 협객의 도리가 아니다. 태자를 만나거든 내가 이미 죽었으니 누설을 염려하지 말라고 전해주오" 하고는 스스로 목숨을 끊었다.

전광의 죽음은 선비의 결벽증이 아니었다. 그는 태자의 뜻이 천하와 국가를 위하는 일이라 여겼고, 손수 받들지 못하는 대신 자기 목숨을 던져 형가와 태자를 맺어준 것이다. 남은 두 사람이 숱한 갈등을 넘기고 결행에 이른 것은 전광의 살신성인殺身成仁 덕분이었다.

구속될 처지의 국가안전기획부 간부가 새 부장의 정치적 라이벌에게 기밀문건을 넘겨준 일을 놓고 여러 모로 한탄이 나온다. 권력이 이야기 속에는 세 사람의 죽음이 그려져 있다. 형가의 죽음은 후세에 가장 큰 반향을 일으킨 죽음의 하나다. 고점리의 죽음도 적지 않은 여운을 남겼다. 이에 비해 전광의 죽음은 사마천의 기록으로 남아 있을 뿐, 문학과 예술의 큰 각광을 받지 않아 왔다.

그런데《사기》〈자객 열전〉에 실린 이 이야기를 거듭거듭 읽을수록 나는 전광의 죽음에서 더욱더 깊은 뜻을 새기게 된다. 형가와 고점리의 죽음이 추상적 가치를 향한 죽음으로서 낭만적 아름다움을 보여주는 것과 달리, 전광의 죽음은 한 도덕적 인간의 현실에 대한 좌절감을 드러내는 것으로 보게 된 것이다.

사마천의 붓끝에 나타난 태자 단은 대단히 용렬한 인물이다. 그가 진왕(시황으로 즉위하기 이전)을 암살하려 한 것은 자기 자존심과 욕심 때문이었지, 천하를 위하는 뜻이 아니었다.(위 글에서는 짧게 쓰기 위해 이 점을 깊이 따지지 않았다) 전광에게 극진한 예를 올린 것도 그를 이용하기 위해서였을 뿐, 선비로서 그의 인격을 존중할 줄 몰랐기 때문에 비밀을 누설하지 말아달라는, 수준 이하의 부탁을 한 것이었다. 이것은 전광에게 목숨보다 더 귀중한 명예를 짓밟는 모욕이었다.

그러나 전광은 이 모욕을 당하기 전에 이미 응낙을 해놓은 몸이었다. 그가 응낙을 한 것은 진왕을 암살하는 일이 형가의 뜻에도 맞는 일이라고 생각했기 때문일 것이다. 형가는 천하를 주유하는 몸, 연나라에 충성을 바칠 책임이 없는 신분이었다. 형가가 태자 단의 지원을 받아 진왕 암살에 나서게 하는 자신의 뜻이 차질 없이 이뤄지도록 자기 목숨을 쐐기로 삼음으로써 전광은 명예를 되찾고자 했다.

전광이 죽은 뒤 형가가 태자 단을 찾아간 장면을 사마천은 이렇게 그렸다.

형가가 마침내 태자를 찾아가 전광의 죽음을 알리고 전광이 남긴 말을 전하자 태자는 두 번 절하고 무릎을 꿇은 채 눈물을 흘리며 한참 있다가 입을 열어 말했다.

"내가 전 선생에게 누설하지 말라고 주의를 드린 것은 큰일을 이루기 위해 마음을 쓴 것이었는데, 이제 그분이 죽음으로써 누설이 없을 것을 분명히 한 것이 어찌 내 뜻이었겠습니까?"

사마천은 담담히 적을 뿐이다. 그러나 태자 단에 대한 그의 경멸은 행간에 가득하다. 거사에 이르기까지 태자의 행동은 철저히 소인배의 모습으로 그려져 있다.

> 형가를 상경으로 올려 상사上舍에 머물게 하고 태자가 날마다 문안하며 태뢰구太牢具와 진기한 음식을 접대하고 수시로 수레, 말, 아름다운 여인 등을 바쳐 형가가 바라는 것을 채워줌으로써 그의 환심을 사려고 하였다.

법도에 어긋날 정도의 극진한 환대를 하면서도 태자가 형가를 진심으로 이해하지 못한 사실을 사마천은 여러 모로 짚어 보인다. 형가는 진왕에게 접근하기 위해 번오기樊於期의 목이 필요하다고 했으나(번오기는 진나라 장군으로 연나라에 망명해 태자 단에게 의탁하고 있던 인물이다) 태자는 난색을 표한다. 형가가 직접 번오기를 찾아가 진왕을 죽이기 위해 당신 목이 필요하다고 하자 번오기는 반색을 하며 스스로 목숨을 끊었다. 그 후에도 형가가 거사를 함께 할 벗을 기다리며 출발을 늦추자 태자는 난폭하고 용렬한 인물을 조수로 추천하며 출발을 재촉했다.

태자 단은 형가가 일을 함께 꾀할 인물이 못 되는 소인배였다. 그럼에도 형가가 그를 뿌리치지 못한 것은 전광에 대한 의리 때문이었다. 전광은 왜 그 두 사람을 묶어놓기 위해 자기 목숨을 던졌을까? 태자 단에 대한 충성 때문이었다고는 생각되지 않는다. 목숨을 끊을 때 전광에게 태자 단에 대한 감정이 있었다면 경멸이었을 것이다. 그리고 전국시대 말기의 선비는 승복하지 않는 자에게 충성을 바치지 않는 것이 풍조였다.

형가는 천하를 위해 진왕을 제거할 뜻을 가진 인물이었고, 전광은 그 뜻을 이해하고 공감한 것이 아니었을까? 태자 단의 부탁을 받았을 때 전광이 형가를 추천한 것도 태자를 위해서가 아니라 형가의 뜻을 이뤄주기 위해서가 아니었을까? 뜻을 이뤄가는 과정에서 태자의 더럽고 치사스런 꼴을 보더라도 형가가 물러서지 않도록 자기 목숨으로 쐐기를 박아놓은 것이 아니었을까? 사마천은 그렇게 밝혀 말해주지는 않는다. 그러나 그렇게 풍긴다.

형가가 간발의 차로 암살에 실패하고 역수가에서 그를 전송한 고점리도 진시황의 통일 후에 홀몸으로 암살을 시도하다가 죽은 사실을 적은 다음 사마천은 이렇게 논했다.

그 뜻을 세움이 분명하고 그 뜻을 욕되게 하지 않았으니 그 이름이 후세에 전해짐을 어찌 망령된 일이라 하겠는가!

훗날 태자 단이 진나라에 잡혀 죽은 일은 '연 세가燕 世家'에 극히 간략하게 적혀 있다. 제후의 태자이기 때문에 제후가의 기록에 실은 것이지, 그를 넘어 그 개인의 이름이 후세에 전해진 것은 형가와의 관계를 통해 드러난 용렬한 행동 때문일 뿐이다.

노 대통령 서거를 놓고 '죽음의 평등' 이야기가 이쪽저쪽에서 나온다. 오른쪽에서 대우 남 사장 이야기가 나오는가 하면 왼쪽에서는 용산 참사 희생자와 불평등 구조에 목숨 바쳐 항의한 분들 이야기가 나온다. 왜 많은 사람들이 전직 대통령의 죽음만 미화하고 그 의미를 과장하느냐는 불만이다.

노 대통령의 죽음에만 큰 의미가 있는 것이 아니라 이분들의 죽음에도 그 못지않은 의미가 있다고 드러내 보여주는 데 애를 쓴다면 귀담아 듣겠다. 그러나 "남 사장을 죽음에 몰아넣은 자에게 무슨 국민장이 가당하냐?"던가, "자기 자신에게 상당한 책임이 있는 죽음을 순수한 피해자의 죽음보다 더 애통해할 수 있느냐?"는 식으로 마치 죽은 분들의 평등권을 당연한 것처럼 내세우는 공박에는 동의할 수 없다.

삶에도 가치가 큰 삶이 있고 그렇지 못한 삶이 있는 것처럼 죽음에도 가치의 차이가 있다. 그리고 삶에 대해서든 죽음에 대해서든 가치의 인식은 개인의 주관에 달린 것이다. 큰 가치를 많은 사람들이 함께 인식하는 대상은 사회적 가치를 지닌 존재가 된다.

유다의 죽음에서 예수의 죽음 못지않은 큰 가치와 깊은 의미를 찾는 예술 작품도 나올 수 있다. 그런 작품이 공감을 얻는 것은 사람들이 미처 깨닫지 못했던 새로운 가치와 의미를 보여주기 때문이다. 두 죽음의 평등을 기계적으로 주장하는 것이 아니다.

"죽음 앞에 만인이 평등하다"는 말이 있지만 그것은 죽는 본인에게 해당되는 말이다. 그것도 죽음이 곧 존재의 종말이라는 가정 위에서만 성립되는 말이다. 곁에서 바라보는 사람에게는 모든 죽음이 서로 다른 의미를 가진다. 그리고 죽음을 존재의 종말로 보지 않는 사람은 자기 죽음에서 자기만의 의미를 찾을 수도 있다.

인간을 이기적 존재로만 보고 물질적 가치만을 추구하는 오른쪽 분들에게야 하나마나한 말씀이겠지만, 인간적 가치를 중시한다는 왼쪽 분들에게는 정말 간곡히 부탁드리고 싶다. 죽음의 가치를 일방적으로 재단하지 말아달라고. 다른 것은 몰라도 죽음에 대해서만은 사람들의 주관을 존중해 달라고. 죽음의 가치마저 이념으로 획일화한다는 것은 너무 지독한 전체주의 방식이다.

목숨으로 항의하는 일이 없는 세상을 만들려고 애쓴 분이 있었다. 그런 세상을 거의 만들어 놓았다고 생각해서 목숨으로 항의하려는 사람들을 말리기도 했다. 그러다가 어느 날, 그런 세상이 아직 만들어지지 못했다는 사실을 깨달았을 때, 그분은 자기 목숨을 끊었다. 어쩔 수 없는 상황에 몰린 순수한 피해자의 죽음보다 그런 죽음이 더 애통하다, 내게는.

하나의 죽음이 이토록 많은 사람들의 눈물을 자아낸 것은 역사상 드문 일이다. 그중 한 사람으로서 나는 내가 흘린 눈물의 의미를 아직도 그 밑바닥까지 알지 못한다. 얼굴 한 번 마주친 적 없는 그 개인을 위한 눈물이라기보다 이 사회를 위한 눈물이라고 어렴풋이 생각할 뿐이다. 내 눈물의 의미도 모르면서 어찌 다른 사람들의 눈물에 담긴 의미를 재단하겠는가.

슬퍼하는 자는 슬퍼하게 하라. 그것이 '사람 사는 세상'이다.

(2009. 6. 22)

[弔辭] 시대의 운명 받아들여 모두의 존엄 지켜준 당신

고맙습니다, 대통령님.

연민의 실타래와 분노의 불덩어리를 품었던 사람

모두가 이로움을 좇을 때 홀로 의로움을 따랐던 사람

시대가 짐지운 운명을 거절하지 않고

자기 자신밖에는 가진 것 없이도

가장 높은 곳까지 올라갔던 사람

그가 떠났다

스무 길 아래 바위덩이 온몸으로 때려

뼈가 부서지고 살이 찢어지는 고통을 껴안고

한 아내의 남편

딸 아들의 아버지

아이들의 할아버지

나라의 대통령

그 모두의 존엄을 지켜낸 남자

그를 가슴에 묻는다

내게는 영원히 대통령일

세상에 단 하나였던 사람

그 사람

노 무 현

지난 월요일 아침 서울역 분향소를 돌보던 유시민 선생이 짬을
내 몇 줄 적은 글입니다. 유 선생은 가신 님의 '정치적 경호실장'
으로 불린 이입니다. 그러나 그는 '정치적 경호'보다 '심기 경
호'가 더 중요하다고 생각했고, 그 역할을 자신이 더 잘 맡아내
지 못한 것을 안타깝게 생각해 온 사람입니다. 이렇게 일을 당하
고 그 심정이 얼마나 참혹할지…….

지난 20일 유 선생을 찾아갔습니다. 봉하마을에 제가 할 만
한 일이 있을지 알아봐 달라는 부탁을 했습니다. 회고록을 비롯
해 참여정부에 관한 서술 작업이 진행될 만큼 진행되고 있겠지
만, 지금의 상황 변화가 혹시 당초의 예상을 벗어난 것이라면 저
같은 사람이 맡을 만한 작업 방향은 없을지 검토해 달라는 것이
었습니다.

사태 진행을 보며 떠오른 생각이었습니다. 저처럼 참여정부는
커녕 어떤 정치활동에도 관여한 일 없던 '아웃사이더'가 참여정
부의 의미를 서술하러 나설 필요도 있지 않을까 하는 생각이었
지요. 통상 논의되어 온 것보다 더 깊고 큰 뜻을 역사를 공부한

제 눈으로 밝혀낼 여지도 있겠다고 저는 생각했습니다.

이제 돌이켜보면 그 생각도 대통령님의 '심기 경호'를 위한 것이었을 수 있네요. 그래요, 역사학도로서 정치평론에 나선 저는 지금 한국 사회가 전술·전략에 대한 집착을 뛰어넘어 철학의 전환을 필요로 한다는 관점을 가지고 있습니다. 그런 필요에 어느 정치인보다 잘 부응해 주셨다는 점에서 대통령님을 존경하고요. 제가 봉하마을에 간다면 그런 측면에서 대통령님의 살아오신 보람을 더 키우고 굳혀드릴 수 있으리라는 희망을 가지고 있었습니다.

5공 청문회로 모습을 나타내실 때부터 대통령님을 좋아하게 되었지만, 정말로 깊은 존경심을 품게 된 것은 2002년 선거 과정을 통해서였습니다.

'청문회 스타 노무현'의 뛰어난 '전술'에 저는 탄복했습니다. 어떤 매너리즘에도 얽매이지 않고 소기의 목적을 최대한 이루기 위해 혼신의 힘을 기울이는 님의 모습은 청문회 자체보다 자기 선전을 위해 가식적 핏대를 올리는 다른 의원들과 극명하게 대비되었지요.

'바보 노무현'의 전설을 만들어 낸 부산에서의 거듭된 '자살 출마'를 보면서는 님의 탁월한 '전략'에 경탄했습니다. 그 전략이 설령 청와대 입성이란 놀라운 성과로까지 이어지지 않았다 하더라도 대한민국 정치사에서 매우 큰 의미를 가진 현상을 이

끌어 내게 되었을 것이라고 저는 믿습니다.

정의를 세우기 위한 청문회 활동도, 지역주의를 넘어서기 위한 부산 출마 고집도 모두 훌륭한 일입니다. 그러나 제가 전술에 대한 탄복이나 전략에 대한 경탄을 넘어 님의 철학에 깊은 존경심을 품게 된 것은 2002년 선거 상황을 통해 민주주의에 대한 님의 충성심을 보면서였습니다. 한국 사회에서 공허한 관념에 머물러 있던 민주주의를 거침없는 실천의 단계로 체화한 님에게 어느 정치사상가에게 못지않은 존경심을 품게 되었습니다.

청와대를 나와 봉하마을 가 계시는 소식을 들으면서는 짙은 감동을 느꼈습니다. '사람 사는 세상'을 이루기 위해 정치인 노무현, 대통령 노무현을 벗어나 '인간 노무현'으로 돌아가는 모습이 정말 아름다웠습니다.

존경하고 사랑하는 분, 손 한 번 잡아보지 못한 채 떠나보내면서 너무 허망합니다. 제가 못난 탓입니다. 대통령이 되어 뜻을 펴게 되신 것을 한없이 기뻐하면서도 가까이 가는 것을 꺼렸습니다. 마음을 허락한 귀한 벗들, 유시민 선생과 이정우 교수조차 그들이 님을 가까이 모시는 몇 해 동안 일체 연락을 끊고 지냈지요. 어쩌다가라도 님 같은 분 접하게 되면 공부에만 매달리는 자세가 흐트러지기라도 할까 봐 지레 두려웠습니다.

그러나 다시 생각하면 숨어 지내기를 잘했습니다. 제가 뒤늦게 정치사 방면에 눈을 돌리고 정치평론을 시도하게 된 것도 대통령님 덕분에 한국의 장래에 희망을 키울 수 있었기 때문입니다. 님의 존재를 통해 세상을 새로운 눈으로 보게 된 국민이 수없이 많이 있고, 저도 그중의 하나입니다. 님에게 더 가까이 다가갔더라면 님의 큰 기운에 휘말려 제 공부하는 자세가 흐트러졌을 겁니다.

대통령님을 가까이 모시던 분들 모두 고생들 하고 있지 않습니까. 고통받고 있는 것은 수감된 분들만이 아닙니다. 님이 심어주고 키워줬던 희망의 좌절, 그것이 언론, 검찰, 정권의 핍박보다 비교도 안 되게 더 큰 아픔일 것입니다. 그럼에도 그들이 님을 원망하지 않는 것은 애초에 님에게 받은 감동과 기쁨이 워낙 컸기 때문에 님이 받아들인 운명을 나란히 받아들이는 마음이기 때문이겠지요.

거리를 두고 바라보던 국민들도 정도의 차이가 있을 뿐, 같은 마음입니다. 님이 국회에서 질타하던 전직 대통령들의 비리와 전혀 차원이 다른 문제를 가지고도 실망감을 보인 것은 바로 님께서 우리 도덕 수준을 너무 높여주신 덕분입니다. 이제 아상我相, 인상人相, 중생상衆生相, 수자상壽者相을 모두 벗어난 님의 모습 앞에 비로소 보살의 마음을 깨우치며 마음의 슬픔과 아픔을 순순히 받아들이고 있습니다.

돌아가신 지금도 그렇습니다. 소식을 듣자마자 봉하마을로 달려가고 싶었습니다. 가는 길은 차를 타고 가도 돌아오는 길은 천리 길 걸어올 생각을 하며 등산화까지 꺼내놓았습니다. 세상만 사 제쳐놓고 님 생각에만 빠져 있고 싶었습니다. 고통에 몸을 던 져서라도 슬픔을 덜고 싶었습니다.

그러나 떠나기 전에 글 한 꼭지만 써놓는다는 것이……. 열여 덟 시간이나 걸려 변변찮은 글 하나 겨우 짜낸 뒤 탈진 상태에서 생각했습니다. 지금은 사랑을 탐닉할 때가 아니라고. 책상 앞을 지키고 앉아 내가 할 수 있는 생각을 하고 내가 쓸 수 있는 글을 써야 할 때라고. 생전에 님을 대면하지 못하면서도 같은 시대를 사는 것이 행복했던 것처럼, 떠나신 뒤에도 님이 남기신 뜻을 홀로 앉아 새기는 것이 저 같은 책상물림의 본령이겠지요.

유시민 선생 말씀대로 대통령님은 시대가 짐 지운 운명을 거절하지 않은 분입니다. 그럼으로써 모두의 존엄을 지켜준 분입니다. 고맙습니다, 한없이 고맙습니다. (2009. 5. 28)

한나라당에 몸담은 그들이 고마운 까닭은…

인간적인 '성인'을 기억하며

공자가 섭 지방에 있을 때 그곳 장관이 이런 말을 한 일이 있었다.

"우리 동네에 직궁(곧은 활)이라는 사람이 있는데, 자기 아버지가 양을 훔쳤을 때 고발하고 나섰답니다."

공자는 이렇게 대꾸했다.

"우리 동네에서 곧다고 하는 것은 이와 다릅니다. 아비는 아들을 감싸주고 아들은 아비를 감싸줍니다. 그 안에 곧음이 있습니다."

직궁이라는 자는 한 좀도둑의 아들일 뿐이었지만, 그의 행동은 중국 역사를 통해 가장 뜨거운 논쟁 주제를 불러냈다. 도덕철학가들과 역사가들을 그만큼 많이 끌어들인 주제는 아마 주공과 그 못된 형제들 사이의 관계 정도일 것이다. 주공의 경우와 마찬가지로 개인과 사회 사이의 관계를 따지는 주제였다. 가족에 대한 사랑과 사회에 대한 의무가 양립할 수 있는 것인가, 그 둘이 상치될 때는 어떻게 행동해야 하는가 하는 문제였다.

공자는 직궁이 곧은 사람이 아니라고 보았다. '아비는 아들을 감싸주고 아들은 아비를 감싸주는' 것이 정상이고, 곧음은 그 안에 있다는 것이었다. 18세기 학자 정요전이 《통예록》에 실은 글 한 편이 내가 보기에는 이 관점의 가장 효과적인 표현이다.

이런 말을 하는 사람이 있다.

"공변됨이 자리 잡으면 사사로움이 모두 사라질 것이다."

이 말이 공변됨을 끌어올리는 것이라고 볼 수가 없다. 사실, 공변됨과 별 관계가 없는 말이라고 나는 생각한다. 이런 가르침은 모든 것을 똑같은 마음으로 대하고 모든 사람을 구별 없이 사랑하자는 것이다.

정요전은 오직 공익만을 위해 행동한다고 주장하는 사람들에게 깊은 의심을 품는다.

모든 사람이 사사로운 동기로 행동할 때 한 사람만이 그렇지 않다면 그것을 진정 사사로운 동기가 없는 것이라고 볼 수 있을까? 성현들조차도 공변됨을 실천하기 어려워했는데 그것을 쉽다고 하는 사람이 있다면, 그 사람은 모든 사람이 어려워하는 것을 쉽게 만드는 재주를 가진 것일까? 자기가 가졌다고 우기는 것을 정말로 가진 것일까?

그런 사람은 공익의 옹호자로서 명성을 얻고자 하는 사람이거나, 아니면 사람도 아닐 것이라고 정요전은 말한다. 사람이라면 자기 가족을 남보다 더 사랑하고 자기 아들을 이웃집 아들보다 더 사랑하는 것이 자연스러운 일이다. 마음에 앞뒤가 있다는 것은 원초적인 인간의 조건이며, 그것 때문에 성현들조차도 공변됨처럼 고상하고 중요한 미덕을 실천하는 데 어려움을 겪었던 것이다.

이 인간의 조건을 인정하지 않는다면 아무리 공변되고 정당한 것처럼 보이는 행동일지라도 진정한 인격의 표출로 볼 수 없다는 것이 정요전의 주장이다. "곧음이 그 속에 있다"는 공자의 말씀을 그는 그렇게 받아들인 것이다.

직궁이 아비를 고발한 뒤에 어떤 일을 겪게 되었는지는 확실치 않다. 기원전 3세기 기록 중에 적어도 두 가지 이상의 서로 엇갈리는 이야기가 있다. 한비자는 관리가 직궁을 사형에 처했다고 전한다. "임금에 대해서는 곧은 태도를 보였지만 아비에게 못할 짓을 했다"는 이유였다고 한다. 한비자는 이 관리의 결정을 무능하고 혼란스러운 것으로 그린다.

《여씨춘추》에 실린 또 하나의 기록에서는 직궁이 아비의 처형 직전에 아버지의 벌을 대신 받겠다고 나서는 것으로 그려져 있다. 그래서 직궁을 처형하려 하는데 그가 고개를 들어 관리들에게 이렇게 말했다고 한다.

"제가 아비의 죄를 고발한 것은 정직한 일 아닙니까? 그리고 아비가 받을 처형을 대신 받겠다고 나선 것은 효성스러운 일 아닙니까? 정직하고 효성스러운 일을 한 것 때문에 제가 처형을 받는다면 이 나라에 처형을 면할 사람이 누가 있겠습니까?"

《여씨춘추》에 인용된 공자의 이 일에 대한 논평은 2천 년 후의 정요전이 하고 싶었을 말이었다.

직궁이 '정직'하다고 하는 말이 괴이하구나. 그가 아비를 팔아 얻고자 한 것은 이름이 아니었는가?

　－ 《공자 평전The Authentic Confucius》(안핑 친Annping Chin 지음, 김기협 옮김, 돌베개 근간) 중에서

　지고의 인간상을 '성인'으로 표현하는 것은 기독교 문명이나 유교 문명이나 마찬가지처럼 보인다. 그러나 그렇게 보이는 것일 뿐이다. 지금 우리 사회에서는 같은 말을 쓰지만, 원래의 개념에는 차이가 있다. 기독교의 'saint'를 동양 말로 옮길 때 동양에서 지고의 인간상이라는 뜻으로 써온 '성인'이란 말을 빌려 쓴 것일 뿐이다.

　기독교의 성인은 초인적인 존재인 반면 유교의 성인은 인간적인 존재라는 차이점을 위 글에서 알아볼 수 있다. 기독교의 초월적 신앙과 유교의 세속적 합리성을 대비시켜 유교를 하나의 종교로 볼 수 없다는 의견도 많이 있어 왔거니와, 그 차이가 지고의 인간상 사이의 차이에서 단적으로 나타나는 것이다.

　유교를 종교로 볼 수 있느냐 하는 문제는 '종교란 무엇인가?' 하는 정의에 달린 일이겠지만 유교가 세속적 측면이 강하다는 것은 분명한 사실이다. 기독교에도 세속적인 측면이 없는 것이 아

니다. 어느 종교나 초월적 측면과 세속적 측면의 양면성을 가지고 있다. 유교도 예법 방면에서는 초월적 특성을 상당히 보이지만, 윤리 방면에서 세속적 특성이 압도적으로 나타나는 것이다.

지고의 인간상이란 윤리관의 초점이다. 기독교의 성인은 신자들에게 자기 곁에 서기 위해 현실을 초월할 것을 요구한다. 유교의 성인은 이와 달리 현실을 받아들이라고 가르친다. 성인 자신도 인간적 번민에 시달리는 '사람'이며, 번민을 피하지 않고 치열하게 끌어안는 고통 속에서 도덕적 가치를 이룩했다는 것이다.

기독교 신자는 한국 인구의 일부분일 뿐이다. 그러나 서양 문명 안에 체화된 기독교적 관념과 태도가 19세기 이래 이 사회에 들어와 신자가 아닌 사람들의 생각과 행동 속에까지 자리 잡은 것이 적지 않다. 많은 사람들이 '훌륭한 인간'을 어떤 사람으로 보느냐 하는 윤리적 지표로 '초월적 존재'를 떠올리게 된 것도 이런 변화의 하나일 것이다.

내가 김대중 대통령에게 몇 해 전까지 반감을 가지고 있었던 데에도 '초월적 존재'를 요구하는 마음이 작용했다. 나는 그의 모든 장점과 공로에도 불구하고 그의 '3김식' 행태를 용납할 수 없었다. 그가 퇴임하고 난 뒤에야 남북관계 발전을 비롯한 그의 탁월한 업적을 음미하며 그가 현실을 끌어안은 자세를 다시 바라보게 되었다.

노무현 대통령의 등장을 반가워한 것도 애초에는 '악을 미워하는' 부정적 심리 때문이었다. 김 대통령을 비롯한 한국 정치계를 모두 부정적으로만 보고 있던 터에 구태를 벗어난 인물의 등장이 반가웠던 것이다.

반가운 만큼 관심을 가지고 바라보면서 이라크 파병에서부터 시작해 현실 속에서 그의 번민을 관찰하게 되었다. 더러 이런저런 차원에서 그의 오류가 눈에 띠어도 내 마음이 부정적 심리로 돌아가지 않은 것이 편파적 태도라고 비판받을 수도 있겠지만, 내게 더 중요한 것은 현실을 받아들이는 내 자세가 성숙해 온 과정이었다. 이 과정을 통해 김 대통령에 대한 관점도 바뀌게 되었던 것이다.

내 마음이 너그러워진 것은 두 분 대통령에 대해서만이 아니다. 한나라당의 몇몇 인물들에 대해서도 전에는 "어떻게 저런 너절한 정당에 몸을 담을 수 있을까?"하고 쳐다보기도 싫어하던 것을 차츰 새로운 눈으로 보게 되었다. "아, 이런 상황에서 저런 역할을 맡아주는 분들이 있다는 것이 이 사회를 위해 참 고마운 일이구나" 하는 생각도 많이 하게 되었다.

동양학을 전공하는 나 같은 사람까지도 50대를 지나면서야 유교 윤리관을 새로 바라보게 되었다는 사실에서 우리 사회가 얼마나 서양적·기독교적 윤리관에 많이 물들어 있는지 절감한다. 지금 이 시점에서 어느 쪽 윤리관이 우리 사회를 위해 더 좋은 것인가를 재단하는 것은 쉽지 않은 일이다. 다만, 최소한의 균형을 위해서라도 유교적 관점의 보완이 절실하다는 생각이 일단 든다.

(2009. 11. 25)

업적보다 가르침을 남긴 이들

공자의 좌절감

이 무렵이 되면 공자 자신의 정치적 영향력은 한계를 드러내고 있었다. '국로國老'라는 이름으로 떠받듦을 받고 있었지만, 나라의 정치나 권력자들의 행동을 좌우할 힘이 실려 있지 않은 이름일 뿐이었다. 기원전 481년에 있었던 애공 접견이 이 상황을 여실히 보여준다.

그해 여름에 제나라 대신 진항이 자기네 임금의 계승 문제를 일으킨 바 있었다. 임금 간공簡公을 자기가 장악한 지역으로 끌고 갔다가 결국 죽여버린 것이었다. 진항이 처음 해보는 짓도 아니었다. 몇 해 전 간공의 아버지 도공悼公도 같은 식으로 진항의 손에 죽었다. 이제 진항은 간공의 아들을 임금으로 세우려는 참이었다. 《좌전》의 기록은 이렇다.

갑오일에 제나라 진항이 서주에서 제 임금 간공을 죽였다. 공자는 3일간 목욕재계한 다음 (애공을 찾아가) 제나라 정벌을 청했다. 세 번 청하자 임금이 말했다.

"노나라는 제나라 때문에 쇠약해진 지 오래인데, 그대 말대로 제나라를 정벌한다면 어떻게 감당을 할 것인가?"

공자가 대답했다.

"진항이 임금을 시역했는데, 그를 미워하는 백성이 절반입니다. 노나라의 힘에 제나라의 힘 절반을 더한다면 이길 것입니다." 임금이 말했다. "그대가 계손씨에게 말하라."

공자가 사례하고 물러나 사람들에게 말했다.

"내가 대부의 반열에 있으니 감히 아뢰지 않을 수 없었다."

甲午 齊陳恒弑其君壬于舒州 孔丘三日齊 而請伐齊 三 公曰 魯爲齊弱久矣 子之伐之 將若之何 對曰 陳恒弑其君 民之不與者半 以魯之衆 加齊之半 可克也 公曰 子告季孫 孔子辭 退而告人曰 吾以從大夫之後也 故不敢不言_《좌전》 애14

《논어》에 보면 공자는 임금이 시킨 대로 3대 가문을 찾아가 이야기를 했다고 한다. 그들은 공자의 생각을 따를 마음이 없었다. 자신의 제안이 거부된 후 공자는 이렇게 말했다고 한다.

"내가 대부의 반열에 있으니 감히 알리지 않을 수 없었다."

之三子 告 不可 孔子曰 以吾從大夫之後 不敢不告也_《논어》 14-21

애공의 태도는 회피적인 것이었다. 그러나 제나라에서 벌어진 잘못된 일을 응징하기 위해 정벌에 나서는 것이 도덕적으로 옳은 일이고 실제적으로도 바람직한 일이라는 공자의 설득을 설령 애공이 받아들였다 하더라도 그가 할 수 있는 일은 아무것도 없었다. 군대와 무기를 모두 3대 가문이 장악하고 있었으니까.

그가 공자에게 한 말은 "그대가 계손씨에게 말하라"는 것이었다. 상황에 대한, 그리고 자기 자신에게 대한 깊은 무력감을 보여주는 말이다. 아무힘도 가지고 있지 않은 임금은 자기 처지를 순순히 받아들일 뿐이었다.

공자로 말하자면 임금의 명령을 어길 수 없는 사람이었으니 3대 가문을찾아갔을 것이다. 공자는 정치적 책임감과 예법에 대한 믿음을 가진 사람으로서 세상이 아무리 편의에 따라 돌아간다 하더라도 몇 가지 원칙을 지키지 않을 수 없었다. 임금을 뵙기 전에 몸과 마음을 깨끗이 할 것, 그리고권력자들에게 성심으로 호소할 것. 아무리 결과가 뻔한 일이라도 잘못된일을 바로잡도록 간청하는 것에 그는 성심을 다했다.

– 《공자 평전》 중에서

공자가 71세 때의 일이다. 공자는 54세 때 조국인 노나라의 관직을 그만두고 14년간 여러 나라를 돌아다니다가 이 일이 있기 3년 전에 귀국했다. 원로 대신國老으로 숭앙받기는 했지만 실권은없는 입장이었다.

실권은 임금(제후)에게도 없었다. 세습 가문들의 힘이 임금의권세를 압도하는 것은 춘추시대 말기 여러 나라의 공통된 현상이었다. 이웃 제나라에서 진항이 임금을 멋대로 죽이고 갈아치운 것은 그중 두드러진 일이었지만, 노나라에서도 재정과 군사를 비롯한 모든 권세를 계손씨를 필두로 하는 3대 가문이(통상 '3환三桓'이라 칭함) 과점하고 있었고 임금을 모욕하는 일이 예사로 있었다. 애공의 할아버지 소공이 모욕을 참지 못하고 계손씨를 토벌하러 나섰다가 역습을 당해 나라 밖으로 도망친 이래 노나라 임금은 숨을 죽이고 살아왔다. 애공 자신도 이 일이 있은 지 13년 후에 나라 밖으로 도망치는 신세가 된다.

공자는 나라의 주권이 임금의 손에 있어야 한다고 믿었다. 임금의 권력은 공변된 것이어서 국가와 백성을 위해 운용되는 것인데, 이것을 신하들이 탈취하고 있으면 그들의 사사로운 이익을 위해 행사되기 쉽다고 본 것이었다.

이웃 제나라에서 누구도 부인할 수 없는 무도한 짓이 벌어졌을 때 이를 응징하러 출병해야 한다고 그가 주장한 데는 제나라의 질서를 바로잡는 것보다 노나라 자체의 질서를 세우는 기회로 삼으려는 뜻이 있었을 것이다. 신하가 임금을 능멸하는 짓은 누구에게라도 공격받을 죄악이라는 사실을 분명히 밝히고 싶었을 것이다.

힘없는 임금이 자기 건의를 받아들여 줄 수 없다는 것을 그도 알았을 것이다. 그러나 "아뢰지 않을 수 없었다"고 그는 말했다. 힘은 있지만 진항과 동류인 노나라 실력자들이 자기 건의를 받아들여줄 리 없다는 것도 알았을 것이다. 그러나 그는 "알리지 않을 수 없었다"고 말했다.

"해결은 못 해도, 그래도 문제가 있다는 말은 해놓아야 하는 것 아닙니까?"

2005년 여름, 대연정 제안으로 궁지에 몰렸을 때, 현실적으로 어려운 일은 좀 접어놓고 가능한 일에만 치중하는 편이 좋지 않겠냐는 건의에 노무현 대통령이 보인 반응이었다고 유시민 씨가 전하는 말이다.(《노무현, 한국정치 이의 있습니다》 4쪽) 이 말을 접하며 "아뢰지 않을 수 없었다"는 공자의 말이 겹쳐져 떠올랐다.

공자에게 주권자는 임금이었고, 노 대통령에게 주권자는 국민이었다. 군주제와 공화제의 차이는 있지만, 권력의 주체가 공변된 입장에 있어야 한다는 것은 같은 생각이다. 민주적이지 못한 군주제를 왜 받들었냐고 공자를 비판한다면 공자는 당당히 응수할 것이다. 임금이 임금 노릇을 제대로 한다면, 국민이 국민 노릇 제대로 하는 공화정 못지않게 훌륭한 정치를 행할 수 있을 것이라고.

문제의 초점은 정치의 공변됨, 즉 공공성에 있다. 국민 또는 백성 대다수의 복리를 보장함으로써 국가의 안정을 지키는 데 목적을 두는 정치의 운용이 노 대통령이나 공자나 함께 바란 것이다. 소수의 무절제한 욕망을 채우는 데 정치가 이용되어 국가구조가 위험해지는 것을 두 사람 모두 반대했다.

그런데 공자의 시대에는 임금이 힘을 잃고 있었다. 주나라 왕인 천자는 하늘에게 책임을 지고 각국의 임금, 즉 제후들은 천자에게 책임을 지는 것이 봉건제의 원리였다. 그런데 각국의 권력자들은 임금에게 명목상 책임을 지는 입장이었지만 실제로는 임금을 능멸하고 있었다. 그러니 아무에게도 책임지는 일 없이 자기 이익만을 추구하는 입장이었다. 권력자들이 아무 견제 없이 사익에 몰두하는 사회는 군주제건 공화제건 망하게 되어 있다.

당시 권력자들은 국제적 네트워크까지 형성하고 있었다. 한 나라에서 권력투쟁에 밀린 권력자가 다른 나라로 달아나면 그 나라 권력자가 융숭하게 대접하고 심지어 국제적인 사업을 함께 도모하는 풍조까지 있었다. 요즘의 재산 해외 도피보다 더 효과적인 신분보장이었다. 그러니 권력을 휘두르는 데 조심할 이유가 아무것도 없었고, 동류의식을 가진 외국의 권력자들에게 혜택이 돌아가도록 신경만 쓰면 되는 것이었다. 자기 나라는 망해도 상관없었다.

우리 사회의 주권자, 국민들은 노나라 애공보다 권력을 잘 지키고 있는 걸까? 별로 그런 것 같지 않다. 검찰과 경찰이 국민을 대하는 태도를 봐도 그렇고, 주권 행사의 기반 조건을 위협하는 미디어법의 강행 과정을 봐도 그렇다. 무엇보다, '관습헌법'이란 이름으로 국민들이 만들지도 않은 헌법을 제멋대로 만들어 휘두르는 헌법재판소의 행태를 볼 때 그렇다.

일부 헌법재판관들에게 "이완용이 그대들보다 더 잘못한 일이 있었는가?"하고 물었을 때 너무 지나친 표현 아니냐고 얘기하는 분들이 있었다. 나는 정색을 하고 대답했다. 이완용은 팔아먹을 것으로 나라가 있었기 때문에 나라를 팔아먹은 것이고 그들이 팔아먹을 것으로는 헌법이 있었기 때문에 헌법을 팔아먹은 것뿐이지, 맡겨놓은 것을 뭐든지 팔아먹으려는 배짱은 똑같은 것이라고.

이완용은 나라가 없어도 자기와 주변 사람들은 잘살 길이 있다고 생각해서 나라를 팔아먹은 것이었다. 이 사회에 위험을 가져오더라도 자기 이익만을 챙기려는 사람들이 오늘 우리 사회에도 너무 많고, 그 사람들이 너무 많은 힘을 가지고 있다. 다른 길 모르고 이 사회 잘되기만을 바라는 국민들이 주권을 제대로 행사하는 데는 너무 많은 장애물이 쌓여 있다.

공자는 자기 시대 권력자들에게 성심을 다해 호소했다. 질서가 무너져도 자기네는 끄떡없으리라는 그들의 믿음이 헛된 환상임을 설득하려 애썼다. 받아들여지지 않을 것을 스스로 알면서도 "알리지 않을 수 없다"며 자기 역할을 끝까지 버리지 않았다.

현실에서 통하지 않을 줄 알면서도 옳다고 생각하는 바를 접어놓지 않은 그 정성이 공자를 위대한 교육자로 만들었다. 당장의 현실을 개선하는 데 힘을 집중하고 권력자들의 비위에 거슬리지 않기 위해 적당적당히 처신했다면 행정가로서 실적은 더 올렸을지 몰라도 오래가는 가르침을 세우지는 못했을 것이다.

노무현 대통령도 그렇다. 유시민 씨 권유대로 현실적으로 가능한 일에만 치중했다면 재임 중 몇 가지 좋은 업적을 더 내놓을 수 있었을지 모른다. 그러나 당장 이뤄지지 않는 일이라도 정말 중요하다고 생각한 일에 대해 '말은 해놓아야' 하겠다는 성심이 그보다 더 중요한 것일 수도 있다. 그분의 업적보다 그분의 가르침이 더 소중하다는 생각이 든다. (2009. 11. 30)

모진 놈 곁에 있다가 벼락 맞을라! I 실패를 인정할 줄 모르는 자들 I 양민을 '빨갱이'로 몰아붙이던 자들이 돌아왔다 I 누가 '영혼 없는 경찰'을 만드는가? I 경제는 말아먹어도 좋다. 또 다른 파국만은… I 공룡 한나라당, 밉기보다 불쌍하다 I 청와대 비서관에겐 간디도 우습게 보이나? I 이완용이 그대들보다 더 나쁜 짓을 했는가? 제 발 찍는 멍텅구리 정책 I 정운찬의 '촌놈 정신'이 그립다

02

경제는 멋대로
말아먹어도 좋다
다만…

모진 놈 곁에 있다가 벼락 맞을래!

_MB 정권의 법률만능주의

인치人治**와 법치**法治　전국시대 진秦나라가 부국강병을 이루고 천하통일에 이르는 데는 법가法家의 법치주의가 큰 몫을 했다. 제민齊民의 원칙 아래 귀족 세력을 억눌러 절대왕권을 세우고 엄정한 상벌로 효과적 국민 동원을 기했던 것이다.

통일을 이룬 뒤 시황제始皇帝는 법치주의를 천하에 확장하려 했다. 황제의 호칭을 시황제로부터 2세, 3세 황제로 나아가도록 한 것도 황제의 인격을 배제하고 철저한 법치를 내세우려는 상징적 조치였다.

몇 해 전 프랑스의 젊은 중국사학자 장 레비가 시황제를 소재로 《황제의 꿈》이라는 소설을 써 공쿠르 상(역사소설 부문)을 받은 바 있다. 이 소설에서 시황제는 인간의 불확실성을 싫어해 자신을 중심으로 기계와 로봇의 세계를 쌓아나가는 편집광적 인물로 그려져 있다. 그의 극단적 법치를 풍자한 것이다.

시황제가 구축한 정교한 통치체제는 그가 죽자마자 파탄을 드러냈다. 지록위마指鹿爲馬의 일화로 악명 높은 환관 조고趙高가 황제의 죽음을 숨긴 채 황제의 뜻을 가장해 황제의 작은 아들 호해胡亥를 2세 황제로 옹립하며 자신에게 대항할 만한 인물을 몰살시킨 것이다. 얼마 후 통일 이전의 전통을 회복하려는 봉기가 각지에서 일어나자 지도력을 잃은 제국은 삽시간에 와해되어 버렸다.

조고의 발호는 극단적 법치의 폐단을 단적으로 보여주는 예다. 통치의 메커니즘이 완전히 형식화돼 있었기 때문에 황제 측근에서 정보를 장악하고 있던 일개 환관이 권력의 공백기를 틈타 천하를 뒤흔들 수 있었던 것이다. 태자 부소扶蘇가 조작된 자결 명령에 따를 수밖에 없던 것이 시황제가 만든 통치체제의 성격이었다.

시황제는 통일의 위업을 완벽한 것으로 만들기 위해 자신이 죽은 뒤에도 영원히 유지될 체제를 만들려 했다. 불로장생의 선약仙藥을 찾은 것과 같은 욕망이다. 그러나 그의 죽음이 바로 체제의 파탄으로 이어진 사실은 그 체제가 법치의 원칙 못지않게 그의 개인적 지도력에 의존해 왔음을 반증해 준다.

권력 운용의 난맥상이 드러날 때마다 사람들은 인치人治가 법치法治로 바뀌어야 한다고들 말한다. 물론 유린돼 온 법치의 원칙은 회복되어야 한다. 그러나 법치의 원칙은 훌륭한 정치를 보장하는 만병통치의 선약이 아니다. 우리 사회는 법치 원칙 회복과 함께 지도력 육성과 도덕성 강화를 위한 꾸준한 노력을 필요로 한다. (1997. 3. 24)

19 97년 봄, 위 글을 쓴 것은 당시 법치의 강조가 도를 넘는 풍조를 걱정한 때문이었다. 오랜 독재 시대를 통해 국가 운영이 통치자의 자의에 맡겨지던 폐습에 대한 반발로 인해 인치로부터 법치로 옮겨가는 것이 사회 발전의 진로라고 널리 인식되고 있을 때였다. 그런 분위기에 맹목적 법률만능주의가 끼어들어 새로운 형태의 억압 기제로 나타나고 있었다.

1월 20일 아침, 용산 참사에 대해 청와대에서 가장 먼저 보인 반응은 '과격 시위의 악순환을 끊는 계기'가 되기 바란다는 부대변인의 논평이었고, 한승수는 총리로서 '유감의 뜻'을 표하는 자리에서 '불법시위'란 말을 거듭 써 사람들의 빈축을 샀다. 시위가 과격하고 불법한 것이었다면 진압 방법의 잘못이 정당화된다고들 생각하는 모양이다. 여러 사람이 이루 말할 수 없이 참혹한 상황에서 터무니없는 이유로 죽고 다친 일을 놓고 '과격'과 '불법'을 따지는 사람들. 공직자의 책임은 차치하고 인간으로서도 참으로 이해하기 힘든 존재들이다.

현 집권 세력의 법률만능주의는 소위 '입법전쟁'에서 드러난다. 한나라당 후보 경선을 힘겹게 이겨낸 이명박 측은 대통령 선거를 가뿐하게 치른 다음 한나라당의 국회 세력을 자신들의 정략적 목적에 이용하려 해왔다. 대통령의 힘을 지렛대로 한나라당을 농락, 자기들이 원하는 정책을 무더기로 법제화하려는 것이다.

　정책의 법제화는 의회정치의 원리에 맞는 것이며, 그 자체로는 아무 문제없는 일이다. 문제는 두 가지다. 하나는 입법전쟁에서 쏟아낸 법안 중에 정책 법안이 아닌, 위헌 가능성 높은 권력 강화용 공안 법안이 잔뜩 들어 있다는 것이고, 또 하나는 한나라당 차원과 국회 차원의 논의가 청와대의 강압 때문에 모두 부실하게 되었다는 것이다.

　어음을 현금으로 바꾸듯 대선과 총선의 승리를 권력으로 환전하기 위해 법률을 이용하려는 것이고, 이 수단의 효과를 담보하기 위해 법률만능주의를 내세우는 것이다. 이런 법률만능주의가 진정한 의미의 '법치' 가 되지 못하는 것은 헌법 정신, 나아가 명문 헌법의 효과까지도 권력과 법률의 장벽으로 차단하기 때문이다. 언론과 표현의 자유를 위협하는 법률을 도입하고 그 운용을 대통령이 지휘하는 권력기관들에게 맡긴다면 "대한민국은 민주공화국"이란 헌법 조항과 헌법 정신은 국민들에게서 모습을 감출 것이다.

　나라 꼴이 갈수록 이상해지는 것을 놓고 사람들은 지금 국회보다 청와대를, 한나라당보다 이명박을 비판하고 있다. 그러나 차분히 생각하면 국회와 한나라당의 문제가 더 크다. 한 개인이나 하나의 집단이 권력에 눈이 멀어 이상한 짓을 하려 드는 것은 언제 어디서나 있는 일이다. 제대로 된 제도라면 그런 요소가 나타나더라도 사회에 큰 피해를 입히는 일이 없도록 억제를 해줘야 한다. 국회는 가장 중요한 국가제도이고, 한나라당도 '공당'으로 자타가 공인할 규모의 정당이라면 하나의 집단이 아니라 하나의 제도로서 면모를 보여야 한다. 그런데 이명박 집단이 일으키는 문제를 억제하기는커녕 증폭시키기만 하고 있는 것이 문제다.

내가 국회와 한나라당의 문제를 크게 생각하는 것은 그들을 더불어 살아야 할 존재로 보기 때문이고, 청와대와 이명박의 문제를 작게 생각하는 것은 없어도 괜찮은 존재라고 보기 때문이다. 대통령 제도는 없애도 되지만 국회가 없는 세상을 나는 상상하고 싶지 않다. 이명박은 없어도 괜찮지만 한나라당은 이 사회에 필요한 존재다. 이명박은 폐쇄적 소수 집단의 이해를 대변하는 인물일 뿐이지만 한나라당은 이 사회 상당한 범위의 정치적 요구를 반영하는 정당이기 때문이다.

이전에 연재한 《뉴라이트 비판》을 읽고서 어떻게 진짜로 '비판'만 하면서 '비난'은 그만큼 자제할 수 있냐고 신기해하는 분들이 있었다. 비결은 간단하다. 그들의 생각을 바꿔줄 생각을 하지 않는 것이다. 다만 그들이 지금 휘두르고 있는 힘에 현혹되어 제 할 일을 잊고 있는 한나라당 사람들에겐 해주고 싶은 말이 하나 있다.

"모진 놈 곁에 있다가 벼락 맞을라!"

이 사회에 법치 원칙 회복 못지않게 지도력 육성과 도덕성 강화가 요긴하다고 10년 전에 썼던 글을 다시 꺼내 보니 마음이 착잡하다. 미국처럼 구성이 복잡한 나라에서도 도덕적 쇄신의 필요에 대한 공감대를 바탕으로 지도력의 발전을 보고 있는데, 이 나라 정치 도덕의 추락에는 바닥이 없는 것인가. (2009. 11. 25)

기병대와 대통령 부인 1928년 미국 대통령선거에서 압승을 거둔 허버트 후버는 미국의 장래를 한껏 밝게 내다보고 있었다. 그는 유세에서 "지금 미국은 역사상 어느 나라보다도 빈곤의 완전한 정복을 가까이 바라보고 있다"고 말하곤 했다. 대공황은 그의 취임 7개월 후에 터졌다.

후버의 재임 중 미국인의 총소득은 절반 이하로 떨어지고 수출입은 3분의 1 이하가 됐다. 공식적인 실업률은 25%를 기록했지만 실질 실업률은 40% 이상에 달했을 것으로 추정된다. 그러나 후버는 낙관론을 버리지 않아야 위기를 넘길 수 있다고 믿었고, 근본적인 실패를 고집스럽게 부인함으로써 사태를 더욱 악화시키기만 했다.

후버의 고답적인 태도를 대표적으로 보여준 것이 '연금 부대' 격퇴다. 1932년 대통령선거전을 앞둔 여름, 제1차 세계대전 참전 병사

2만여 명이 워싱턴에 몰려들었다. 1945년부터 지급받기로 예정돼 있는 연금을 앞당겨 달라고 청원하며 대로상에 캠프를 친 그들을 연금 부대Bonus Army라 했다. 후버는 군대를 동원해 이들을 쫓아냈는데, 과잉 작전으로 적지 않은 사상자를 냈다고 한다.

얼마 후 새 대통령 루스벨트에게 연금 부대가 다시 찾아왔을 때 루스벨트는 부인 엘리너를 그 캠프로 보냈다. 엘리너는 시위자들에게 커피를 권하며 이야기를 나누고 함께 노래를 부르며 그들의 마음을 달래줬다. "후버는 기병대를 보냈고 루스벨트는 아내를 보냈다"는 것이 두 대통령의 차이로 국민들의 마음에 새겨졌다.

대공황을 이겨낸 루스벨트의 '뉴딜'이 후버의 정책과 달랐던 것은 빈민 구제에 역점을 두고 근본적인 제도 개혁을 꾀한 점이다. 빈민구제를 좌경화로 여기고 제도 개혁을 체제 전복으로 생각했던 후버와 달리 위기의 심도를 투철하게 인식한 것이다. 라디오방송 〈노변정담 Fireside Chat〉으로 국민에게 다가가려 애쓴 것도 같은 인식에서였다.

1920년 부통령에 출마해 낙선한 후 소아마비로 정계를 은퇴했다가 휠체어에 몸을 싣고 돌아온 루즈벨트의 모습에서 미국인들은 시련 극복의 상징을 보았다. 김대중 당선자의 지팡이 역시 세 차례 도전에 실패한 경력과 함께 지금의 위기 상황에 어울리는 지도자상을 그려주고 있다. 게다가 루즈벨트의 〈노변정담〉을 방불케 하는 〈국민과의 대화〉를 보여주고 있으니 대공황을 극복한 루즈벨트에 못지않은 위기 극복의 업적을 기대하게 된다. (1997. 1. 21)

대규모 토목공사를 '경제 살리기' 방안으로 내놓는 것은 있을 수 있는 일이다. 물론 살리고자 하는 경제가 국가 사회의 경제 아닌 건설 대기업의 경제라면.

그러나 이것을 '뉴딜'에 갖다 대는 것은 어불성설이요 실례 천만이다. 뉴딜 정책 중에 대규모 토목공사의 비중이 작지 않았다는 것은 상식이다. 하지만 토목공사라고 다 같은 토목공사인가. 1930년대 미국과 21세기 한국의 대형 토목공사 사이에 인건비의 비중이 어떻게 바뀌었는지는 누구나 대충 상상할 수 있는 일이다.

뉴딜의 토목공사는 시설을 만드는 것보다 빈민들에게 정부의 돈을 '퍼주는' 데 목적이 있었던 것이다. 정부가 푼 자금의 큰 부분이 서민들의 요긴한 지출로 직결되었기 때문에 일부 자금을 흡수한 기업가들은 이 지출에 부응하는 생산활동에 투자하게 되었다.

지금의 토목공사는 서민의 지출 능력을 키워주는 효과가 미미하다. 정부 자금의 대부분을 흡수할 대기업에게는 그 돈을 국내 생산활동에 투입할 동기가 늘어나지 않는다. 대기업들이 해외 투자가 더 수지맞겠다고 판단하면 국민의 세금으로 만들어진 정부 자금이 결국 국가경제를 외면하는 길로 흘러나갈 것이다.

위기에 처한 개인의 대응 자세는 위기를 인식하는 방법에 따라 달라진다. 근본적 위기라면 인생관을 바꿔야 한다. 일시적 위기로 인식한다면 당분간 하고 싶은 일 참고 하기 싫은 일 하며 지내면 된다. 그런데 사람들 중에는 근본적 위기란 것을 아예 인식할 줄 모르는 사람들이 있다. 어떤 위기든 요령만 잘 피우면 넘길 수 있다고 믿는 사람들이다.

19세기 말에서 20세기 초까지 서양 사회를 풍미한 테일러리즘은 세상의 어떤 문제든 기술적 해결책이 있다고 믿는 능률지상주의였다. 개인의 요령지상주의와 같이 가치관의 반성을 마비시키는 풍조였다. 홉스봄이 '극단의 시대'라 부른 20세기의 극단성이 가치관의 경직 현상에서 나온 것이라면, 인간 지성의 오만을 단적으로 드러낸 사회진화론과 테일러리즘에서 그 뿌리를 찾을 수 있다.

대공황을 맞은 미국 대통령 허버트 후버는 대표적인 테일러리스트 정치가였다. 사실 그를 '정치가'로 분류하는 것도 망설이는 이들이 있다. 엔지니어 출신인 그는 하딩과 쿨리지 행정부에서 통상부 장관을 지냈지만 공직 선거는 1927년의 대통령선거가 처음이었고, 대통령으로 있으면서도 정치가보다 행정가로서의 면모만 보였다는 것이다.

후버가 연금 부대에 기병대를 보내고 루스벨트가 엘리너를 보낸 차이가 어디에 있었는가? 단순한 요령의 차이가 아니다. 후버는 닥쳐 있는 위기 인식의 주체로서 서민들의 입장을 인정하지 않은 것이고 루스벨트는 인정한 것이다. 위기 극복은 정부가 알아서 할 일이니 백성들은 앉아서 그 결과를 받아들이기나 하라고 후버가 윽박을 지른 반면 루스벨트는 정부와 국민이 함께 고통을 받아들이며 새로운 장래를 함께 그려나가자고 청한 것이다.

루스벨트가 역사상 위대한 정치가로 꼽히는 것은 국가와 사회의 구조를 개편한다는 거대한 정치적 과제를 수행했기 때문이다. '일장공성 만골고—將功成 萬骨枯'란 시구가 있거니와 루스벨트의 성공 뒤에도 가려진 '백골고百骨枯'가 있었다. 대공황 이전의 긴 호황기 속에 자라나 미국 경제를 주름잡고 있던 '도둑 귀족robber barons'들의 위세가 크게 물러선 것이다. 후버 시대까지 미국의 주인 행세를 하던 대기업가 집단이 순순히 뒷전으로 물러난 것은 위기를 인식하고 그에 대한 자신들의 책임을 인정했기 때문이었다.

IMF위기 때는 이 사회에 겉으로나마 자숙하는 분위기가 깔렸었다. 권력을 쥔 자들도 돈을 가진 자들도 모두 위기를 인식했기 때문이다. 그런데 지금은 위기를 눈가림하며 자기 몫만 생각하는 자들이 이 나라를 주름잡고 있다.

한 회사, 한 가정을 꾸려나가는 데도 계획이 필요하다. 상식적으로 예상할 만한 범위의 호황과 불황을 놓고, 상황에 따라 대응

할 준비가 되어 있어야 한다는 것이다. 주가 3천이니, 747이니 일방적인 희망사항만 멋대로 떠벌여 놓고 결과에 책임지기는커녕 실패조차 인정하지 않는다면, 지금 하고 있는 얘기는 무슨 근거로 믿어달라는 건가? 승리와 패배만 생각하고 성공과 실패를 생각할 줄 모르는 자는 한 국가는커녕 한 회사, 한 가정의 책임도 맡을 수 없다.

10년 전보다 지금의 위기가 더 심각하게 느껴지는 까닭은 밖으로부터의 충격이 더 커서가 아니라 위기에 대응하는 우리 사회의 자세가 흐트러져 있기 때문이다. (2009. 2. 4)

양민을 '빨갱이'로 몰아붙이던 자들이 돌아왔다

왜 '사고공화국'인가? 잠수함의 선실은 스릴러의 인기 무대다. 유사시에 빠져나갈 길이 없다는 것은 비행기도 마찬가지지만, 잠수함은 더 폐쇄된 공간인 데다가 거의 군사적 용도로만 쓰기 때문에 위험한 느낌이 저절로 떠오른다. 그런데 경영학자 피터 드러커는 미국의 핵잠수함이 인간의 작업장 가운데 가장 안전한 곳이라는 사실을 통계자료로 제시한다. 가장 위험하게 보이는 곳에 가장 사고가 적은 것은 어떻게 된 일일까.

드러커는 핵잠수함의 운영 원칙에서 '사고'의 개념이 엄격하다는 점에 주목한다. 통상 사고라 하면 '인명이나 재산에 손실이 생긴 일'을 말하는 데 반해 핵잠수함에서는 '안전 규칙이 지켜지지 않은 모든 일'을 사고로 본다는 것이다. '사고공화국' 국민으로서 귀담아 듣지 않을 수 없는 지적이다.

사고의 대형화는 현대문명의 어쩔 수 없는 추세다. 열차가 충돌하거나 비행기가 추락하면 한꺼번에 수백 명이 목숨을 잃는다. 그렇다고 열차와 비행기가 없던 옛날이 꼭 안전했던 것은 아니다. 맹수와 강도 등에게 위협받던 옛날 여행에 비하면 오늘날이 더 안전한 편이다. 다만 한 번 사고를 당하면 옴치고 뛸 여지가 없다. 타이타닉호 사고는 아직 인간성이 그 속에서 작용할 여지가 있었다는 점에서 '비극'이었지만 이제는 '참극'뿐이다.

본인의 잘못 없이도 치명적인 피해를 입을 길이 많은 세상에 살고 있다는 사실이 현대인을 비참하게 만든다. 자동차 사고는 너무 일상화돼서 '달리는 흉기'라는 이름이 굳어져 있거니와 우리는 '날아다니는 흉기'에도 꽤 당해왔고, 심지어 백화점, 교량까지도 흉기로 겪어봤다.

지하철 침수 사건은 천행으로 인명피해가 없었지만 만일 당시 그 구간에 열차가 운행하고 있었다면 삼풍에 버금가는 참화가 됐을 것이다. 10여 년 전의 홍수라면 고작 전답 유실이나 가옥 침수가 피해였지만 이제 걸핏하면 도시 기능이 위협받고 대규모 인명피해까지 일어나는 세상이 됐다. 물막이 시설이 불편하다고 멋대로 줄여놓은 것이 사고의 직접 원인이라 한다. 그런 무책임한 '설마'주의가 어찌 중랑천뿐이겠는가.

경제 사고도 마찬가지다. 규모가 커지다 보니 회사 하나 넘어져도 예전과는 충격의 수준이 다른데, 나라 살림까지 설마설마 하면서 적당히 주무르다가 온 백성이 옴치고 뛸 길 없이 거덜 내고 말았다. 드러커의 충고에 따라 매사에 핵잠수함 탄 것처럼 사고를 무서워할 줄 알아야겠다. (1998. 5. 19)

김 영삼 시대의 '사고공화국'을 지금 돌이켜보면 과도기의 특성이란 면을 생각하게 된다. 군사독재 시절에는 앞만 보고 달리며 안전 시스템 확보를 무시했고, 사고 통제는 억압 기제에만 의존했다. 독재가 끝나 억압 기제의 힘이 대폭 줄어들었는데도 안전시스템 운영·관리를 계속 소홀히 함으로써 다양하고 엽기적인 사고들을 겪게 된 것이었다.

사고 중에도 큰 사고가 IMF사태였다. 강만수, 윤증현을 포함해 당시 경제 관료들은 위기가 닥쳐오는 동안 무슨 생각을 하고 있었던가. 그들의 '무능'을 탓할망정 그들의 '악의'를 따질 여지는 별로 없다고 생각한다. 군사독재 아래 경제 관료들은 '성장'만을 생각하도록 길들여져 있었다. IMF사태 같은 상황은 그들이 상상도 할 수 없는 불가사의였을 것이다. 그래서 IMF사태는 하나의 '사고'로 생각하는 것이다. 위기의 막바지에 정략적 의도로 사태를 악화시킨 측면이 없지 않았지만, 부수적인 것으로 본다.

그런데 지금의 경제위기는 다르게 보인다. 경험도 있고 경고도 있었다.(나 같은 경제 문외한까지도 역사적 관점에서 볼 때 신자유주의 정책의 한계가 임박했다는 의견을 《밖에서 본 한국사》에서 밝힌 바 있다) 분배냐, 성장이냐 등 경제정책의 선택 범위에 관한 논의도 적지 않게 쌓여 있었다.

그런 조건에도 불구하고 지금까지 정부의 대응 내용이 현명하지 못했다는 사실은 미네르바 구속을 통해 정부 스스로 시인한 셈이다. 이명박도 강만수도 아닌 일개 시민이 입을(손가락인가?) 잘못 놀린다 해서 수조 원을 날릴 위험을 안은 경제 운용을 누가 현명하다 할 것인가? 미네르바 같은 사람이 열 명만 있었으면 나라가 떠내려갔겠다. "흐루시초프는 돌대가리"라고 욕하다가 '국가기밀누설죄'에 걸렸다는 어느 시절의 소련 백성이 생각난다.

범죄 냄새가 난다. 그것도 과실범이 아닌 악질적 범죄. 무엇보다 범행 동기가 너무 노골적으로 드러나 있다. 2%를 위한 신자유주의 정책이다. 2%가 입을 손해를 막아주기 위해 국민 세금과 공적 자금을 퍼넣고, 정부 지출 확대의 필요성이 눈에 보이는 상황에서 2%의 세금을 줄여주는 일에 정권의 명운을 걸고 있다.

10년 만에 되풀이되는 위기요, 공황이지만 국가경제의 위축 자체가 참극은 아니다. 더 자주 겪는다 해서 50년 전의 절대 빈곤으로 돌아갈 염려는 없다. 참극을 만드는 요인은 위기를 받아들이는 방식에 있다. '사회 안전망'의 의미가 무엇인가? 공사장에서 사고가 나더라도 큰 인명사고가 되지 않도록 헬멧 하나씩이라도 씌워주는 것을 비롯해 여러 가지 안전수칙을 시행한다. 사회 안전망을 더 늘릴 필요가 있는 상황에서 최저임금을 낮추는 등 거꾸로 가는 것은 사고 난 공사장에서 인부들 헬멧을 벗기는 꼴이다.

경제위기 자체는 이번에도 하나의 '사고'일 수 있다. 그런데 국가의 위기를 소수 가진 자들의 기회로 전환시키려는 시도가 있다면 그것은 거대한 참극을 불러올 '범죄'다.

내 머릿속에 또 하나의 범죄에 대한 생각이 도사리고 있음을 독자들은 눈치 채셨을 것이다. 너무나 닮은꼴이다. 범행 동기부터 똑같다. 조합과 건설사 등 가진 자들의 이익을 지켜주려는 것이다. 범행 방법에 있어서도 약자를 보호하기 위한 안전장치를 제거한다는 공통점이 있다.

2009년 1월 20일 용산. 20여 년 전에 사라진 줄 알았던 폭력국가가 아직도 이 땅에 생생하게 살아 있음을 온 국민에게 알려주는 일이 벌어졌다. 희생자들을 '테러범'으로 몰아붙이던 자들, 양민을 '빨갱이'로 몰아붙이던 자들이 살아 돌아온 것인가?

(2009. 1. 27)

누가
'영혼 없는 경찰'을
만드는가?

사오정의 시대　손오공과 사오정이 함께 면접을 보러 갔다. 오공이 먼저 들어갔다.

　면접관이 물었다.

　"좋아하는 축구선수가 누구죠?"

　오공이 대답했다.

　"전에는 차범근이었는데 지금은 이동국입니다."

　면접관이 물었다.

　"코소보가 어디인가요?"

　오공이 대답했다.

　"발칸반도의 중앙부에 있는 산악지대입니다."

　면접관이 또 물었다.

　"초능력에 대해 어떻게 생각하나요?"

경제는 멋대로 말아먹어도 좋다. 다만…

오공이 잠깐 생각에 잠겼다가 대답했다.

"과학적으로 입증은 안됐지만 그럴싸한 사실이라 생각합니다."

합격하고 나온 오공에게 오정이 요령을 물었다. 오공은 상세하게 가르쳐 줬다. 잠시 후 오정의 차례가 되어 면접실에 들어갔다.

면접관이 물었다.

"이름이 뭐지요?"

오정의 준비된 대답.

"전에는 차범근이었는데 지금은 이동국입니다."

면접관이 놀라서 물었다.

"뭐야? 당신 어디서 왔어?"

오정은 늠름하게 대답했다.

"발칸반도의 중앙부에 있는 산악지대입니다."

면접관이 기가 막혀 "이 사람 바보 아냐?" 하자 오정은 자신 있게 대꾸했다.

"과학적으로 입증은 안됐지만 그럴싸한 사실이라 생각합니다."

말귀를 철저하게 못 알아듣는 사오정이 사회에서 신드롬을 일으키고 있는 이유가 뭘까? 우리가 현실에서 답답하게 느끼는 현상을 희화화해서 보여주기 때문일 것이다. 알아들을 만한 메시지를 받고도 시치미 떼는 누군가를 떠올려 주기 때문에 사람들은 사오정을 재미있어한다.

몇 해 전에는 덩달이 시리즈가 유행했다. 이야기의 맥락은 살피지 않고 글자에만 집착하는 것이 덩달이의 장기였다. 그 역시 숲을 볼 생각은 않고 나무만 보려 드는 누군가를 떠올려 줬기에 인기를 끌었을 것이다.

덩달이와 사오정의 모델은 누구일까. 그 시절이나 이 시절이나 사회의 기대를 모으고, 또 그 기대를 어그러뜨려 사회의 비난을 모은 것은 정치권이다. 다른 모델이 누가 있겠는가. 정치권 안에서 누가 누구보다 더 모델로 적확하다고 따지는 것은 부질없는 짓일 것이다.

덩달이는 글자에라도 집착했다. 사오정은 아예 신경도 안 쓴다. 국민의 개혁 요구를 빙자해 사정의 칼날을 자의적으로 휘두르던 시절이 덩달이의 시대였다면, 여야가 바뀌기 전에 자신들이 하던 주장은 까맣게 잊고 상대 당의 약점 잡기에만 골몰하는 지금이 사오정의 시대일까. 사오정 다음에는 어떤 캐릭터가 정치권을 그려줄지 상상이 가지 않는다. (1999. 5)

10년 전에 쓴 이 글을 꺼내 보며 글쓰기가 참 조심스러운 일이란 생각을 새삼 한다. 어떤 자들을 보고 사오정을 떠올렸던 것인지 지금 잘 생각도 나지 않지만, 무조건 미안하다. 요즘 한국 정부를 대표한다는 사람들 몇몇이 보여주는 사오정스러움에 비길 만한 일은 그 시절이고 그전이고 단연코 없었다. 당시로서는 뭔가 답답한 꼴을 보며 울화통을 터뜨린 것이었겠지만, 내가 사오정을 너무 우습게 봤었다. 사오정에게 정말 미안하다.

일국의 총리란 사람이, 그것도 UN 총회 의장까지 지냈다는 사람이 국회 답변에서 '메일'의 의미를 축소하기 위해 한다는 소리 좀 들어보라.

"제가 영어를 좀 한다. 외국에선 '메일' 그러면 편지를 얘기한다."

이게 도대체 무슨 소리?

청와대가 용산 참사에 대한 비판 여론을 호도하려고 획책한 사실을 덮을 수 있는 데까지 덮어주려는 한승수의 '충정'은 알겠다. 그런데 그 충정을 관철하기 위해 고작 할 수 있는 일이 자기가 영어 좀 한다는 사실을 내세우고 낱말 풀이 해주는 것뿐이라니, 안타까운 일이다. 이런 말을 하고 싶은 것이었을까? "미국인들은 편지를 메일이라 한다. 따라서 한국인들도 편지 아닌 것을 메일이라 하면 안 된다. 청와대에서 경찰로 메일을 보냈다고 하는데, 보낸 것이 편지가 아니었다면 그것을 메일이라고 해선 안 된다?" 그 정도 영어가 몇 점짜리인지는 모르겠지만, 논리는 낙제점이고 정치력은 빵점이다.

나는 한승수의 경력을 잘 모른다. 허나 국회에 답변하는 총리 입장에서 자기 말의 신뢰성을 높이겠다고 "제가 영어를 좀 한다"

하는 말을 앞세우는 것을 보면 일을 어떤 식으로 하는 사람인지 짐작이 간다. 자기 일을 찾아서 할 줄은 모르고, 일 시켜줄 사람 찾아 "내가 뭐는 좀 하니까" 시켜달라고 매달리는 사람. 시킨 일 하는 데 중치 이상은 갔기에 오늘의 위치에 이르렀겠지. 그런데 지금 'mail' 단어 하나 붙잡고 늘어져 덩달이 노릇을 하고 있는 게 중치 이상 가는 짓일까? 이런 사람이 이런 꼴 보이는 건 그 사람 자신보다 그 사람에게 누가 어떤 일을 시켰는가에 문제가 있다.

총리에게 일을 시키는 건 대통령이다. 대통령이 총리에게 어떤 일을 어떻게 시키는지 세세한 내용은 몰라도, 대통령이 원하는 일을 대통령이 익숙한 방식으로 하라는 압박감이 있으리라는 것은 짐작할 수 있다. 대통령에게 익숙한 방식은 어떤 것인가?

지난 월말의 TV '원탁 대화'에서 이명박은 많은 사람을 놀라게 했다. 경제정책의 오류를 지적하는 질문에 "모든 것은 오해에서 비롯된 것"이라고 한다. '모든 것'이라니! 듣기 싫은 소리가 모두 오해에서 비롯된 것이라면 원리주의 종교의 '무류성無謬性' 수준이다. 남북관계 악화에 대해선 "60년 분단 중 한 1년 정상화를 위해 경색된 것은 있을 만한 일"이라고 한다. 60년 분단만 보이고 긴장 완화 노력의 10년은 보이지 않는가보다. 용산 참사에 대해선 "모든 것을 폭력, 힘으로 하면 되지 않는다"고 한다. 폭력과 힘을 앞세운 '속도전'은 누가 주문한 것인가?

이 정도라도 사오정이 자리 뺏길까 불안해질 만한데, 여기서 그친 것도 아니다. '회전문 인사' 얘기에 "어떤 분이 그러냐?"고 반문을 하는 데는 그야말로 할 말이 없다. 용산의 특공대 투입 문제가 나오자 "완전히 일방적인 이야기를 하는 것 같다"면서 자기의 일방적인 이야기만 한다. 사오정도 두 손 들었을 것이다.

무엇보다 끔찍한 얘기는 김석기 경찰청장 내정자를 용산 참사 책임으로부터 감싸며 "경찰이, 잘못하다간 우리만 당한다고 생각한다면 누가 일하겠느냐"고 따지는 것이다. 공권력 남용으로 국민을 죽이는 결과가 나타나도 자기 뜻에 따라 뛰어주기만 하면 지켜주겠다는 것이다. "이번 문제도 앞뒤를 가리지 않고 한다면 공직자가 누가 일하겠느냐"고도 한다. 일을 열심히 한다면 결과가 잘못되어도 책임을 묻지 않아야 일할 의욕이 살아난다는 것이다.

대다수의 사람에게는 자기 사회를 아끼는 마음이 있다. 공무원도 마찬가지다. 보수를 비롯해 적절한 조건을 마련해 주면 당장 드러나지 않아도 자기 업무를 충실히 수행해 나름대로의 양심도 지키면서 역할도 인정받고자 하는 것이 제대로 된 공직 사회다. 그런데 사람의 본성을 다르게 보는 사람들이 있다. 그들은 공무원을 '영혼 없는 존재'로 규정한다. 그래야 그 이기심을 자극함으로써 자신들이 원하는 방향으로 움직이게 할 수 있기 때문이다.

경찰과 공무원의 양심을 마비시키고 이기심에 따라서만 움직이게 만들면 권력을 사유화할 수 있다고 믿는 자들이 있다. 국가를 하나의 폭력 조직으로 만들고 싶어 하는 자들이다. 물론 불가능한 일이다. 그러나 그 시도가 좌절되기까지 이 사회가, 그리고 많은 사람들이 피해를 입을 것이다. 용산의 희생자들은 그 시작일 뿐이다. (2009. 2. 18)

경제는
말아먹어도 좋다
또 다른
파국만은…

한반도의 엔트로피 "엔트로피는 감소하지 않는다"는 것이 열역학 제2법칙이다. '엔트로피'는 통상적인 말로 정확히 바꾸기 어려운 개념이지만 굳이 갖다 댄다면 '평형'이나 '안정' 비슷한 것이다. 열역학 원리로 사회현상을 설명하려 하는 사회열역학에서는 인간 사회의 자연적 변천이 특권의 해소와 계급의 소멸을 향해 간다는 비유로 엔트로피의 법칙을 제시하기도 한다.

쉬운 말로 "물은 아래로 흐른다"고 하는 것도 엔트로피 법칙의 한 표현이다. 중력의 작용을 받는 물이 더 낮은 곳으로 내려갈 여지를 가지고 있다면 평형성이 부족한 상태다. 흐르고 흘러 바다나 호수에 들어가든, 웅덩이에 고이든 더 낮은 곳을 찾을 수 없을 때 엔트로피는 최대가 된다. 말하자면 물의 흐름은 엔트로피를 늘려 가는 과정이다.

'평형'이니 '안정'이니 하면 좋은 말처럼 들리지만, 실인즉 엔트로피 증가의 방향은 곧 죽음의 방향이다. 사람을 비롯해 생물체가 살아 있다는 것은 엔트로피가 비교적 낮은 상태에 있다는 뜻이다. 더 늘어날 여지가 없는 상태가 바로 '죽음'이다.

평형과 안정이 없는 사회는 사람들을 괴롭게 만든다. 그래서 많은 사람들이 평형과 안정을 늘리려고 애쓴다. 그러나 평형과 안정이 어느 수준 이상이 되면 사회의 역동성이 사라져 버린다. 공산권 붕괴 과정에서도 드러난 일이다.

우리 사회는 엔트로피 수준이 꽤 낮은 편이다. 남한 사회만 봐도 그런데, 북한까지 넣어 민족 전체를 본다면 평형과 안정을 늘려갈 여지가 엄청나게 많다. 물에 비유하자면 높은 폭포를 앞둔 강물과 같다. 앞으로 당분간 세계 어느 민족보다도 큰 변화를 겪어갈 장래가 눈앞에 닥쳐 있다.

지금까지의 냉전체제는 물이 낭떠러지로 흘러가지 못하도록 가로막은 댐이었다. 이 댐이 무너지며 폭포의 위력이 드러나기 시작하고 있다. 정주영 씨의 소떼가 큰 감동을 불러일으킨 것도, '총풍'을 빌미로 북한 측이 남한 정치권을 갖고 노는 듯한 모습도, 이 폭포의 낙차가 큰 데 말미암은 일이다.

너무나 오랫동안 억지로 막아온 흐름이기 때문에 한번 터지면 큰 파괴력을 보일 수밖에 없다. 급격하고 심대한 변화는 많은 사람들에게 기쁨도 가져다주고 고통도 가져다줄 것이다. 이 폭포의 잠재적

에너지가 터빈을 돌려 생산적인 용도에 쓰일지, 아니면 배를 뒤집어 버리고 말지, 사회 전체의 큰 지혜와 용기가 필요한 시점이다. 남북 관계의 전개는 좁은 이해관계를 떠나 대국적 자세로 임해야 할 과제 다. (1998. 11. 6)

1998년 말, 위 글을 쓸 때는 냉전체제가 한반도에서도 걷 히고 있다는 전망을 가지고 있었다. 이 전망은 2000년 6월 남북정상회담이 열릴 때까지 맞아떨어지는 것 같았다. 그런 데 그 이듬해부터 정체 상태에 빠졌다. 후퇴는 하지 않았지만, 진척이 더뎠다.

정체 상태를 가져온 일차적 원인은 미국 부시 행정부의 긴장 강화 정책에 있었다. '악의 축'이란 이름 아래 부시를 앞세운 네 오콘의 국지적 긴장 강화 획책에 한반도가 걸려든 것이었다. 갈 등을 풀기는커녕 오히려 고착·심화시킴으로써 군사대국으로서 미국의 역할을 극대화하는 것이 네오콘 전략의 기조였다.

갈등을 지키고 키우는 데도 지렛대가 필요하다. 분쟁 지역에 미국의 긴장 강화 정책에 동조하는 앞잡이가 없으면 정책의 효 과에 한계가 있고 오히려 역효과가 클 수 있다. 이슬람권 쪽에서 는 파키스탄과 이스라엘이 그 역할을 맡았고, 북한과 관련해서는 누구보다 남한에게 그 역할이 기대되었다.

김대중·노무현 정권의 햇볕정책은 부시의 긴장 강화 정책에 어긋나는 것이었다. 고바야시의 일본 정부가 앞잡이 노릇을 대신 해주느라고 나름대로 수고했지만, 한국 정부가 해줄 수 있는 것과는 수준이 달랐다. 그동안 남북관계 발전이 빠르지 못했던 것은 아쉬운 일이라도, 부시 일당의 의도를 놓고 생각하면 그야말로 '선방'한 셈이다. '악의 축' 얘기를 할 때 부시에겐 분명히 북한을 공격하고 싶은 마음이 있었는데, 한국과 중국이 앞장서서 그 의도를 가로막은 것이다.

햇볕정책을 견지하는 김대중·노무현 정권에게 부시가 불만을 가진 것은 당연한 일이었고, 그는 이 불만을 여러 방식으로 드러냈다. 한국의 수구파는 이 불만에 고무 받아 자파 단결을 촉구하는 전형적 레토릭으로 미국과의 '혈맹' 관계를 활용하게 되었다. 그러나 한미 간의 혈맹관계는 한국인에게 부끄러운 과거일 뿐이며, 한국 수구파와 미국 네오콘 사이에 그 그림자만 남아 있을 뿐이다. 이명박의 열렬한 부시 사랑이 이 그림자에 대한 집착을 보여주지만, 부시가 백악관을 떠난 이제 누가 이에 응답해줄 것인지……

폴 크루그먼이 《미래를 말하다》에서 '자유주의자의 양심'을 들먹이며 신자유주의 정책의 부도덕성을 비판했거니와, 평화를 등지는 네오콘의 대결정책은 신자유주의의 연장선 위에 펼쳐진 것이었다. 대결 아닌 통합의 메시지를 내세운 오바마의 등장은 신자유주의 경제정책의 퇴진과 함께 네오콘 대결정책의 청산을 예고하고 있다.

이제 남북관계는 혈맹의 그림자에서마저 벗어나 한반도가 처해 있는 상황에 맞춰, 그리고 그 주민들의 의사에 따라 펼쳐질 기회를 맞고 있다. 이 기회에 임하는 북한 주민들의 자세에 관해서는 내가 잘 알지 못하고, 또한 관여할 일도 아니다. 남한 주민들의 태세를 보며 정치의 질곡을 안타깝게 생각할 뿐이다. 이명박 정부의 단절·대립 자세는 어느 여론조사를 보아도 대다수 국민의 반대를 받고 있는데도 바뀔 기미를 보이지 않고 있다.

10년 전 급격한 남북관계 변화의 전망을 폭포에 비유하면서, 폭포 대신 그런대로 헤쳐 나갈 만한 급류로 그 낙차를 소화할 수 있기 바라는 마음을 가지고 있었다. 그동안 부시와 네오콘 때문에 낙차를 많이 줄이지 못하고 있다. 그들이 물러선 지금부터라도 엔트로피의 급격한 증가에 대비하는 자세를 갖춰야 할 텐데 이명박 정부는 "기다리는 것도 일종의 전략"이라며 직무유기 전략으로 버티고 있다.

엔트로피의 비유까지 들먹이지 않더라도, 남북관계의 변화가 한국 사회에 엄청나게 큰 변화를 가져오리라는 것은 삼척동자라도 내다볼 수 있는 일이다. 그리고 부시와 오바마의 교체가 이 변화에 획기적인 고비가 되리라는 것도 불을 보듯 명확한 일이다. 그런 판국에서 택하는 '기다리는 전략'이란 파국을 기다리는 전략일 수밖에 없다. 오바마가 명언한 북한 지도자와의 대화 용의를 놓고 "선거 때 무슨 소린들 못 하겠냐?"고 하는 것은 "뭐 눈엔 뭐만 보인다"고 해야 할지, "손바닥으로 하늘을 가리려 한다"고 해야 할지.

《뉴라이트 비판》에서 경제는 멋대로 말아먹어도 좋다고 했다. 그 짓 하라고 뽑아준 거라 우기면 할 말 없다. 하지만 남북관계만은 정략적 득실 때문에 망치는 일이 없기 바라는 간절한 마음을 적었다. 남북관계 파탄은 경제 파탄과도 비교할 수 없는 큰 손실을 이 나라, 이 민족에게 가져올 것이다. '경제 살리기'에 현혹돼 찍어준 사람들은 많아도 '남북관계 죽이기'를 하라고 찍어준 사람은 몇 명 안 된다고 믿는다. 남북관계, 정말 그런 식으로 틀어막아도 되는지는 국민들에게 다시 물어보기 바란다.

(2009. 1. 29)

공룡 한나라당,
밉기보다
불쌍하다

공룡의 고민　지금으로부터 6천5백만 년 전, 백악기 말기 지구는 공룡의 세계였다. 이 거대한 파충류는 그때까지 1억 6천만 년이나 지구의 표면을 지배하고 있었다. 그러다가 어느 날 갑자기 공룡이 사라졌다. 공룡의 퇴장은 불과 100만 년밖에 걸리지 않았다고 한다. 100만 년이라면 지질학상 '눈 깜짝할 순간'이다.

　공룡의 급격한 절멸絶滅은 오랫동안 지질학계의 큰 수수께끼였다. 이 수수께끼에 가장 그럴싸한 해답을 10년 전 버클리 대학의 루이스 알바레스 교수가 제시했다. 소행성의 충돌에 따른 충격 때문이라는 것이다. 백악기가 끝나는 시점의 지층을 연구한 결과 이 소행성의 직경은 직경 11km 정도였을 거라고 알바레스는 추정했다. 직경 11km짜리 소행성의 충돌은 현존하는 핵폭탄을 모두 합친 것보다 몇 십 배나 큰 충격을 주었다. 먼지와 파편이 대기권을 채워 1년 동안은 햇빛이 지구 표면에 이르지 못했고, 따라서 광합성이 거의 중단되는 등 엄청난 충격이 생태계에 닥쳤다. 이 충격의 여파 속에 공룡은 사라지고, 아직 진화의 초기 단계에 있던 포유류가 살아남아 그 공백을 메우게 됐으리라는 것이다.

포유류가 견뎌낸 충격을 왜 공룡은 견뎌내지 못한 것일까. 생물학자들은 '전문성'의 개념으로 이를 설명한다. 평상 상태에서 다른 동물의 위협을 받지 않던 공룡은 제한된 종류의 먹이만을 취하는 습성을 키우고 있어서 생태계의 기본 조건 변화에 적응할 여지가 적었다는 것이다.

한국의 여당은 집권자의 그늘 속에서 몸집만 키워온 공룡이다. 한나라당이 현직 대통령의 탈당으로 새로운 가능성을 모색하기 시작한 지 한 달 남짓 됐지만 역시 다음 대통령의 배출에 희망을 걸고 버텨왔다. 이제 그 희망마저 잃은 상황에서 새로운 위치에 새로운 자세를 갖출 수 있을지, 한국 정치발전의 시금석으로 관심을 모으는 일이다.

공룡의 고민은 한나라당만의 것이 아니다. 경제대국의 자만심이 금융공황의 충격 속에 적응의 방향을 잘 찾지 못하고 헤매는 것은 국가 전체의 명운이 달린 문제다. 더 크게 보면 '엘니뇨' 현상을 둘러싼 금년의 갖가지 이상기후는 인류 전체의 명운에 어두운 그림자를 드리우고 있다. 변화 속의 적응이 모두에게 절실한 과제가 돼가고 있다. 한국 최대의 정치조직인 한나라당의 건강한 생존 여부는 그래서 더더욱 관심이 가는 일이다. (1997. 12. 24)

한국에서 거대 여당이 처음 나타난 것은 1954년이다. 그해 5·20 선거에서 자유당이 과반수 의석을 차지한 것이다. 1951년 말 이승만이 원하는 대통령 직선제 개헌 추진을 위해 결성된 자유당은 같은 이름의 두 개 당이 며칠 간격으로 만들어지는 등 초기에는 계파 투쟁이 치열했지만, 1954년 초 이범석이 축출되고 이기붕이 총무부장으로 당을 운영하면서 이승만 총재의 완전한 소유물이 되었다. 첫 총선에서 203석 중 114석을 획득하고 무소속 의원들을 포섭해 137석에 이른 자유당은 '사사오입 개헌'으로 이승만 영구집권의 길을 열었으나 4·19혁명으로 이승만과 함께 퇴장했다.

자유당에 이어 독재의 도구로 만들어진 거대 여당이 박정희의 공화당이었다. 군사반란 세력이 준비해 두었다가 1963년 초 정치활동 재개가 허용되자마자 창당을 선포한 공화당은 막대한 자금을 가지고 기능이 확대된 현대적 정당을 지향했다. 그 결과 정책 개발과 원외 활동을 확장하는 효과를 얼마간 이루기도 했지만, 독재정권 유지라는 기본 임무에 파묻혀 권위주의 체제를 벗어날 수 없었다. 1973년 유신체제에 접어들자 그나마의 정당 기능도 퇴행해 버리고 완벽한 거수기 정당으로 전락하고 말았다.

1980년 10월 해산된 공화당의 뒤를 이은 것이 전두환의 민정당이었다. 민정당은 공화당의 인적자원뿐만 아니라 물적자원도 넘겨받았다. 당시의 정당법에는 해산된 정당의 재산이 "당해 정당과 유사한 목적을 가진 정당이나 단체에 기부하거나 기타 다른 처분 등을 할 수 있다"고 되어 있었다. 민정당은 더도 덜도 아닌 공화당의 후신이었지만 전두환에게 불편한 유산을 배제하기 위해 간판을 바꿔 단 것이었다.

　　자유당, 공화당, 민정당은 모두 독재자의 사유물로서 독재의 도구였다. 물론 모두 당시 한국의 최대 정당인만큼 독재자의 졸개에 그치지 않고 나름대로 정치다운 정치를 위해 참여한 사람들도 없지 않았지만, 독재자의 의지를 거스르는 행보는 있을 수 없는 철저한 권위주의 정당이었다.

　　1987년 이후 선거다운 선거가 시작되면서 독재자의 사유물로서 거대 여당이 존재할 수 없는 상황이 펼쳐졌다. 그래서 권력의 독점이 아닌 과점 체제로 전환한 것이 1990년 초 3당 합당으로 만들어진 민자당이었다. 민자당은 여러 계파의 협력과 경쟁 속에 정치조직으로서의 기능이 활성화되었지만, 기본 틀은 민정당을 이어받은 것으로서 권력의 그늘에서 검은 정치자금에 의존하는 행태를 벗어나지 못했다. 권력 과점 체제로서 민자당의 구조는 1995년 말 신한국당으로 이름을 바꾸고 1997년 말 한나라당으로 다시 바꿀 때까지 계속되었다.

위 칼럼은 1997년 말 대선에서 한나라당이 패배한 시점에 쓴 것이다. 국회에서는 제1당이지만 야당이 됨으로써 한나라당을 덮어주던 권력의 그늘이 크게 줄어들게 된 시점이었다. 그로부터 11년, 한때 제2당으로 물러서기까지 했던 한나라당이 다시 거대 여당의 자리로 돌아왔다.

1963년 이래 35년간 권력의 그늘에서만 서식해 온 거대 여당의 전통을 잃어버린 한나라당이 10년간의 야당 행로를 견뎌내고 원래의 자리를 되찾은 것은 장한 일이다. 역경을 이겨내기 위해 건전한 발전을 모색해 온 노력 또한 적지 않음을 흔쾌히 인정한다. 신한국당 시절과 비교하면 인적 구성에 있어서도 경륜과 실력을 가진 인물이 비중을 크게 늘렸다.

이런 변화를 놓고 본다면 한나라당은 신한국당 이전의 거대 여당에 비해 당연히 더 뛰어난 정치력을 기대할 만한 정당이다. 가치관에 있어서야 표방하는 '보수'를 벗어나 진보적 개혁에 앞장설 것을 바랄 일이 아니지만, 정책을 개발하고 국회를 운영하는 방법에 있어서는 21세기 정당다운 모습을 얼마간이라도 보여줄 위치에 와 있지 않은가.

그런데 지금 한나라당은 어떤 모습을 보이고 있는가? '입법전쟁'에 내몰려 내용도 모르는 법안을 통과시키느라 최소한의 체면도 지키지 못하고, 용산 참사에 대한 민심을 조금이라도 살펴보자는 동료들의 입에 재갈을 물리고, 역사상 최고로 화려한 '비리

백화점'으로 인정받는 통일부 장관 후보를 감싸주기에 바쁘다. 왜 이럴까? 한나라당이 밉기보다 불쌍하다.

서슬 푸른 박정희 아래 공화당에서도 몇 차례 '항명' 사태가 있었다. 지금 뒤져보니 1965년의 인사항명 파동, 1969년 권오병 문교부 장관 해임 건의안 사태, 1971년 오치성 내무부 장관 해임 결의안 사태 등이 있었다. 한나라당에 있는 사람들, 분명히 알아야 한다. 이명박 집단이 회귀하고자 하는 목표가 어느 시절인가를. 경제개발이라도 하던 60년대가 아니라 이권 나눠먹기만 하던 50년대 자유당 시절이란 것을. (2009. 2. 16)

청와대
비서관에겐
간디도 우습게
보이나?

"사탕을 먹지 말거라" "이 아이의 사탕 먹는 버릇을 아무도 고쳐주지 못했습니다. 선생님 말씀이라면 아이가 들을 겁니다. 사탕 먹지 말라고 아이에게 말씀해 주십시오."

아이를 데리고 중년의 간디를 찾아온 어머니가 간절히 부탁했다.

아이의 눈을 그윽이 들여다보며 입을 뗄 듯하던 간디가 눈길을 어머니에게 돌리고 말했다.

"보름 후에 아이를 다시 데려오세요. 그때 말해주겠습니다."

"저희는 먼 곳에 살기 때문에 보름씩 여기 머물기도 어렵고 보름 후에 다시 오기도 어렵습니다. 지금 말씀해 주실 수 없겠습니까?"

간디는 다시 한 번 아이의 눈을 들여다보고는 또 말했다.

"아무래도 보름 후라야 말해줄 수 있겠습니다."

할 수 없이 아이를 데리고 돌아갔던 어머니가 보름 후 다시 찾아

왔다. 간디는 아이의 눈을 한동안 그윽이 들여다보다가 말했다.

"애야, 사탕을 먹지 말거라."

그러자 아이는 고개를 끄덕였다.

기뻐하고 고마워하며 어머니가 물었다. 왜 그 말씀을 보름 전에는 해주실 수 없었느냐고. 간디가 대답했다.

"그때는 저도 사탕을 먹고 있었어요."

간디는 인도의 예속 상태가 영국의 욕심보다 인도의 도덕적 무기력에 근본 원인을 둔 것이라고 생각했다. 그래서 그가 제창한 사티야그라하(비협조·불복종) 운동은 압제자에 대한 저항에 앞서 인도인의 도덕성 함양 과업에 치중했다.

1931년 영국과의 협상에서도 간디는 인도인의 자치 권한 확대보다 소외 계층 대책에만 주력해 민족주의 진영에 실망감을 주기도 했다. 이듬해에는 천민층의 참정권 제한 방침에 항의해 옥중 단식을 하는 등 인도 내부의 문제를 영국과의 관계보다 늘 앞세웠다.

성실한 도덕적 실천만이 진정한 인도 독립의 길임을 간디는 몸으로 보여주었다. 배타적 권리의 주장보다 인류에게 책임질 줄 아는 능력이 인도 독립의 열쇠라고 한 그의 가르침은 수미일관首尾—貫한 그의 실천으로 인해 힘을 가질 수 있었다.

청문회 증인들에게 호통치고 설교하는 국회의원들의 모습을 보며 간디의 가르침이 떠오른다. 마치 완전무결한 인간인 듯 증인들을 질타하는 그들이 증인들보다 월등하게 뛰어난 도덕성을 가졌다고 믿

영국의 인도 정복은 1761년 프랑스를 경쟁에서 따돌리고 서부터 1858년, 이른바 '세포이 반란' 진압까지 한 세기에 걸쳐 이뤄졌다. 이 정복은 근세 이전의 정복과 다른, 새로운 성격의 정복이었다. 대규모 이주를 위해 땅을 빼앗기 위한 정복도 아니고, 재물을 약탈하기 위한 정복도 아니었다.

이 정복의 기본 성격은 산업혁명에 발맞춰 진행된 경제체제의 확장에 있었으며, 이것이 이후 근대 제국주의의 일반적 특징으로 자리 잡았다. 피정복 사회를 그대로 둔 채 그 위에 군림하겠다는 것도 아니고 맹목적으로 파괴하겠다는 것도 아니었다. 본국 경제에 유리한 형태로 피정복 사회를 개편하는 것이 정복의 목적이었다.

피정복 사회의 개편은 새로 형성되는 자본주의 경제체제의 하부구조에 맞추는 방향으로 진행되었다. 어떤 정복에나 피정복 사회 출신의 협조자(피정복 사회 관점에서는 배반자)가 맡는 역할이 있기 마련이지만 이런 종류의 정복에서는 특히 그 역할이 컸다. 종속적인 산업화라도 산업화가 일어나면서 식민지 사회의 경제

규모는 성장했고, 그 안에서 정복자에게 협조하는 엘리트 계층이 사회의 상층부를 형성했다. 이 상층부와 기층민 사이의 불평등 관계가 식민지와 본국 사이의 불평등 관계와 맞물려 서로 지탱해 주는 구조를 이뤘다.

한국의 식민지 시대를 놓고도 이 상층부의 역할에 대한 논란이 계속된다. 그 역할이 일본의 식민통치에 도움이 된 것은 사실이다. 그러나 이것을 몽땅 친일로 몰아붙이는 것은 비현실적 순결주의라고 나는 생각한다. 식민통치건 민주정치건 어떤 정치라도 효과적 시행을 위해서는 대다수 인민의 반응 양식을 감안해서 정책 노선을 결정한다. 당연히 예상될 만한 범위의 행동을 놓고 친일이건 항일이건 딱지를 붙이는 것은 의미 없는 일이다. 이 범위를 벗어나는 소수의 행동 중에 밑으로는 저열한 친일 행위가 있었고 위쪽으로는 자기희생적인 항일 활동이 있었던 것이다.

인도에도 한국에도 적지 않은 독립운동가들이 있었다. 그중에는 힘으로 싸우러 나선 무장투쟁가들도 있고 독립의 사상을 키워낸 사상가들도 있었다. 마하트마 간디(1869~1948)는 당연히 예상되는 범위를 뛰어넘는 운동을 많은 보통사람들로부터 이끌어 냄으로써 독립사상가들 중 최고의 명망을 세운 인물이다.

독립사상가로서 간디의 탁월성은 두 가지 방향의 통찰력을 결합해 시너지 효과를 일으킨 데 있었다. 한 가지는 식민통치의 구조적 문제를 꿰뚫어 본 사회과학적 통찰력이고, 또 한 가지는 인도인이 독립의 자격을 얻기 위해 추구할 실천의 길을 제시한 도 덕적 통찰력이다.

이 결합이 빚어낸 가장 두드러진 강령이 '비폭력' 이었다. 식민 지배자들은 물질적 이익을 당근으로 활용했고 폭력을 채찍으로 휘둘렀다. 이에 대항하는 독립운동가들은 채찍에 맞서면서 당근 은 챙기려 했다. 그런데 간디는 채찍을 거부하는 것보다 당근을 거부하는 것이 더 근본적인 저항임을 꿰뚫어 보았다. 그래서 산 업화의 물질적 혜택을 거부하며 금욕적 자세를 추구하는 그의 노선이 인도 독립 운동의 뼈대가 된 것이다.

간디가 정치활동을 본격적으로 시작하기도 전인 1918년 간디 에 대해 이렇게 쓴 영국인 교수가 있었다.

쾌락도, 재물도, 안락도, 명예도, 출세도, 어느 것도 염두에 두 지 않는 사람, 그저 자기가 옳다고 여기는 일을 하는 데만 마음 을 쏟는 사람을 다루는 것이 권력자에게는 매우 곤혹스러운 일 이다. 그런 사람이 위험하고도 불편한 적이 될 수 있는 것은 권 력자가 쉽게 정복할 수 있는 그의 육체가 그의 정신을 옭아매 는 미끼 노릇을 해주지 못하기 때문이다.

청와대 비서관 이상목이란 자가 지난주 독립기념관을 방문한 자리에서 '식민지 근대화론'을 옹호하는 발언을 해 논란이 일자 청와대가 그를 '질책'하고 '경고'했다고 밝혔다. 그 발언 중 간디가 방직공업 확장에 반대한 일을 들먹이며 "(일제 때) 일부 독립운동 지도자가 이런 유의 생각을 가지고 있어 우리의 근대화가 늦어졌다"는 대목도 있었다고 한다.

식민지 시대의 인도에서나, 한국에서나 중요한 과제는 독립과 근대화였다. 뉴라이트의 '식민지 근대화론'은 근대화에 절대적 가치를 두는 관점이다. 그 근대화가 종속적 구조를 가진 것이어서 본국과 식민지 사이, 그리고 식민지의 사회계층 사이에 불평등과 억압이 유발되는 문제는 개의치 않는다. 약육강식의 원리만을, 그것도 아주 좁은 범위에서만 생각할 뿐, 인간의 존엄성이나 민족주의적 가치를 완전히 배제하는 관점이다.

그런 관점에서 본다면 간디가 제창한 저항운동에는 아무 의미가 없을 것이다. 간디가 영국인에 대한 저항보다 인도인 내부의 억압체제를 해소하는 데 더 큰 노력을 기울였다는 사실에도 아무 의미가 없을 것이다. 인도인을 독립의 자격을 갖춘 도덕적 주체로 키워내기 위해 간디가 이끈 실천운동에도 아무 의미가 없을 것이다.

그런 관점을 가진 사람들이 지금 청와대에 앉아 있다. 어쩌다 이렇게 됐나? 위 칼럼에 나온 아이의 어머니를 보자. 그는 간디가 자기 아이에게 훈계 베풀어 주기를 간절히 바랐기 때문에 수고를 무릅쓰고 보름 후에 아이를 다시 데려왔다. 우리 국민 중에 그런 훈계 하나를 위해 그런 수고를 무릅쓸 사람이 몇이나 될까?(이 일화는 간디가 전국적 명성을 얻기 전의 일이다) 그 아이가 버릇을 고쳤다면 그것은 간디의 정성만이 아니라 그 어머니의 정성 덕분이기도 할 것이다. (2009. 3. 4)

이완용이
그대들보다
더 나쁜 짓을
했는가?

소인정치小人政治**의 시대**　중국의 고대 봉건제에서 지배 계층, 즉 제후 諸侯와 대부大夫를 군자君子라 했고, 피지배 계층, 즉 서인庶人을 소인小人 이라 했다. 군자와 소인은, 말하자면 정치사회적 계급의 호칭이었다.

《예기禮記》에 "형벌은 대부에게 미치지 않고刑不上大夫 예법은 서인 에게까지 내려가지 않는다禮不下庶人"고 한 것도 신분에 따라 다른 방 법으로 사회질서의 원리가 작용했음을 보여준다. 피지배 계층이 형 벌에 대한 두려움으로 통제되는 반면 지배 계층은 명예를 아끼는 마 음에 따라 움직인다는 것이다. 이로부터 공자는 도덕성을 기준으로 군자와 소인을 구분하는 관점을 세웠고, 군자와 소인은 도덕적 계급 이 되었다.

10세기에 세워진 송宋나라는 종래 왕조의 직접적 인신人身 지배와 달리 관료 집단 중심의 통치 구조를 만들었다. 새로운 지배 계층으로 떠오른 사대부士大夫 집단은 이념에 따라 정치적 태도를 결정하는 스스로를 군자로 자처하면서 정치 이념과 무관한 피지배 계층을 소인이라고 불렀다. 그리고 같은 지배 계층 중에도 자기 뜻에 맞지 않는 부류를 사이비似而非 사대부라는 뜻에서 소인으로 규정했다.

의리義理를 추구하는 군자의 모임인 붕朋과 이익을 좇는 소인들의 모임인 당黨을 구분해서 보는 구양수歐陽修의 붕당론朋黨論은 지배 계층의 붕당 현상이 정치구조의 한 중요한 부분이 되었으며 순기능과 역기능을 아울러 드러내고 있었음을 보여준다. 좋은 붕당은 훌륭한 정치를 가져오지만 나쁜 붕당은 정치를 망치는 최대 원흉이라는 것이다.

조선 시대 정치를 얘기할 때 '당쟁黨爭의 폐해'를 누구나 먼저 떠올리는 것은 일제 식민사관이 아직도 청산되지 못하고 있기 때문이다. 당쟁사 연구가 박광용 교수는 일제가 심어준 통념대로 조선 정치사가 소모적·파괴적 당쟁사뿐이었다면 그 나라가 어떻게 500년이나 버틸 수 있었겠냐고 반문하며 선인들이 추구한 군자정치君子政治 이념의 계승이 현실정치의 발전을 위해서도 필요하다고 말한다.

오늘의 정당들은 도덕성을 강조한 동양 정치의 전통도, 정책 노선을 추구하는 서양 정치의 원리도 일체 아랑곳하지 않는 것 같다. 지방 대의원의 양식을 못 믿어 중앙당의 공천 심사권을 강화하는 여당이 세勢불리기를 위해 지구당을 조정한다는 것은 자가당착이다. 권력과 이익을 따라서만 정당이 움직인다면 민주주의는 어느 곳에 깃든단 말인가. (1998. 4. 29)

내가 어릴 적에는 '유교 망국론'이 '당쟁 망국론'과 함께 우리 사회에 상식처럼 통하고 있었다. 지금은 유교와 당쟁이 동아시아 문명과 조선 정치의 핵심이었다는 사실과 서양 세력과 일본의 침략을 정당화하기 위해 이들을 의도적으로 폄훼한 측면이 밝혀짐에 따라 인식이 많이 달라지기는 했지만, 아직도 그 그림자가 많이 남아 있다. 특히 유교의 도덕 정치에 대해서는 "비현실적인 문제에만 몰두해서 민생 등 현실 문제를 소홀히함으로써 사회발전을 가로막았다"는 혐의가 일반인의 생각 속에서 완전히 풀리지 않고 있다.

도덕 정치와 대비되는 것이 마키아벨리즘으로 대표되는 현실주의 정치다. 20세기 초반 열강의 침략 앞에서 동아시아의 선구적 지식인들은 서양인의 현실주의 성향을 선망하며 과거의 도덕주의를 반성했다. 그래서 서양인들이 유교의 일부 문제점을 지적해 주자 그것을 열렬히 증폭시켜 유교와 도덕주의를 역사의 죄인으로 만들었다.

그러나 현실주의도 서양에서 절대적 진리로 통하는 것이 아니다. '마키아벨리스트'는 비판의 의미를 품은 말로 통한다. '서양 오랑캐'라 하지만 그들도 도덕의 중요성을 나름대로 이해한다.

특히 공직의 도덕성에 대해서는 상당히 명료한 의식이 형성되어 있다.

이해관계에 따른 행동을 제한하는 도덕성이 공직에서 문제가 되는 까닭이 어디에 있는가? 공직에는 개인의 힘이 경쟁하기에 너무 강한 공권력이 붙어 있기 때문이다. 개인과 개인 사이에서는 자기 이익을 지키고 키우기 위해 취할 수 있는 행동이 넓은 범위에서 허용된다. 사법적 기준에만 걸리지 않으면 도덕적 기준으로는 별 제한이 없다. 그러나 공직자의 공권력 행사를 이처럼 너그럽게 허용했다가는 사회질서가 남아날 수 없다.

도덕 정치가 동아시아에서 일찍부터 발달한 것은 국가의 공권력이 높은 수준까지 형성되어 있었기 때문이다. 유럽에서는 마키아벨리 시절까지 그런 규모의 공권력이 형성되지 않고 있었다. 그 후 근대국가가 만들어지면서 공권력 남용 문제가 심각하게 제기된 것이었다.

그런데 동아시아 사회에서는 서양의 힘을 너무나 선망한 나머지 과거의 도덕주의에 대한 반성이 지나쳐, 도덕성을 무시하는 풍조까지 나타나게 되었다. 미국 대통령 당선자의 공약 가운데 바뀌었으면 하고 바라는 부분을 놓고 한국 대통령이 "선거 때 무슨 소리는 못하냐?" 하는 장면이 이 풍조를 단적으로 보여준다. 서양에서 도덕주의의 힘이 유교의 도덕주의보다 아무리 약한 것이라 해도 '거짓말은 나쁜 짓'이란 기초 상식은 지켜지고 있는 반면 한국에서는 그 정도 기초 상식도 통하지 않는 것이다.

미디어법 관계 헌재 판결은 무엇보다 공직의 도덕성 문제를 다시 생각하게 한다. 헌재, 참 해도 해도 너무한다. 법률의 의결 과정에 하자가 있어도 의결된 법률의 효력에는 문제가 없다고?

수도 이전 위헌 판결에서 보인 헌법재판관들의 어처구니없는 수준 문제가 그대로 다시 한 번 드러나는 일이다. 아니, '관습헌법'? 헌법재판소는 헌법 만들어 내는 데가 아니란 말야! 국민이 원하는 헌법은 정당한 절차 거쳐서 대충 만들어 놨어! 꼭 고치거나 보텔 게 있으면 또 정당한 절차 밟아서 만들 거야! 재판관 너네들 입맛대로 만들어 줄 필요 없단 말야!

이 어처구니없는 수준이란 것이 기술적 수준은 아닐 것이다. 수십 년 동안 법률로 밥 벌어먹고 살아온 재판관들에게 기술적 문제가 있다면 더 나은 수준을 누구에게 바라겠는가? 도덕성의 수준 문제를 생각할 수밖에 없다.

도덕성이란 게 뭔가? 양심껏 행동하라는 것이다. 사람마다 양심의 질에 얼마간 차이가 있겠지만, 그래도 '사람'이라면 최소한의 수준이 있으리라는 전제 아래, 이해관계보다 양심에 따라 행동하면 사회가 크게 잘못되는 일이 없으리라는 것이 도덕주의 관점이다.

자기를 희생시켜 국가와 민족에게 헌신하라고 요구하는 것이 아니다. 내 이익을 버리면서 남들에게 잘해주라는 것이 아니다.

자기 신분과 역할에 대한 최소한의 책임감을 가지라는 것이다. 헌법재판관으로서 최소한의 책임을 여러 가지 얘기할 수 있겠지만, 헌법재판소가 국민의 불신을 받지 않도록 애쓰는 것은 기본 중의 기본 아니겠는가?

"입법 과정에 불법성이 있지만 법률의 효력에 문제가 없다."

온갖 패러디를 즉각 불러일으키는 이런 판결 내용을 놓고 이해 관계에 따라 좋아하는 사람들도 있고 화를 내는 사람도 있을 것이다. 그러나 결과의 호불호를 떠나, 헌법재판소의 기능에 대해서는 누구도 신뢰할 수 없게 만드는 일이다. 마음에 드는 판결 내려줬다고 좋아하는 사람이라도 헌법재판소의 국가 질서 유지 기능에는 기대감을 줄이지 않을 수 없을 것이다. 정권 유지 기능이라면 몰라도.

이완용을 생각해 보자. 그는 당대의 어느 누구 못지않은 교양과 기능을 아울러 갖춘 인물이었다. 그리고 대한제국 정부 최고직에 있던 인물이었다. 한일합방이 잘된 일이라고 우기는 뉴라이트 논객들조차도 이완용까지는 옹호하고 나서지 못한다. 자기 신분과 역할에 대한 책임을 너무 뚜렷하게 등진 사람이기 때문이다.

말도 안 되는 판결을 거듭거듭 내리는 헌법재판관들에게 묻는다. 그대들은 이완용이 그대들보다 더 나쁜 짓을 했다고 생각하는가? 가슴에 손을 얹고 생각해 보기 바란다. (2009. 10. 30)

제 발 찍는 멍텅구리 정책

무한경쟁의 시험제도 중국의 발명품으로 서양의 근대화에 큰 공헌을 한 것들이 있다. 나침반과 화약, 제지술製紙術이다. 이것들 없이는 대항해시대도, 근대 전쟁의 발달도, 정보화 시대도 없었을 것이다.

그런데 교섭사가들은 또 하나 중요한 중국 발명품을 지목한다. 과거科擧제도다. 18세기 이래 영국을 비롯한 유럽 국가들이 공무원 임용시험제도를 만들어 중앙집권적 관료체계를 형성한 것 역시 중국에서 배워 갔다는 것이다.

과거제는 6세기말 수나라 때 만들어져 1905년까지 1300여 년간 시행됐다. 유교 국가의 관료집단 내지 지배 계층을 유지·관리하는 데 핵심적인 제도였다.

우리나라에는 고려 초, 즉 10세기 중엽에 도입되어 차츰 시행이 확대된 결과, 고려 말까지는 국가구조의 뼈대가 되었다. 그리고 조선 왕조 500년을 통해 학술과 교육의 기본 메커니즘으로 계속 작용했다.

조선 중기를 지나면서 과거제의 폐단이 나타나기 시작했다. 겉으로 드러나는 폐단은 시험의 부정不正이었다. 그러나 더 근본적인 문제는 너무 많은 지망생이 과거 준비에 매달리는 인력 낭비였다. 정약용의 과거제 개혁안에 이 문제가 비쳐져 보인다.

정약용은 각 고을 수령이 지역 유지들의 의견을 들어 과거 응시자를 선발하도록 하는 제도를 제안했다. 3년을 주기로 전국에서 2,880명을 뽑고, 여러 단계의 시험으로 합격자를 줄여나간다는 것이었다. 수만 명의 전국 선비들이 과거에만 매달려 있는 현실을 타파하려는 의지였다.

응시자의 범위는 과거제의 원죄原罪와도 같은 문제였다. 양반층에 의지하는 국가구조를 유지하기 위해서는 과거의 문호를 좁힐 수가 없었다. 처음에는 정기적인 식년시式年試 외에 이따금 증광시增廣試를 행하는 정도였지만, 양반층 확대에 따라 알성시謁聖試, 춘당대시春塘臺試 등 요행이 많이 따르는 약식의 별시別試가 늘어나 실력 없는 선비들까지 유혹했다.

소비자보호원도 엄청난 사교육비 문제를 지적했다. 그러나 수능시험의 난이도 따위에 책임을 돌리는 것은 문제의 본질 같지 않다. 전국 학생의 대다수가 하나의 길에만 몰려 있다는 것이 근본 문제다. 아무리 시험을 쉽게 한들 한 점 더 따기 위한 무한경쟁이 식을 리 없다. (1997. 5. 30)

고대에도 중세에도 인간의 존엄성을 가르치는 종교와 사상은 어디에나 있었지만 계급과 신분을 원천적으로 부정하는 것은 거의 없었고, 있더라도 영향력이 극히 미미했다. 완전한 평등권을 주장하는 '만민평등' 사상의 확산은 근대적 현상이다.

계몽주의 사상가들은 평등이 자연스러운 상태이며, 그것을 가로막아 온 야만의 질곡을 벗어나 평등을 '되찾는' 것이 문명의 발전이라고 믿었다. 아직도 그 믿음을 그대로 받아들이는 사람들이 많다. 그러나 만민평등이 사회조직의 보편적 원리로 널리 시도되면서 그것이 저절로 쉽게 이뤄지는 것이 아니라는 인식이 쌓여왔다. 평등을 바람직한 이념으로 받드는 사람이라도, 그것이 '자연법'의 뒷받침을 받는다는 믿음은 지키기 어렵게 되어가고 있다.

근대사회에서 평등 이념이 확산된 원인을 유동성의 증가로 설명하기도 한다. 산업화된 근대사회에서는 그전의 농업사회에 비해 노동력의 많은 이동이 필요하다. 지역 간 이동만이 아니라 계층 간 이동도 필요하다. 그래서 신분 구속의 철폐가 산업화의 심도에 발맞춰 진행되어 왔다는 것이다.

평등 이념을 제창한 계몽주의 사상가들은 사심 없이 다수 민중의 행복만을 염원했을지도 모른다. 그러나 이 이념이 일세를 풍미하고 세상을 바꿀 수 있었던 것은 유동성 증가를 요구하는 산업구조의 변화와 맞아떨어졌기 때문이다. 봉건적 질서를 깨뜨리는 데 필요한 수준의 자유와 평등은 쉽게 이뤄졌다. 그러나 자본주의 사회조직이 그렇게 이뤄진 후, 그를 넘어서는 자유와 평등의 발전은 현실 조건의 벽에 부딪쳤다.

평등 이념은 조선 건국에서도 중요한 원리였고, 이 원리를 구현한 것이 과거제였다. 고려의 귀족층보다 훨씬 넓은 범위의 중소 지주층이 양반 계층을 형성하여 국가 운영의 주체가 되었다. 과거 합격을 통해 신분을 획득하는 '계층'으로서 양반이 혈통에 따른 '계급'으로서 귀족을 대치한 것은 평등의 확장이었다. 고려 말기 농업 기술의 발달에 따라 생산 주체가 대지주로부터 중소 지주로 비중을 옮긴 산업구조의 변화가 그 배경이었다.

과거제는 고려 초기부터 시행되었지만 관직 등용의 통로로서 그 기능은 고려 말기까지 음서蔭敍에 뒤지는 것이었고, 체제의 주축이 된 것은 조선 왕조에 들어와서의 일이었다. 조선 초기, 과거제는 지배 계층의 재편을 가져왔다. 미야지마 히로시의 연구(《조선과 중국, 근세 오백년을 가다》)에 따르면 조선조를 통틀어 문과 급제자 14,333명 중 본관이 밝혀지지 않은 사람이 451명인데, 그중 229명이 국초 100년간의 급제자 1,470명 중에 들어 있었다고 한다. 내세울 본관조차 없던 서민이 국초에는 급제자의 15%를 점했다는 것이다. 이 비율이 19세기에는 1% 미만으로 떨어졌다.

초기에 생산적 변화를 몰고 온 과거제가 시간이 지남에 따라 제로섬게임으로, 그리고 마이너스섬게임으로 전락해 간 것은 무엇보다 산업구조의 변화에 발맞추는 개혁이 없었기 때문이다. 고려 후기에 발전한 노동집약적 농법이 중소 지주층의 번영을 가져와 양반 계층 중심의 국가구조를 안정시킬 수 있었다. 그러나 조선 중기의 농법 변화와 산업 다각화 추세로 인해 양반 계층의 사회경제적 근거에 큰 변화가 일어났는데도 과거제로 대표되는 국가체제는 이 변화에 충분한 대응을 하지 못하고 있었다.

그래서 정약용을 비롯한 실학자들이 과거제 개혁안을 제기한 것이다. 그 골자는 응시 자격을 단계적으로 통제해 과거 준비에 매달리는 사람 수를 줄이는 것이다. 관직의 문호를 널리 개방한다는 '평등'의 원리를 지키되 그 원리에 따르는 현실적 비용을 최소화하려는 것이었다.

조선 왕조의 평등에 비해 대한민국의 평등은 훨씬 더 보편적인 원리다. 그리고 이 원리가 적용되는 가장 중요한 분야의 하나가 교육이다. 급속한 산업화에 따라 한국의 교육은 큰 양적 팽창을 이뤘고, 근년의 민주화에 따라 질적으로도 발전해 왔다.

교육의 목적은 복합적인 것이지만, 크게 보아 공급자 측면과 수요자 측면으로 갈라진다. 근대 국민교육 초창기에는 공급자 측면이 중시되었다. 국가가 교육을 시행하는 목적이 효과적인 국민 동원에 있었던 것이다. 그러나 민주 이념과 복지 이념의 발달에 따라 피교육자의 행복 증진을 더 중시하는 방향으로 바뀌어 왔다.

교육의 한 요소로서 '시험' 제도가 원래 공급자 측면을 대표하는 경향을 가진 것인데, '일제고사' 란 그중에서도 극단적인 형태다. 공급자 측면도 아예 무시할 수는 없는 것이기는 하지만, 이것이 지나쳐 수요자 측면을 침해하는 일이 없도록 궁리해 낸 것이 표집 시험이다. 민주주의가 겨우 자리 잡고 복지의 중요성이 떠오르기 시작하는 이 사회에서 일제고사 부활 시도는 퇴행적이고 반동적인 정권의 성향을 단적으로 보여주는 정책이다.

반동적인 정책이라고 하는 것도 과찬이다. 반동적 효과도 가져오지 못할 멍텅구리 정책이다. 피교육자의 행복 증진 기회를 빼앗더라도 체제 운용에 도움이 된다면 반동적 정책이라는 평가나마 가능하겠지만, 사회적 비용만 증폭시킬 뿐, 현실적 효과를 바라볼 것이 없다. 교육을 시장판으로 만들어 장사꾼들 벌이를 키워주는 것이 어떻게 국가 사회의 교육 기능 훼손에 대한 보상이될 수 있겠는가?

정책 추진 방법부터 멍텅구리 정책답다. 학생과 학부모들에게 시험 거부 기회를 줬다는 이유로 파면·해임의 칼을 휘두르면서 운동부원 등 평균점수 떨어뜨릴 학생들에게서 시험 칠 기회를 박탈하는 행태는 용인한다. 그리고 시험 결과 조작이 드러난 관계자들에게도 직위해제라는 솜방망이 처벌을 할 뿐이다. 행정 운용의 ABC조차 모르는 당국자들 상대로 교육의 이념까지 논한다는 것 자체가 부질없는 짓이겠다.

10년 전 위의 글을 쓸 때나 지금이나 과도한 사교육비는 우리 사회의 큰 짐이다. 과도한 경쟁 원리가 불필요한 비용의 유발을 넘어 실질적 평등을 해치는 지경에 이른 현상이다. 한국 교육정책은 지난 수십 년간 실효성에 한계가 있을지언정 이 문제의 완화를 지향해 왔다. 그런데 이제 난데없이 사태를 악화시키는 방향으로 현 정권이 달려나가니, 담당자들이 갈팡질팡하는 것이 오히려 당연한 일이다. (2009. 2. 27)

정운찬의
'촌놈 정신'이
그립다

정운찬 총리가 또 민망한 꼴을 보였단다. 어느 분 빈소에 문상 가서 사오정 플레이를 했다 하니, 개인적 망신일 뿐이지 공적인 문제를 일으킨 것이 아니라서 다행이기는 하지만, 그 망발의 성격이 마음에 많이 걸린다.

왜 그렇게 강박에 몰리는 걸까? 청문회에서 731부대가 "독립군 부대 아니냐"고 대답해서 보는 사람들의 어이를 실종시키더니, 왜 그렇게 자상한 체하느라고 남의 빈소 분위기를 썰렁하게 만들어야 하나? 아는 것을 안다 하고 모르는 것을 모른다 하는 것, 그것이 바로 아는 것이라고 공자도 말했지 않나? 국으로 가만히 있으면 2등은 한다는 속담도 있지 않나?

그분의 '촌놈 정신'이 그립다. 그러고 보니 그 양반 얼굴 본 게 1998년도였나? 그 뒤론 메일만 더러 주고받았을 뿐, 얼굴 본 기억이 없다. 하여튼 김대중 정부 들어서고 그분이 한국은행 총재 물망에 오르내릴 때였는데, 그분 연구실에 찾아가 둘이 앉았다가 그 얘기가 나오니 이런 취지의 말을 하던 기억이 생생하다.

"나 같은 촌놈이 서울대 교수만도 과분한데, 너무 분수에 넘치는 일 할 생각 없다. 교수 노릇 잘하고 있다가 금융통화위원이라도 맡을 기회가 있으면 학교 밖의 사회를 위해서도 하고 싶은 일을 충분히 할 수 있을 거다."

나는 진짜로 촌놈들을 좋아한다. 대학 시절 이후의 교우관계에서도 나타난다. 주류의 편안함보다 변두리의 활력에 더 끌리는 기질일까? 주견이 강하신 홀어머니 밑에 자라면서 헝그리 정신이 몸에 배어서일까? 게으른 성품 때문에 스스로 긴장감을 필요로 해서일까? 언젠가《프레시안》이근성 고문 말이 생각난다.

"김 선배는 한국 사회의 중심부로부터 바깥으로 바깥으로 도망쳐 나오기만 해온 사람입니다."

지금 돌이켜 생각하면 한국 사회의 '주류'가 가진 구조적 문제를 아직 철이 없을 때부터 은연중에 감지한 것일지도 모른다. 도덕성의 취약으로 나타나는 이 구조적 문제에 근년 공부 방향이 쏠리고 있는데, 아마 경기중·고등학교 다니면서 이 문제를 막연하게나마 느끼기 시작했던 것 같다. 그래서 정운찬 총리처럼 분수를 생각하는 촌놈이 좋았던 것일 게다.

청문회를 보다가 참지 못해《프레시안》에 올린 '공개 편지'에서 "형님, 어찌 그리 망가지셨습니까?"하고 한탄했는데, 1998년에 멀쩡하던 양반이 망가져 버린 게 총장 하면서 아닐까 싶다. 그리고 망가진 핵심이 그 '촌놈 정신'인 것 같다.

술이 절반 남아 있는 병을 놓고 "절반밖에 없네" 하기보다 "절반이나 있네" 하는 것이 촌놈 정신 아니겠는가. 남들처럼 잘하지 못하는 것을 괴로워하거나 불편해하지 않고 내가 할 수 있는 일을 잘하겠다는 안빈낙도의 자세가 여기에서 나올 수 있다. 그런 자세는 쓸데없는 강박을 받지 않는다. 학문에 적합한 자세일 뿐 아니라 인생을 행복하게 사는 자세라고 나는 생각한다.

731부대가 뭔지 모르겠다는 대답이 왜 못 나왔을까? 청문회를 골든벨로 착각한 건 설마 아니겠지. 나는 그 강박이 싫은 거다. 그분이 총리 아니라 뭘 하더라도 "저는 아는 게 있고 모르는 게 있는 사람입니다. 그리고 할 수 있는 게 있고 할 수 없는 게 있는 사람입니다. 할 수 있는 일을 하게 해주시면 열심히 하겠습니다" 하면 좋다. 그런데 모르는 게 없어야 한다는 강박을 가졌다면 할 수 없는 일도 없다는 강박을 가졌기 쉽다. 한국 주류 사회의 구조적 문제를 단적으로 보여주는 태도다.

할 수 없는 일이 없다는 생각, 무서운 것이다. 기술만능주의가 여기서 나오는 것이고, 비인간적 행동이 극단으로 가는 것도 이 생각에서 출발한다. 해서 안 될 일을 '차마 못하는 마음不忍之心'을 공자가 무엇보다 앞세운 것도 그 까닭이다. 그러고 보면 행복

도시, 4대강과 관련한 정 총리의 납득하기 어려운 행보 역시 이미 기술만능주의에 빠져버린 결과는 아닐까?

총장질이 촌놈 정신 망가지는 계기가 되지 않았나 의심하는 것은 '지도자'로 갑자기 부각되는 과정에서 지나친 충격을 받은 것 같아서다. 어릴 때부터 그분을 봐오면서 그분의 좋은 점을 많이 인식해 왔지만, 그분이 용기 있는 분이라는 인상은 별로 받은 적이 없다. 겁이 없다는 뜻의 용기가 아니라 자기 존재의 가치에 대한 믿음으로서 용기를 말하는 것이다. 용기가 있다면 생긴 대로 놀 생각을 했겠지. 그러나 그분은 모델 찾기에 바빴을 것 같다.

이현재 선생님과 조순 선생님을 모델로 검토했으리라 짐작된다. 조 선생님을 모델로 했다면 그래도 체질에 웬만큼 맞았을 텐데, 조 선생님은 실패한 모델, 이 선생님은 성공한 모델로 판단해 버린 게 아닐까. 이 선생님은 자기 자신과 체질이 너무 다른 분인 것 같은데…….

'촌놈 정신'을 그리워하면서도 그 안에 이미 함정이 있었던 것이 아닌가 하는 생각도 든다. 주류와 비주류를 구분하는 의식. 존재의 차원에서 내가 비주류, 촌놈이라고 인식하면서도 당위의 차원에서는 주류를 선망하는 마음도 있을 수 있겠다. 그런 마음이 있으면 기회가 있을 때 정체성을 바꾸려 들 수도 있을 것이고.

사람이 살아가다 보면 길을 바꿀 때도 있는 것이다. '변절'이란 이름에 너무 큰 의미를 두지 않으려 애쓴다. 나도 언제든 어떤 사람들에게는 들을 수 있는 말이니까. 그렇지만 길을 바꿔서 인생이 괴롭게 되는 일은 절대 피하려 한다. 이기적인 향락주의가 아니라 정신건강을 위해서다. 내 인생을 편안히 여기며 주변과 사회를 위해 조금이나마 공헌하며 산다는 존재의 자신감만은 버리고 싶지 않은 것이다. 정 총리 인생도 너무 괴롭지 않기만을 빈다. (2010. 1. 24)

공자가 바란 '사람 사는 세상'

《춘추》가 칭송한 반역 행위

공자는 제자들에게 말했다. 자기 입장을 지키는 것은 물론이고, 상황에 따라서는 내게 맞서면서까지 자기 입장을 지켜야 한다고. 후세에 엄청난 반향을 불러일으킨 한마디였다.

"인간성의 기본 원리에 관련된 문제를 놓고는 너희 스승에게라도 굽혀서는 안 된다."_子曰 當仁 不讓於師 (논어 권15)

임금의 명령을 명백히 어기고 이적행위를 저지른 한 장군을 《춘추》의 필자가 왜 칭송했는지 동중서가 질문 받은 일이 있다. 《춘추》는 유가 전통에서 확고한 도덕적 권위를 가진 경전이었다. 이런 책에서 어떻게 임금의 권위를 참월한 행위를 칭송할 수 있는가?

문제의 사건은 춘추시대 역사 속에 잘 알려진 것이다. 초나라 왕이 포위하고 있는 지역의 정보를 수집해 오라고 장군 자반을 송나라 도성에 보냈다. 자기 쪽에도 군량이 떨어져 가고 있었기 때문에 송나라 쪽에 얼마나 버틸 힘이 남아 있는지 알아보려는 것이었다.

그런데 자반이 송나라에 가 보니 참혹한 상황이었다. 극도의 기아 때문에 모르는 사람들끼리 자식을 서로 바꿔서 잡아먹는 지경이었다. 충격을 받은 자반은 그들을 구해줘야겠다는 결심을 했다. 왕에게 돌아온 자반은 자기가 적군에게 초나라 군량이 떨어졌다는 사실을 알려줬다고 보고했다. 왕은 포위를 풀고 군대를 철수시킬 수밖에 없었다.

초나라 왕이 자반을 처벌하지 않은 것은 자반이 쓸모 있는 사람이었기 때문이라고 볼 수 있다. 그렇지만 임금의 명령을 어기고 적을 도와준 인물을 역사가가 칭송한 것은 무슨 까닭인가? 이 질문에 동중서는 이렇게 대답했다.

"극도의 참상을 차마 외면하지 못하는 어진 마음을 가졌기 때문이다. 온 나라 사람들이 서로를 잡아먹을 정도로 굶주림에 시달리는 것을 그냥 둘 수 없었던 것이다."

인간성의 가장 기본적인 문제들이 제기되는 상황에서는 예법이 정한 바를 얼마간 제쳐놔도 된다고 동중서는 생각했던 것이다. 그는 말했다.

"인을 숭상하는 자는 가능한 한 많은 사람들을 어질게 대하려 한다. 어진 사람은 자연스러운 감정에 따른다. 자반이 송나라 사람들을 어질게 대한 것은 자기 마음의 끌림에 따른 것일 뿐이며, 따라서 남들이 자기 행동을 일종의 반역으로 여길 수 있다는 점은 마음에 두지 않았다."

자반에 대한 옹호를 뒷받침하기 위해 동중서는 공자를 인용했다.

"인간성의 기본 원리에 관련된 문제를 놓고는 누구에게도 굽혀서는 안 된다."

공자의 이 한마디가 어떤 위험을 품고 있는 것이었는지 알아볼 수 있다. 특히 맥락에서 벗어나 단편적으로 인용될 때, 사람의 마음이 최고의 도덕적 권위를 가진 것으로 이해할 수 있다. 이것은 공자의 뜻도 아니고 동중서의 뜻도 아니다.

동중서의 마음에는 체제를 부정하는 뜻이 티끌만큼도 없었다. 그러나 자반처럼 송나라 사람들의 참상을 분명히 알면서, 임금의 명령을 거역할 수 없다는 이유만으로 그 불쌍한 사람들을 더 괴로운 지경으로 몰아넣도록 군대를 움직여서야 되겠는가? 그런 사람은 인간으로 인정할 수 없을 것이다.

공자는 마음에 대해 엄격한 태도를 보였다. 도덕적 문제에 감정이 개재되는 것을 그가 조심스러워 한 것은 감정이 판단력과 성찰력에 맞서는 일이 많다는 사실을 알기 때문이었다. 제자 자장에게 이렇게 말한 것도 그 까닭이었다.

"살을 파고드는 비방과 마음을 찌르는 저주에 곧바로 반응을 보이지 않을 수 있다면 가히 밝은 분별을 갖춘 것이라 할 수 있다."_子曰 浸潤之譖 膚受之愬 不行焉 可謂明也已矣 (논어 권12)

제자들이 감정의 충격 앞에서 지킬 수 있기를 공자가 바란 것이 분별력이었다. 훌륭한 제자라면 스승이 자신과 다른 관점을 내놓을 때 스스로의 명징한 판단에 의거해서 맞설 수 있어야 한다는 것이 공자의 생각이었다. 그리고 제대로 된 스승이라면 제자에게 자신이 해줄 수 있는 일의 한계를 인정하고 제자가 자기 길 가기를 바라야 할 것이었다. 이 모순을 공자는 수긍했다.

- 《공자 평전》 중에서

인간은 사회관계 안에서 살아가는 사회적 동물이다. 어느 사회에나 나름대로의 질서가 필요하다. 그런데 인간의 사회는 다른 동물들의 사회보다 훨씬 복잡하다. 문명 때문이다.

개미와 벌처럼 사회관계 안에서 살아가는 다른 동물들을 보면 그 질서가 그리 복잡하지 않다. 개체들의 본능 차원에서 대충 운용되는 이 질서를 '자연적 질서'라 할 수 있다. 질서를 구성하는 가치들 사이에는 심한 갈등이나 충돌이 일어나지 않는다. 그런데 인간은 가치 선택의 압박 속에 살아간다. 포유류 동물의 경우 곤충류보다는 깊은 갈등을 많이 보이지만, 인간의 갈등과는 차원이 다르다.

문명이 발달하고 인구가 조밀해지면서 생긴 문제다. 문명 발전의 아주 초기 단계에서부터 인간은 본능대로만 살 수 없게 되었다. 다들 본능대로 살다가는 사회가 견뎌낼 수 없게 되었으니까. 본능을 억제하는 '인위적 질서'가 계속 개발되었고, 그것이 윤리와 도덕, 종교와 제도 등의 형태로 나타났다.

인간 사회의 질서 구조는 시간이 지남에 따라 계속 복잡해졌다. 처음에는 단순한 이분법으로 파악이 되는 구조였다. 중국 문명권의 경우 내부의 화하華夏('중국'의 다른 이름)와 외부의 오랑캐를 갈라 질서의 옹호자와 도전자를 구분하고, 사회 상층부의 군자와 하층부의 소인을 갈라 질서의 주체와 객체를 구분하는 세계관이 공자 이전에 세워져 있었다.

그런데 기원전 6세기 후반, 공자의 시대에는 이런 단순한 세계관으로는 사회의 유지가 어렵게 되어 있었다. 그 500년 전에 만들어진 봉건체제가 힘을 잃고 있었다. 난신적자亂臣賊子라 불린 부도덕한 사람들의 잘못된 행동은 어찌 보면 하나의 표면적 현상일 뿐이었다. 더 본질적인 문제는 세상이 너무 복잡해지고 있었던 것이다.

공자는 기존 질서의 옹호자로 널리 알려져 있다. 2천5백 년간 그를 추앙해 온 사람들 중에는(비판한 사람들 중에도) 그런 단순한 인식을 가진 사람들이 대부분이었다. 그러나 그의 질서 옹호는 맹목적인 집착이 아니라 질서의 발전과 진화를 위한 노력이었고, 위대한 사상가로서의 그 면모는 바로 여기에 있다. 위에 인용된 내용이 이 면모의 일단을 보여준다.

스승한테도 대들라고 했다! '군사부 일체' 사상의 상징인 공자의 말씀이다. 물론 아무 때나 멋대로 대들라는 것은 아니다. '인간성의 기본 원리' 인仁이 걸려 있을 때의 얘기다.

이것은 두 가지 의미가 함축된 말이다. 첫째, 이 원리가 워낙 중요한 것이니, 이 원리를 받들기 위해서는 군사부고 뭐고 어떤 다른 질서의 원리도 돌아볼 필요가 없다는 것이다. 둘째, 이 원리에 대해서는 내가 아무리 성심껏 설명해 줘도 완벽한 설명이 될 수 없으니 이 원리에 대한 더 좋은 생각을 키우기 위해서는 내 설명에 얽매이지 말라는 것이다.

초나라 자반의 군기 누설은 전투 중의 명령 불복종을 넘어서는 이적행위였다. 아마 오늘의 어느 문명국이라 해도 이런 행위는 즉결처분 대상일 것이다. 그런데 왕이 용서했을 뿐 아니라 '엄정한 기록'의 대명사인 《춘추》의 필자들까지 그 행위를 칭송했다.

전쟁 규모가 커지고 양상이 참혹해진 것은 춘추시대 질서 붕괴의 한 중요한 양상이었다. 질서의 뼈대가 튼튼할 때는 전쟁의 목적이 상대방으로부터 특정한 양보를 받아내는 것뿐이었다. 계절존망繼絕存亡의 원칙을 어기고 어느 나라라도 통째로 망하게 하는 것은 천하 사람들의 지탄을 받을 죄악이었다. 공자의 시대에는 이 원칙이 무너져 전쟁이 싹쓸이판으로 변해가고 있었다.

공자보다 약 100년 전 사람인 자반은 인민을 극한 상황에 몰아넣는 방식의 전쟁 수행을 거부했다. 인간이 인간을 아껴야 한다는 자연적 질서를 위해 장군이 임금의 명령에 따라야 한다는 인위적 질서를 버린 것이다. 그의 갈등과 결단은 《춘추》의 필자와 동중서의 이해를 얻었다.

공자는 천하에 질서를 세우는 것을 사명으로 삼은 사람이었다. 질서라면 사람들은 대개 단순하고 명쾌한 상태를 생각한다. 그런데 역사를 깊이 공부한 공자는 인간 세상이 단순명쾌하게 조직될 수 있는 것이 아니라는 사실을 깨달은 것 같다. 그는 현상을 명쾌하게 재단하기보다 원리를 뚜렷이 세움으로써 최대한의 질서가 자연스럽게 형성되는 조건을 만들려고 했다. 하드웨어보다 소프트웨어를 중시한 태도라고 할 수 있다.

공자의 가르침은 삼강오륜三綱五倫으로 대표된다. 사회질서의 핵심 요소를 명쾌하게 표현한 것이다. 그러나 더 중요한 원리를 삼강오륜의 위에 놓았다. 아니, 그 밑에 깔아놓았다. '인仁'이다. 이것을 논함에 있어서는 스승에게도 양보하지 말라고 제자들에게 가르쳤고, 이것을 위하여 임금의 명령을 등진 초나라 장군을 칭송했다.(공자 자신이 자반을 언급한 기록은 없지만 동중서의 발언을 공자의 입장이 연장된 것으로 본다)

이 글에서는 '인'을 '인간성의 기본 원리'라고 옮겨놓았지만 편의를 위한 것일 뿐이다. 공자 자신도 이것을 명쾌하게 설명하지 못했기 때문에 제자들에게 '인'을 논함에 있어서는 스승에게도 구애받지 말라고 했다. 공자는 손가락을 내밀었지만 그 손가락이 가리키는 달의 모습은 명확하지 못하다.

그러나 가리키는 그쪽에 뭔가가 있음을 사람들이 어렴풋이라도 느낄 수 있게 해주었다. 인위적 질서 이전부터 존재하던 인간의 존재 원리. 인간 세상이 아무리 복잡해져도 질서 밑바닥에서 이 원리가 작동할 때, 사람들이 그 원리의 존재를 의식할 때, 모든 사회질서가 더 잘 운용될 수 있었다.

그러나 이 자연적 원리에 모든 것을 맡기고 일체의 인위적 질서를 묵살하기에는 인간 사회가 너무 복잡해져 있다. 공자가 제창한 윤리 체계는 인위적 질서의 상부구조와 자연적 질서의 하부구조가 유기적으로 결합된 것이다. 상부와 하부, 어느 쪽에 휩쓸리지 않고 조화와 균형을 지켜 나가는 것이 바람직한 질서 운용의 길이다. 하부구조를 지켜주는 것이 '어진 마음仁'이고 상부구조를 지켜주는 것이 '분별력明'이다.

공자의 가르침이 통용된 사회들이 근세에 이르기까지 다른 지역보다 조밀한 인구를 가지고도 비교적 높은 수준의 질서를 지켜온 것은 분명한 역사적 사실이다. 하드웨어 차원보다 소프트웨어 차원의 도덕관이 더 응용 범위가 넓음을 말해주는 것이 아닐까.

서양 문명은 제2차대전을 겪은 뒤에야 '인간성에 대한 범죄Crime against Humanity' 개념을 운용하기 시작했다. 그러나 법체계의 일부로 편입된 이 개념은 문명의 비인간화 문제의 존재를 겨우 표시만 한 것일 뿐, 현실적 효용성이 미미한 수준이다. 인간성의 원리가 어렴풋이라도 하나의 통념으로 자리 잡고 있던 유교 사회에 비해 서양의 인도주의는 아직도 주변부에 머물러 있다는 느낌을 준다.

용산 사태를 비롯한 근년 공권력의 남용을 보며 이 사회에 어진 마음이 모자라고 인간성의 기본 원리가 무시되는 사실을 한탄

하지 않을 수 없다. 아무리 명령에 따라 움직이는 경찰이라 하더라도 그리고 검찰이라 하더라도, 인간성에 대한 조그만 개념이라도 있다면 어찌 이렇게까지 나올 수 있는지. '인'의 전통도 흐려지고 서양의 인도주의도 들어오지 못한 인간성의 사각지대가 되어가는 것일까.

입만 떼면 거짓말을 일삼으며 사람들을 사사로운 이익으로만 몰고 가는 '난신적자'들이 있기는 있다. 사회질서를 바로잡기 위해 난신적자들을 척결하는 것도 하나의 과제겠지만, 더 큰 과제는 사회 전반의 도덕성 회복이다. 사회의 도덕성이 허약하기 때문에 난신적자들이 판칠 수 있는 것이니까.

그리고 사회의 도덕성 회복이 '정의 사회 구현' 같은 폭력적 방법으로는 한계가 있다는 생각이 든다. 잘못된 것을 쫓아다니며 바로잡기보다 좋은 것이 잘 자라나고 잘못된 것이 저절로 시드는 풍토를 이루기 위해 소프트웨어 차원의 도덕관이 필요하다. 노무현 대통령이 말하던 '사람 사는 세상', 우활한 것 같으면서도 이 사회의 절실한 필요를 짚은 말이다. (2009. 12. 4)

한국의 보수는 왜 욕을 먹는가

안회와 자공, 공자의 이상과 현실

공자와 자공은 함께 있는 것을 즐거워하며 여러 가지 주제에 관한 생각을 나눴다. 시와 정치, 역사와 예법, 그리고 다른 제자들과 자기 자신들에 관한 이야기들이 오고갔다. 공자는 자공을 상대로 정말 허심탄회하게 이야기할 수 있었고, 자공은 스승의 말씀을 들은 뒤, 그 내용에 대해서만 응대를 할 뿐, 함축될 수 있는 다른 뜻을 끄집어내려 하지 않았다. 감춰진 비판을 찾아내려 하지도 않았고 변명하는 태도를 취하지도 않았다. 그들 사이에 얘기가 잘 통한 이유가 여기에 있었다.

자공에 대해 공자가 쓴 제일 엄격한 말, 책망으로까지 들릴 수 있었던 말이 '그릇器'이었다. 무엇인가 알맹이를 담는 것이니, 목적 아닌 수단을 가리키는 뜻으로 쓰이는 말이다.

자공이 물었다.

"저는 어떤 사람입니까?"

공자가 대답했다.

"너는 그릇이니라."

"어떤 그릇입니까?"

"사당에 제물로 올리는 곡식을 담는 그릇이다."

자공은 자신이 어떤 기술이든 습득해서 연마하는 데 빼어난 재간이 있다는 사실을 알고 있었을 것이다. 그리고 이 장점이 종국에는 자신의 향상을 가로막으리라는 사실도 알고 있었을 것이다. 특정한 전문 분야에서 최고의 경지에 이른다는 만족감 때문에 더 이상의 향상을 위한 동기를 잃을 수 있기 때문이었다.

자공이 언변, 인물 평가, 재산 관리 등 여러 가지 일에 능했다는 사실이 《논어》에 나타나 있다. 정치에 나설 경우 외교와 인재 등용, 재정 분야에서 능력을 발휘할 수 있었을 것이다. 공자가 그를 사당의 그릇에 비유한 데도 그의 정치적 재능을 높이 평가한 뜻이 담겨 있었을 것이다.

위나라 대신이 자공에게 이런 말을 했다.

"군자에게 중요한 것은 바탕質인데, 어째서 무늬文에 공을 들이는 것입니까?"

자신을 풍자하는 말임을 알아챈 자공이 대답했다.

"아쉽소, 그대가 군자에 대해 그렇게 말하는 것이. 무늬가 바로 바탕이고 바탕이 바로 무늬라오. 호랑이와 표범의 가죽도 털을 밀어버리고 나면 개와 양의 가죽과 무엇이 다르겠소?"

바탕과 무늬가 서로 다른 것이 아니라는 믿음이 자신을 합리화하는 관점이었을 수도 있다. 여러 가지 재주를 가진 사람이라도, 배우는 것 모두가 그 사람의 행동과 판단에 작용할 수 있다는 것이다. 공자가 그를 또 하나의 제자 안회와 비교한 말을 보면 그 역시 자공의 이런 관점을 옹호한 것으로 보인다. 안회는 완벽한 인간에 가장 가깝다고 공자가 인정한 사람이다.

안회는 도에 아주 가까이 이른 사람인데 가난 속에 산다. 자공은 운명을 고분고분 받아들이지 않는 사람이고 돈 벌기를 잘하는데, 짐작을 하는 것이 들어맞는 일이 많다.

자공은 주어진 상황을 체념하고 받아들이는 사람이 아니었다. 상황을 바꾸기 위해 돈 버는 재주를 익혔고 그 과정에서 관찰력과 사고력을 키웠다. 그리고 그것들을 통해 그의 생각과 행동, 그리고 판단과 예측을 이해할 수 있다. 따라서 그에게는 바탕이 무늬와 다를 수 없는 것이었다.

공자가 자공보다 안회를 더 높이 평가했을까? 그렇다는 사실을 보여주는 대목이 여럿 있다. 그러나 여기서는 안회는 안회로, 자공은 자공으로 따로 떼어놓고 얘기했다. 한쪽은 도덕적 품성을 완성에 가깝게 가져간 사람이지만 가난 속에 살고, 다른 한 쪽은 주어진 운명에 도전하면서 분석 능력을 포함한 여러 가지 재주를 익혔다. 공자는 양쪽 모두를 탐탁하게 여긴 것이다.

공자가 자공에게 물었다.

"너와 안회 중 어느 쪽이 더 훌륭하다고 생각하느냐?"

자공이 대답했다.

"제가 어찌 안회를 바라보겠습니까? 안회는 하나를 들으면 열을 아는데 저는 하나를 들어 둘을 아는 정도입니다."

"네가 못하지. 너나 나나 안회만은 못하지."

공자는 안회를 훌륭한 사람으로, 자신이 아는 어느 누구보다도, 그리고 자기 자신보다도 더 훌륭한 사람으로 여겼던 것 같다. 그러나 자기 입장을 잘 지키는 자공의 태도도 귀하게 여겼다. 자공과의 문답은 그 자체의 생명을 가질 수 있는 것으로도 그가 기대했던 것 같다. 이런 문답도 있었다.

자공이 물었다.

"가난하면서도 비굴하지 않고 부유하면서도 교만하지 않다면 어떻겠습니까?"

"괜찮지. 하지만 가난하면서도 즐겁고 부유하면서도 예를 좋아하는 것만은 못하겠다."

"《시경》에 '절차탁마切磋琢磨'이 한 대목이 그런 것을 가리킨 것입니까?"

"자공아, 이제 너와 더불어 시 이야기를 할 수 있겠다. 지나간 것을 말해 줘도 올 것을 알게 되었으니."

이 대화는 하나의 주제로 시작했다가 다른 주제로 끝난다. 먼저 공자가 자공이 처음 꺼낸 말을 더 예리하고 미묘하게 다듬어 줌으로써 대화에 추진력을 가했다. 이에 자극을 받은 자공이 《시경》의 한 대목을 떠올리는데, 그것이 공자가 보기에 얘기하던 주제의 정곡을 찌르는 것이었다. 그래서 자공이 스스로 떠올린 것을 칭찬한 것이다. 따라서 "이제 너와 더불어 시를 이야기할 수 있겠다"는 말이 과장된 것이 아니었다.

그렇다면 안회는 어떤가? 왜 공자가 안회와는 시를 이야기할 수 없었을까? 안회는 자공보다 뛰어난 감수성을 가진 사람이었고, 여러 모로 훨씬 더 훌륭한 사람이었다. 그런데도 공자는 자공에게 더 친근감을 느꼈으니, 자공에 "너나 나나 안회만은 못하지." 한 것이 겸손의 말만은 아니었다.

공자는 자공을 자신과 같은 과 인간으로 여긴 것이다. 두 사람 다 살아가기 위해 기술을 익혀야 했고, 타고난 본질을 다듬기 위해 학문을 닦아야 했다. 두 사람 다 아는 것과 알지 못하는 것에 관해 자신과 남들에게 묻기를 좋아했고, 두 사람 다 마음이 불안하고 쉽게 평안을 얻지 못했다. 안회는 그들과 다른 과 사람이었다.

― 《공자 평전》 중에서

"하나를 들으면 열을 안다"는 말은 총명함을 표현하는 말로 널리 쓰인다. 그래서 안회가 하나를 들으면 열을 아는데 자신은 둘밖에 모른다고 한 말을 단순한 총명함의 비교로 받아들이기 쉽다. 그런데 주석을 보면 이것을 양적 차이가 아니라 질적 차이를 표현한 것으로 보는 데 더 깊은 뜻이 있는 것 같다.

'하나'는 숫자의 시작이요, '열'은 끝이다. 따라서 "하나를 들어 열을 안다" 함은 원리의 실마리만 주어지면 그 끝까지 한달음에 치닫는다는 말이다. 한편 '둘'은 '하나'의 대칭이다. "하나를 들어 둘을 안다"는 것은 하나의 정보가 주어질 때 그 앞뒤를 살펴

추론을 통해 인식을 넓혀 나간다는 뜻이다.

안회는 직관으로 통찰력을 얻는 사람이고 자공은 경험으로 이해력을 얻는 사람이라 할 수 있겠다. 안회가 가난하게 살고 자공이 돈을 잘 번 차이가 여기에 있을 것이다.

공자의 애초 질문 "누가 더 훌륭한가孰愈"는 양적 비교의 요구였다. 이에 자공은 '열'과 '둘'의 차이로 대답했다. 양적 비교의 형태를 취하면서 질적 차이를 나타낸 표현이다. 그 재치에 공자도 탄복하지 않을 수 없었을 것이다. 안회가 현실에 무능한 점을 얕보지도 않으면서 자신의 현실적인 입장도 당당히 내놓은 것이 아닌가.

'못하다'는 뜻으로 공자가 쓴 말은 '같지 않다不如'는 것이다. 관용적으로 '못하다'는 뜻으로 쓰이는 말이지만, 단순한 양적 비교에 그치는 문제가 아니라고 인정하는 뜻이 담겨진 표현 같다. 그 뜻을 더 분명히 하기 위해 자기 자신도 자공과 같은 입장이라는 점을 밝히기까지 했다.

노나라 임금이 제자 중 배우기 좋아하는 자를 묻자 공자는 안회가 죽은 후 그와 같은 성정을 가지고 그처럼 배우기를 좋아한 사람이 다시없었음을 말했다.

"안회는 다른 이에게 노여움을 옮기는 일이 없었고, 같은 잘못을 되풀이하는 일이 없었습니다."

안회에 대한 공자 최고의 찬사였다. 주석에는 "갑에게 노여운 마음을 을에게 옮기지 않는다"고 풀이했는데, 그 '갑'이란 것이 노상 자기 자신이었을 것이다. 잘못된 일이 있을 때 그 원인을 자기 자신에게서 먼저 찾으니 같은 잘못을 되풀이하지 않을 수 있었을 것이다.

자공 같으면 잘못된 일이 있을 때 자기 허물에 아주 눈을 감지는 않더라도 상대방에게, 또는 여건에 잘못된 점이 없는지도 열심히 살폈을 것이다. 그것이 자기 자신만 돌아보는 안회보다 인격 도야에는 뒤질지 몰라도 자기 자신에게, 주변 사람들에게, 그리고 자기가 속한 사회를 위해 잘 공헌할 수 있는 측면이 있었을 것이다.

공자가 자신을 안회보다 자공 쪽에 놓은 이유는 현실에 대한 책임감을 공유한다는 데 있을 것이다. 그러나 그는 이상의 중요함도 잊지 않았다. 현실주의자 자공에게는 마음 한구석에서라도 이상을 그리는 뜻을 지키게 하고, 이상주의자 안회에게는 이상이 현실의 고민을 아주 벗어나지 않게 일깨워 주는 것이 스승으로서 공자의 역할이었다.

공자의 정치적 성향을 후세의 기준으로는 '보수주의'로 보는데 별 이견이 없는 것 같다. 주나라 초기의 봉건체제를 질서의 표상으로 보고 그 복원을 제창한 것은 그야말로 원론적인 보수주의

자의 모습이다.

따라서 그 제자들의 모습도 대개 보수의 범주 안에서 볼 수 있다. 그런데 그 안에 상당한 편차가 있다. 이 글에 거론된 두 사람을 놓고 본다면 안회를 '정통 보수'로, 자공을 '중도 보수'로 볼 수 있을 것 같다. 원리만을 생각하는 안회와 적절한 현실 대응을 중시하는 자공의 모습이 선명하게 대비되는 그림이다.

'보수'의 의미가 무엇인가? 주어진 현실에 만족하고 지나친 욕심을 삼가는 것이다. 안회를 '정통 보수'라 하는 것은 '주어진 현실'의 의미를 넓게 생각해서, 운명을 그대로 받아들이고 모든 문제를 자기 자신에게서 해결하려고 들기 때문이다. 한편, 자공을 '중도 보수'라 하는 것은 '주어진 현실'을 한층 더 분석해서 '가능한 한 더 바람직한 현실'에 접근시키려 노력하기 때문이다.

공자는 이 점에서 자공과 같은 입장을 표명한 것이다. 불교 관점에서 본다면 '상구보리上求菩提'에 투철한 것이 안회였고, 자공과 공자는 '하화중생下化衆生'에 비중을 둔 것이라 할 수 있다.

오늘 한국의 '보수'의 모습은 어떠한가? 주어진 현실을 넘어서서 지나친 욕심을 휘두르는 사람들의 모습이 우선 떠오른다. 747 공약에 환호하던 모습이 단적으로 말해준다. 강바닥도 파헤치고, 도시도 재개발하고, 뭐든 많이 저지르자는 쪽이 한국에서 '보수'의 자리를 차지하고 있다. 환경과 사회의 안정성을 지키려는 뜻은 없고, 자기네 부와 권력을 보장해 주는 체제의 안정성에만 뜻이 있다. 그래서 '수구' 소리를 듣는다.

'원칙과 상식이 통하는 사회'를 이루자는 말을 누가 했던가? '진보'를 표방하던 노무현 전 대통령이었다. 원칙과 상식이 통하는 사회, 이것은 보수주의자가 내걸 강령이다. 진보주의자라면 주어진 원칙보다 더 좋은 원칙, 주어진 상식보다 더 나은 상식을 찾자고 나서야 한다.

이런 말이 진보 쪽에서 나온 것은 보수가 보수 노릇을 너무나 제대로 못한 결과다. 안회 같은 금욕적 '정통 보수'까지는 아니더라도 자공 같은 현실주의적 '중도 보수' 정도는 제 역할을 찾아야 이 사회가 최소한의 건강을 얻을 것이다. (2009. 12. 31)

정운찬 총리 내정자에게 보내는 공개편지

형님, 절대 속지 마세요

지난 연말 귀국하시기 전까지 이메일로 소식 전하다가 귀국 후에는 언젠가 찾아뵈야지, 생각만 하고 있던 중에 총리 임명 수락 소식을 들었습니다. 첫 느낌은 당연히 어리둥절한 것이었습니다.

그러고 보니 얼굴 뵌 지가 참 오래네요. 연전 대권 물망에 오르셨을 때 메일로 간간이 제 의견을 알려드렸는데, 이번에도 신상에 큰 변화가 있으시니 묻지 않으셔도 의견을 말씀드리고 싶네요. 다만 이번에는 공개편지를 드리겠습니다. 형님이 이미 결정을 내린 마당에, 형님 사람됨을 어느 정도 아는 제 생각을 털어 놓는 것이 저와 같이 어리둥절해하고 있는 많은 분들에게 도움되는 면이 있지 않을까 하는 뜻입니다.

왜 어리둥절해하는지는 굳이 설명이 필요 없겠죠. 총리로 임명하고 그 임명을 수락하는 것도 하나의 거래 행위죠. 그것도 일회성 거래가 아니라 연속적 거래 관계의 출발점을 만드는 일입니다. 당장의 수지만 따질 일이 아니라 이어질 거래 관계에 대한 신뢰가 필요한 결정입니다. 그런데 MB가 과연 신뢰를 줄 만한 거래 상대인지?

MB의 신뢰성을 의심할 만한 많은 사례들이 사람들의 입에 오르내리지만, 정말 기막힌 것은 오바마가 당선됐을 때 한미FTA에 반대해 온 오바마의 입장을 놓고 "선거 때 무슨 소리는 못하냐"던 한마디였습니다. 누구나 상황에 몰려 거짓말을 할 수 있지만 보통 사람들은 그것을 어느만큼씩 괴로워합니다. 불편한 마음이라도 느낍니다. 남의 나라 대통령 당선자 공약을 놓고 자신 있게 "그거 거짓말일 거야" 하고 말할 수 있는 수준의 거짓말 불감증은 요즘 세상이 아무리 험해졌다 해도 흔한 것일 수 없다고 생각합니다.

형님의 '야망' 운운 하는 얘기들이야 뭐 눈에 뭐만 보이는 격이겠지만, 그런 얘기들이 횡행하는 것은 형님의 이번 결정을 합리적으로 이해하기 힘들기 때문이겠죠. 형님의 케인지언 경제관이 현 정부의 신자유주의 노선과 어울릴 수 있느냐 하는 문제를 많이들 떠올리는데, 그 정도 문제에는 형님이 당당하게 임할 길이 있다고 생각합니다. 나서지 않는 것보다 나섬으로써 사회에 더 공헌할 수 있다는 양심의 기준을 얼마든지 세울 수 있을 테니까요.

정말 이해하기 힘든 것은 형님이 뭘 믿고 MB와 거래 관계를 맺느냐는 겁니다. 거래 상대방은 "나는 상황에 따라 무슨 소리라도 할 수 있는 사람이야"라고 공언하는 사람입니다. 이런 사람과 권리와 책임이 함께 엮이는 것이 좋은 결과를 바라볼 수 있는 일이라고 어떻게 판단하실 수 있었는지……

언론에선 '투항'이란 말도 나오더군요. 형님이 자신의 야망을 위해 소신을 버리고 MB 밑에 기어들어가는 것 아니냐고. 형님 사람됨을 어느만큼이라도 아는 사람으로선 상상할 수 없는 얘기죠. 무엇이 '되기' 보다 무엇을 '하기' 만을 바라는 형님 체질로는 야망 때문에 소신을 버린다는 것이 원천적으로 불가능한 일이니까요. 형님이 총장 하신 것도 말 그대로 떠밀려 한 것 아닙니까? 형님이 어떤어떤 일을 잘할 거라고 열심히 밀어준 분들이 많아서가 아니라, 형님처럼 합리적이고 겸손한 사람이라면 어떤어떤 짓은 할 염려가 없다고 믿어준 분들이 많았기 때문이잖아요?

국민의 정부 시절이던가? 한은 총재 하마평이 나돌 때, 형님은 언제고 금융통화위원을 맡아보는 게 교수직을 넘어서는 유일한 꿈이라고 하셨죠. 총장이 되었을 때, 나 같은 촌놈이 서울대 교수만 해도 감지덕지인데 총장까지 해보다니, 출세는 이제 더 생각할 필요 없이, 하고 싶은 일에만 몰두할 수 있게 되었다고 좋아하셨죠. 형님이 촌에서 막 올라왔을 때부터 봐온 제 귀에는 형님의 진심이 가감 없이 담긴 말씀으로 들렸습니다.

그러니 '투항' 이란 말을 뒤집어서 생각해 보게도 됩니다. 형님이 대표하는 합리적 보수 세력에게 MB정부가 투항하는 건 아닐까 하고. 2년 가까이 제멋대로 놀아보니 그런 식으론 끝내 좋은 꼴 못 보겠다는 사실을 깨닫고, 어떻게든 원만한 수습 방법을 찾아달라고 합리주의자들에게 매달리는 건 아닐까 하고.

하지만 그렇게도 역시 이해가 가지 않아요. 현 집권 세력의 문제는 도덕성의 결핍보다도 상황 판단 능력의 결함이 더 심각한 것 아닙니까? '삽질'이라고들 흔히 말하죠. 신자유주의와 공안 통치 노선의 모순과 한계를 지금 단계에서 자각할 것을 도저히 기대할 수 없습니다.

그렇다면 뭡니까, 형님? 뭘 믿고 범의 굴에 뛰어드시는 겁니까? YS야 모든 것 버려서라도 대통령 꿈 이룬 걸로 만족했지만, 형님은 인격을 희생시켜서까지 이뤄야겠다는 꿈 같은 것 안 가진 분이잖아요?

거래 상대를 압박할 무슨 자신 있는 카드라도 쥐고 계신 거예요? 얼른 떠오르는 건 파탄에 대한 부담입니다. 형님 붙잡은 걸로 MB가 점수 많이 땄다고들 얘기하는데, 관계가 파탄날 경우 따놓았던 점수보다 몇 배를 까먹게 되겠죠. 다수 국민이 수긍할 만한 선에서 형님의 기준을 지켜 나간다면 꼭지가 아주 돌아버리지 않는 한 그 기준을 함부로 묵살하지 못할 이유가 그쪽에 있을 겁니다.

이번에 총리 물망에 오른 이들을 봐도 별 부담 없이 쓰다가 별 부담 없이 버릴 수 있는 '일회용' 총리감들이 있죠. 그런데 형님처럼 약점 없는 인물을 쓰면 본인이 일할 만큼 하고 만족해서 물러나기 전에 저쪽에서 불편하다고 멋대로 치워버리기가 여간 어려운 일이 아니죠. 그런 강점을 가진 이상 '실세' 총리니 뭐니 형식적 보장을 따로 챙길 필요도 없죠. 원래 실세니까.

4대강이나 행정복합도시를 놓고 형님이 소신을 굽혔다고 하는
이들도 있는데, 형님이 타협적인 표현을 쓴 것이야말로 소신을
관철하기 위해 웅크린 자세라고 저는 짐작합니다. 원론적으로 배
척하기보다 기술적·실제적 기준에 따라 시행을 통제하는 편이
더 효과적인 대응책이 될 수 있죠. 뭐니뭐니 해도 선거로 뽑힌 대
통령의 권한으로 선택한 정책인데, 정치 차원보다 행정 차원에서
문제를 제기하는 것이 더 적절한 길이라 생각합니다.

　형님의 사람됨과 이번 결정을 양립시킬 수 있는 관점으로 제
딴에 떠올릴 수 있는 것이 이 정도입니다. 아주 석연치는 못해
요. 큰 긴장과 압박을 지속적으로 감당해야 하는 길인데, 형님처
럼 건강한 생활을 소중하게 여기는 분이 이런 길을 왜 택해야 하
는지…… 이 사회가 더 망가져서는 안 되겠다는 절박한 걱정이
드신 건가요?

　절박한 걱정을 하면 사명감을 느끼게 되죠. 사명감을 느끼면
겸손한 마음을 잃기 쉽습니다. 사람을 아무리 잘 속이는 사람이
라도 현명한 형님을 속이기 힘들리라고 저는 믿습니다. 형님께
"절대 속지 마세요!" 하고 말씀드리는 것은 형님 자신에게 속지
말라는 뜻입니다. 왜 그렇게 절박한 생각을 하고 험한 길로 나서
시는 것인지…….

　마음 편하게 잡수세요. 너무 절박한 생각 하지 마세요. 생활의
행복을 아끼세요. 타협에는 긴장이 따르죠. 긴장의 수위를 너무

높이지 마세요.

그러기 위해서는, 파탄의 기회가 조금이라도 보일 때 놓치지 마세요. 그런 기회는 한 번 놓칠 때마다 기회 자체에 둔감해지는 겁니다. 어느 정도 이상 둔감해지면 길은커녕 내 위치조차 잃어버릴 수 있고요. 형님, 겸손한 마음을 잃지 마세요. 형님의 여러 미덕 중에 가장 소중한 미덕이 그것이라고 생각합니다.

(2009. 9. 6)

정운찬 총리 내정자에게 보내는 공개편지

정운찬 형님, 관두시죠

어제 몇 시간 청문회 중계방송을 봤습니다. 거기 나타난 형님 모습은 예상한 데서 별로 벗어난 것이 없었습니다. 그런데도 어젯밤 자리에 누워서도 새벽이 가깝도록 잠을 이루지 못했습니다. 막상 형님의 총리 취임이 목전의 일로 다가오니 좋은 생각보다는 궂은 생각이 더 많이 마음속을 오가는군요.

보름 전 공개편지는 고심 끝에 드린 것입니다. 거기도 썼습니다만, 이번 일 정말 석연치 않습니다. 그래도 형님과 이만한 연분을 가진 놈이 그런 큰일을 모르는 체 가만 있는 것이 형님에 대해서도 사회에 대해서도 도리가 아니라 생각되어 굳이 썼습니다. 여러 해 공개적인 글을 써온 중에 가장 뒷골 땡기는 글이 되었지만.

그 편지에서 형님의 결정을 최대한 납득하려 애쓰며 형님의 미덕으로 현명함과 겸손함을 꼽았습니다. 어제 형님 모습에서도 그 두 가지 미덕은 대충 그대로 확인할 수 있었습니다. 그런데도 민망한 구석이 많았던 것은 무슨 까닭일까요? 형님 식의 현명과 형님 식의 겸손이 어울리지 않는 자리였기 때문이었을 겁니다.

답변 중 여러 차례 강조하시더군요. 어렸을 때부터 바르게 살려고 늘 노력해 왔다고. 그러니 수준 이하의 도덕성 문제로 나를 의심하지 말아달라고. 그런데 형님, '바르게' 산다는 게 무슨 뜻입니까? 나쁜 짓 않고 산다는, 주어진 규범을 잘 지킨다는, 소극적인 의로움을 말씀하시는 거죠? 옳고 그름이 혼란스러운 상황에서 의로움을 밝히기 위해 스스로 고통을 찾아 겪기보다는 무난한 선택이 가능한 방향만을 바라보며 형님은 살아오지 않았습니까?

그것이 바로 형님의 현명함이요, 겸손함입니다. 내 신수 불편할 일을 피할 줄 아는 것이 현명함이요, 내 분수 넘어서서 세상을 어찌하려 들지 않는 것이 겸손함입니다. 적극적인 역할이 필요 없는 자리에서는 정말 좋은 미덕입니다. 그러나 어지러운 상황에서 길을 찾아내는 창조적 역할이 필요한 자리에는……. 조조를 놓고 '치세의 능신, 난세의 간웅'이란 말이 회자되거니와, 형님껜 '치세의 능신, 난세의 등신'이란 말씀을 드리고 싶습니다.

너무 심한 말씀 같습니까? 그러면 청문회 녹화를 한 번 더 돌려보세요.

청문회에서 누구를 상대로 얘기하고 있다고 스스로 생각하셨습니까? 국회의원들을 생각하고 계셨죠? 저는 어제 형님이 국민을 상대로 얘기하는 모습을 보지 못했습니다. 제기되는 의혹을 회피하기에 바빴지, 국민들에게 가치 있는 메시지를 전달하려는 노력을 보지 못했습니다. 총리가 되는 데 국회의 동의가 필요하다는 사실에 매달렸지, 총리 노릇을 잘하는 데 국민의 이해가 필요하다는 사실은 의식하지 못하시는 것 같았습니다.

'후보자'의 입장을 편의적으로 갖다 대는 데서 역시 형님의 현명함과 겸손함을 보았습니다. 대부분의 문제에 대해 아직 총리가 아니기 때문에, 아직 업무 파악이 안됐기 때문에 소신 있는 답변을 사양하셨죠. 겸손하셨습니다. 한편 "교수 시절엔 학문적 기준으로만 발언했는데, 이제는 다른 기준도 생각해야 한다"며 극히 기본적인 일부 문제들에 대한 입장을 번복할 기미를 보이기도 하셨습니다. 현명하셨습니다.

그런 미덕들이 서울대처럼 안온한 동네에선 좋게 통했죠. 지난번 편지에도 썼지만, 서울대 교수들이 형님 총장 시킨 게 엉뚱한 짓 할 염려가 없다고 믿어준 때문이라고 저는 봅니다. 서울대의 위상과 품격을 잘 지켜나가면서 기술적 개량 몇 가지 추진한 것으로 좋은 평을 받으실 수 있었죠. 그러나 대한민국을 운영한다는 건 서울대 운영과 비교도 할 수 없이 험하고 복잡한 일입니다.

용산 참사에 대한 답변 내용 생각해 보세요. 참사의 원인이 농성자가 던진 화염병에 있었다고요? 세밀한 화인에 대한 질문으로 이해하신 겁니까? 화인에 대한 경찰과 검찰의 '주장'도 저는 납득하기 어렵지만, 형님, 그 사태의 모든 원인이 그 불씨 하나에 있었다고 정말로 믿으시는 겁니까?

서울대 구성원들, 교수건 학생이건 우리 사회에서 비교적 절박한 문제를 가지지 않은 사람들이에요. 무슨 불미한 일이 있더라도 대충 합리적인 대책에 총장의 권위만 없으면 별 문제 없이 처리됩니다. 죽기 살기의 일이 아니니까요. 그런데 대한민국 사회는 그렇게 안온한 곳이 아닙니다. MB정부의 용산 참사 처리 방침에 형님마저 동조하고, 그 결과 경찰이 "우리 손으로 불만 지르지 않으면 돼(그리고 불을 지르더라도 확고한 증거만 잡히지 않으면 돼)" 하는 무책임한 자세로 또 무슨 일을 저지른다면, 형님, 그 책임 어떻게 질 거예요?

그리고 돈 문제. 형님, 어찌 그렇게까지 망가지셨습니까? 명분 없는 돈을 받았냐 말았냐, 세금을 제대로 냈냐 안 냈냐에 앞서, 형님, 무슨 돈을 그리 많이 씁니까? 카드 결제가 월 평균 1천만 원이 넘는다고요? 한국의 대학 교수 봉급 수준이 세계 최고인데, 그걸로도 모자라는 생활을 하신다고요? 이건 정말 인간적으로 이해가 안 갑니다. 학생 시절 우리 또래론 유난히 어려운 사정을 겪었던 형님이지만, 교수 봉급도 모자라하는 지금의 형님은 그 시절의 형님과 같은 사람일 수 없습니다.

씀씀이가 그렇게 크다면 명분 없는 돈을 먹기도 쉽지요. 예스24 김 회장님은 저도 잘 아는 분이지만 한국 기업가로서는 이례적이라 할 만큼 공익 마인드가 강한 분이죠. 형님이 이 사회에 공헌할 역량을 가진 분이라고 그분이 여겼기에 사회를 위하는 마음에서 형님에게 돈 쓸 생각도 하셨겠죠. 그런데 형님이 검소한 생활 자세를 지키고 있다면 김 회장님의 제안이 있더라도 공익을 위해 직접 쓰는 길을 권해드릴 수 있었을 겁니다. 형님, 월 434만원씩 받으면서 그 밥값을 하셨다고 정말 생각하세요?

그래요, 형님은 교수 봉급보다도 더 풍족한 생활을 바라거나 필요로 하는 분이 되셨군요. 그럴 수도 있지요. 그 사실 때문에 좋아하던 형님이 갑자기 싫어지지는 않습니다. 그리고 형님의 이번 결정에도 더 이해가 갑니다. 그러나 형님의 공인 자격에 대해서는 비관적인 생각이 드는군요.

어제 이정희 의원에게 혼나셨죠. 오늘도 혼나고 계시겠죠. 이 의원이 다른 야당 의원들에 비해 온건한 표현을 쓰지만, 그분의 질책을 정말 형님이 아프게 받아들이기 바랍니다. 서면으로 제출한 답변 내용을 모르고 있다는 형님 말씀에 그분이 공인 자격을 들먹이기도 했죠. 정말 기가 막히는 장면입니다. 형님 이름으로 제출한 답변 내용을 형님이 모른다면 어쩝니까? 청문회에서야 어차피 싫은 소리 들을 만큼 들은 뒤에 국회 동의야 어떻게든 따낼 거니까, 답변 준비할 시간 아껴서 더 중요한 일에 쓰셨습니까? 국회 답변이 국민의 신뢰를 얻을 기회란 걸 모르셨나요? 아니면 국민의 신뢰 얻는 것보다 더 중요한 일이 있었나요?

바로 이정희 의원에게부터 공인의 자격과 자세를 배우시기 바랍니다. 그분의 발언 중에는 민노당만을 위한 내용이 없었죠. 시종일관 한국 사회를 위한 한마디 한마디였고, 그 속에 민노당을 위한 크나큰 공헌이 저절로 들어가 있는 겁니다. 그분이 왜 그렇게 훌륭한 공인의 자세를 갖출 수 있는 걸까요? 다른 무엇보다, 그분에게는 분수를 넘는 풍족한 생활에 대한 욕심이 없기 때문이라고 저는 생각합니다.

형님, 이번 결정의 후과가 형님 일신상에 그치는 것이라면 언제고 형님 만날 때 따질 것을 기약하지, 이렇게 공개편지를 쓰고 있지 않을 겁니다. 그런데 어제 본 형님 모습으로는 이 결정이 함축하는 의미를 형님 스스로 충분히 인식하고 있는지 의심스러워서 여기 적습니다.

1987년 이후 한국 민주화의 한계가 '엘리트 연합'의 성격에 있다고 보는 관점을 요즘 주의 깊게 살펴보고 있습니다. 여러 성향의 엘리트 계층 집단들 사이의 이해관계 조정을 통해 정책 노선이 결정되기 때문에 비엘리트 계층이 소외되어 사회의 구조적 불안정성이 심화된다는 관점이죠. 1989년의 3당 합당이 이 연합의 드러난 사례고요.

저는 이번 형님의 입각이 이 엘리트 연합의 또 하나 고비가 될까 봐 걱정입니다. 지금까지 MB정권은 극우·수구·꼴통의 특성을 여지없이 보여왔습니다. 한국 사회의 구조적 불안정성을 더욱 심화시키는 데 일로매진해 왔죠. 그래도 그 집단의 역량에 한계가 있기 때문에 사회에 끼치는 해악에도 한계가 있으리라는 것이 그나마 마음에 위안이었습니다. 그런데 형님은 '합리적 보수'를 대표해 온 분입니다. 형님의 행보가 당당하지 못할 때 합

리적 보수가 집권 수구 세력을 견제하는 힘이 줄어들고 길이 막
힐 것을 저는 걱정합니다.

보름 전 편지에서 저는 형님이 입각하더라도 수구 집단과 별개
의 정체성을 지켜나가기 바라는 뜻을 밝혔습니다. 아마 형님께
도 그런 뜻이 있겠지요. 그러나 제가 석연할 수 없었던 것은 형
님처럼 '현명' 하고 '겸손' 한 분이 수구 집단과 떨어져 있으면서
견제하는 것은 가능하더라도, 거기 들러붙어서는 '합리적' 자세
를 지키기 어려우리라는 걱정 때문이었습니다. '근묵자흑近墨者
黑' 의 원리에서 벗어나기 힘든 것이 합리주의자의 약점이니까요.

단기적·미시적 관점에서는 형님의 입각이 이 사회에 좋은 효
과도 많이 일으키고 형님도 보람을 느낄 수 있으리라 생각합니다.
'난세의 등신' 이란 험한 말씀을 썼습니다만, '치세의 등신, 난세
의 걸신' 이라 할 만한 수구 집단 인물보다야 최소한 '차악' 은 되
지 않겠습니까? 그러나 장기적·거시적 관점에서 일으키는 문제
를 형님이 충분히 인식하지 못할 수 있음은 형님 성품으로 봐서도
짐작한 일이고 어제 청문회에서의 모습으로도 확인한 일입니다.
이미 호랑이 등에 올라타셨으니 어쩌겠습니까? 합리적 보수의 역
할에 아직도 큰 기대를 걸고 있는 저로서는 형님이 가지고 있던
합리적 보수의 대표성을 지워버리는 데 애쓰는 것밖에 남은 일이
없습니다. 하루라도 빨리 그 어색한 자리에서 도로 벗어나시기 바
라는 것은 개인적 정분을 지우지 못해서고요. (2009. 9. 22)

03

변해야 할 것과
변치 말아야 할 것

모순
덩어리
나라
이스라엘

근로자와 전사戰士 　이스라엘에는 두 개의 큰 정당이 있다. 리쿠
드당과 노동당이다.

　몇 해 전 라빈의 노동당 정권은 '땅을 주고 평화를 얻는Land for
Peace' 평화정책의 길을 열었다. 이것은 이스라엘 최초의 대아랍 유화
정책으로, 중동 평화를 바라는 세계인의 마음에 희망을 심어주었으
나 이스라엘 내에서는 격렬한 반발을 불러일으켜 라빈의 암살과 작
년 총선의 노동당 패배로 이어졌다.

　총선에서 승리를 거둔 리쿠드당의 네타냐후 정권은 노골적으로
노동당의 평화공존 정책을 뒤집어 놓고 있다. 팔레스타인 독립국가
의 영토로 예정되어 있는 서안 지구에 '정착촌'이라는 이름의 식민
활동을 강화하고 있을 뿐 아니라 예루살렘의 아랍인 구역에 이스라
엘인 아파트 단지를 짓는 등 도발적인 행위를 서슴지 않는다.

두 정당의 대아랍 정책의 차이는 뿌리 깊은 것이다. 이스라엘의 건국 준비 과정에서 지도자들은 유태인의 민족성을 새로 만들어 내야 한다고 생각했다. 〈아이반호〉의 아이작, 〈베니스의 상인〉의 샤일록처럼 나약하고 음흉한 전통적 유태인상을 깨뜨리려는 노력에 두 정당의 연원이 있다.

하나의 방향은 유태인이 훌륭한 '근로자'가 되는 것이었다. 유럽 유태인 사회는 뛰어난 예술가, 학자, 법조인, 사업가를 배출했다. 그러나 유태인이 훌륭한 농부와 직공이 될 수 있을지는 미지수였다. 땅의 소중함을 새로운 세대에 일깨워 주는 근로시오니즘 운동에서 출발한 노동당은 같은 근로자인 아랍인에 대한 도발을 최소화하려는 전통을 유지해 왔다.

한편 리쿠드당은 또 하나의 방향, '전사戰士'의 모습을 추구하는 노력에서 유래한다. 영화 〈엑소더스〉에도 소개된 테러 조직 하가나와 이르군이 리쿠드당의 선구다. 투쟁시오니즘 운동 지도자들은 이스라엘 건국이, 유태인이 유럽인으로서 아랍인을 정복하러 가는 길이며, 거기에는 도덕성보다 힘이 더 중요한 것이라고 공언하기도 했다.

1910년대 이래 시오니즘의 양대 줄기가 된 두 노선 가운데 처음에는 진보적 유태인들의 지지를 받은 근로 노선이 우세했다. 그러나 1930년대, 나치 박해를 피해 난민들이 밀려들면서 차츰 투쟁 노선이 득세했다.

이스라엘인은 근로자로서도, 전사로서도 당당한 모습을 보이고

19 97년 봄 이 글을 쓸 당시 이스라엘에서 일어나고 있던
큰 변화를 아직 내가 잘 인식하지 못하고 있었다는 생
각이 든다. 공산권 붕괴에 따른 동유럽 출신 유대인의 대규모 이
주를 말하는 것이다.

이스라엘을 흔히 유대인의 단일민족국가로 인식하지만, 사실
은 크게 다르다. 팔레스타인인을 비롯한 비유대인 인구를 가리
키는 이야기가 아니다. '유대인' 자체가 하나의 민족으로 보기
어려운 점이 많다는 것이다.

민족은 혈통보다 언어와 문화로 규정되는 존재다. 이스라엘 건
국 이전의 유대인은 유대교 및 그와 관련된 문화를 지키고 있었
지만, 거주 지역에 따라 그 종교와 문화에도 큰 편차가 있었고,
쓰는 언어도 달랐다. 유대인의 정체성은 동아시아 문명을 공유
하는 여러 민족들의 집합과 비슷한 수준이었다. 유럽 각국에 민
족주의가 일어나자 마이너리티의 입장에 몰린 여러 나라 유대인
들이 새로운 유대감을 키워 근대 시오니즘을 일으켰다.

선진국 유대인 사회의 엘리트 계층은 소속한 나라에 동화되기를 바라며 시오니즘을 외면하는 경향이 있었다. 19세기 말 시오니즘의 폭발적 발전은 선진국 민족주의가 제국주의 단계로 격화되는 데 대한 반작용이었다. 프랑스의 드레퓌스 사건이 전형적인 계기였다.

시오니스트들은 '유대인의 국가'를 세울 땅을 '해가 지지 않는 제국' 영국에게 얻고자 했다. 영국은 아프리카의 동남쪽 한 귀퉁이 우간다 부근을 검토했다. 원주민과 갈등을 적게 일으킬 만한 곳을 고르려 한 것이다.

그런데 제1차 세계대전으로 터키 제국이 와해되자 영국은 유대인에게 팔레스타인을 내놓았다. 아랍 세계를 적극적으로 경영할 필요가 떠오른 단계에서 유대인을 식민 집단으로 활용할 구상이었다.

제1차 세계대전 후 영국의 주선에 따라 유대인의 팔레스타인 이주가 시작되었다. 이 이주는 식민 국가 국민들의 식민지 이주 틀 속에 들어 있는 현상이었다. 영국 시민이 주축이 된 유대인 집단이 식민 당국의 후원 하에 식민지에 정착한 것이었다.

제2차 세계대전 중 나치의 유대인 탄압과 학살을 배경으로 이스라엘의 건국 여건이 촉진되었다. 그러나 이때는 영국이 아랍 세계 경영에 앞장설 힘을 잃고 있었다. 이스라엘의 후원국 역할을 영국으로부터 넘겨받은 것이 미국이었다.

20세기 초반의 극심한 반유대주의를 피해 유럽을 벗어난 유대인들이 제일 많이 향한 곳이 미국과 팔레스타인이었다. 팔레스타인보다도 더 많은 유대인이 미국에 자리 잡고 미국 사회에 (인구 비율에 비해 대단히 큰) 영향력을 가지게 되면서 미국의 이스라엘 후원정책을 뒷받침해 주었다. 지금 미국의 유대인 중에는 종족주의를 벗어나 이스라엘에 비판적인 태도를 가진 사람들이 더 많지만, 네오콘 그룹 속의 유대인 인맥이 보여주는 것처럼 이스라엘과의 특수관계에 집착하는 전통이 아직도 강하게 남아 있다.

1997년에 나는 이상과 같은 그림을 가지고 있었다. 그런데 1990년대 초반 5년 동안 수십만의 유대인이 동구권, 특히 러시아로부터 이주하여 이스라엘 인구의 10% 이상을 점하게 되면서 이스라엘의 정치·경제·사회·문화 모든 면에 거대한 변화를 가져왔다.

고르바초프 정권이 국경을 개방하자 많은 러시아 유대인이 미국으로 이주했다. 1990년 초까지 약 20만 명의 소련 출신 유대인을 받아들인 뒤 미국이 더 이상의 이민을 막으면서(이스라엘의 로비 결과로 알려진 조치다) 이민 물결이 이스라엘로 쏠리게 됐다. 이스라엘은 건국 이래 유대인의 이주를 환영하는 정도가 아니라 줄곧 독려해 왔다. '유대인'의 자격은 2대 조상, 즉 할머니·할아버지·외할머니·외할아버지 네 사람 중 하나만 유대인이면 유대인으로 인정해 주는 너그러운 것이다.

이스라엘의 유대인 인구 증가 정책은 1990년대 초반에 사상 최대의 성공을 거뒀다. 5년 동안 약 70만의 이민이 구소련으로부터 넘어왔다. 그런데 이 성공에는 예상 외로 큰 부작용이 따라왔다.

이스라엘의 공용어는 히브리어와 아랍어다. 모든 유대인은(노인들과 아랍권 출신의 소수 유대인을 제외하고) 이스라엘에 오면 히브리어를 쓰게 되어 있다. 문화가 다른 여러 나라 출신 유대인을 하나의 민족으로 묶기 위해 히브리어 정책은 매우 중시되어 왔다.

그런데 수많은 이민이 구소련에서 쏟아져 들어와 자기네끼리 '러시아타운'을 이루게 되자 러시아어가 제3의 비공식 공용어가 되었다. 미국의 이민정책 변경이 아니었다면 아마 대부분 미국으로 향했을 그들은 단기간에 거대한 이익집단을 만들었다. 국가의식은 강하면서 민족의식은 약한 집단이다. 이 집단 정체성을 지키기 위해 그들은 이스라엘에의 문화적 동화를 거부하는 경향까지 보인다.

1990년대 후반 동안 러시아어 신문과 방송이 속속 생겨났다. 그들의 정당도 생겨나 의회에서 적지 않은 비중을 가지기도 했다. 2000년대 들어 이 정당들은 퇴조했지만, 그 배경 집단의 정치적 비중이 줄어든 것이 아니다. 독자 정당보다 극우파 정당을 통해 자기네 요구를 관철시키는 것이 더 유리하다고 판단했을 뿐이다.

러시아계 이민 집단은 이스라엘이 더 많은 땅을 가지기를 바라고, 따라서 아랍권과의 대결 격화를 원한다. 서안 지구와 골란 고원 등 점령 지역의 정착민 가운데는 그들의 비중이 대단히 높다. 이츠하크 라빈이 추진했던 '땅 대신 평화' 정책을 그들은 매국정책으로 본다. 라빈의 정책을 지지하던 에후드 바라크 현 국방장관이 가자 공격에 앞장선 것은 임박한 총선에서 살아남기 위한 것으로 관측되고 있다. 어떤 양보도 일체 용납 못하는 극단적 강경파 유권자가 지난 15년 사이에 10% 넘게 늘어났기 때문이다.

지구상에 인구 730만의 이스라엘보다 더 복잡한 인구 구조를 가진 나라는 별로 없다. 20년 전에도 이스라엘은 평화로운 국가가 되기에 지나치게 복잡한 구조였다. 지금은 그때와 비교할 수 없을 만큼 더 복잡해졌다. 아랍권과의 갈등 이전에 내부 모순을 제대로 소화하기 힘든 지경까지 이스라엘을 데려다준 것이 미국의 힘이다. 오바마의 미국이 진정한 변화를 위해 처리해야 할 뚜렷한 과제의 하나가 이스라엘 문제다. (2009. 2. 9)

김수환 추기경, 그는 과연 변절 했는가?

뮈텔 주교主敎　1898년 5월 29일 종현성당(현 명동성당) 축성 예식을 집전한 것은 당시 조선 교구장이던 뮈텔 주교(1854~1933)였다. 그는 1881년 조선에 입국해 4년간 선교사로 활동하고 프랑스로 돌아갔다가 1891년 조선 교구장으로 다시 조선에 들어와 별세 때까지 42년간 조선 교구를 지휘했다.

뮈텔 주교의 긴 재임 기간 중 조선은 숱한 격변을 겪은 끝에 일본의 식민지로 전락했다. 그동안 영향력이 컸던 조선 주재 서양인의 한 사람으로서 뮈텔 주교의 입장은 조선 천주교회의 행로뿐 아니라 국제사회의 조선관을 결정하는 데 적지 않은 역할을 맡은 것이었다.

조선민족의 관점에서 보면 뮈텔 주교는 '어글리 미셔너리ugly missionary'였다. 그가 남긴 재임 중의 일기에는 조선의 문화와 전통을 깔보고 무시하는 태도, 교회의 이익을 위해 수단과 방법을 가리지 않고 책략을 구사하는 모습이 도처에 나타나 있다. 그는 일본의 조선 지배를 지지하여 3·1운동 때는 천주교인과 신학생들의 만세운동 참여를 엄격히 금지했다. 안중근 의사의 영세 신부 빌렘이 안 의사의 사형집행 전, 고해성사를 받으러 가는 것마저 가로막고 결국 빌렘을 조선에서 쫓아낸 것은 유명한 일화다.

일제강점기를 통해 개신교회보다 천주교회의 독립운동 기여도가 낮았던 일차적 이유가 뮈텔 주교의 태도에 있었다고 지목된다. 이것은 가톨릭 교회사가들에게 오랫동안 당혹스러운 문제로 남아 있다. 몇 년 전 한국교회사연구소에서 뮈텔 주교에 관한 연구 발표를 놓고 논란이 일었을 때 최석우 신부의 논평에도 이런 당혹감이 담겨 있었다.

"그분은 조선인의 육신보다는 조선인의 영혼을 더 사랑하셨던 것 같습니다."

명동성당 축성 100주년을 기해 김수환 추기경이 30년간 맡아온 서울 대교구장 직에서 물러났다. 그의 재임 기간은 한국 사회 안에서 '명동성당'의 의미를 바꿔놓았다. 명동성당이 민주화와 사회정의의 상징으로 온 국민의 마음에 자리 잡은 것은 누구보다 김 추기경의 공로다.

한국 교회사를 보는 사람들은 대개 김 추기경을 훌륭한 교구장으로, 뮈텔 주교를 그 반대로 기억할 것이다. 그러나 진흙 없이 연꽃이 피지 못하듯, 오늘의 한국 가톨릭교회와 김 추기경의 성취는 바깥

사회를 외면하고 교회에만 매달렸던 뮈텔 주교의 집념을 바탕으로 이뤄진 것이다. 역사란 부끄러운 부분도 자랑스러운 부분도 함께 짊어져야 하는 것임을 되새기게 해주는 것이 우리 가톨릭교회사의 가르침이다. (1998. 6. 2)

이 글을 쓰던 시절까지 김수환 추기경은 한국 가톨릭교회의 수장을 넘어 양심의 대명사로서 한국 사회의 존경을 널리 모으던 분이었다. 그가 서울 대교구장으로 있는 동안 명동성당은 민주화 운동의 성지가 되었다. 엄혹한 유신 시대에서 5공에 이르기까지 정권의 폭력이 인권을 위협할 때 거듭거듭 마지막 보루가 되어준 것이 김 추기경의 양심이었다. 6월항쟁 막바지, 명동성당에 피신해 있던 운동가들을 체포하러 경찰이 들어오려 하자 "나를 먼저 잡아가라"며 막아선 것이 그 하이라이트였다.

최근 10년여 동안 김 추기경을 정신적 지도자로 받들던 진보 진영의 시선은 착잡하게 변해왔다. 진보 투쟁을 온몸으로 뒷받침해 온 것과 다른 모습을 보였기 때문이다. 대표적인 것이 2004년 국가보안법 폐지 논란에 대해 '시기상조'라며 부정적 태도를 보인 것이다.

이 변화에 배신감을 표명한 사람들도 있다. 그러나 나는 지나친 욕심이라고 생각해 왔다. 그는 민주화운동의 지도자이기 이전에 가톨릭교회의 수장이었다. 민주화 운동에 중요한 역할을 맡은 것은 가톨릭교회를 잘 이끌기 위한 노력에서 비롯된 부산물이었다.

가톨릭교회 신자 중에는 부자도 있고 가난한 사람도 있으며, 우파도 있고 좌파도 있다. 교회 수장으로서 그는 가난한 사람과 좌파만 아끼고 부자와 우파를 내칠 입장이 아니었다. 그럼에도 그가 사회적 약자의 보호에 앞장선 것은 약자들이 처한 상황이 너무 비참했기 때문이고, 진보 진영을 뒷받침해 준 것은 독재정권의 압제가 너무 심하기 때문이었다. 그가 서울 대교구장에서 물러난 것은 김대중 정권 출범 직후의 일이었으니, 그만큼이라도 한국의 권력 구조가 균형을 잡은 상황에서 특정한 정치 노선에 계속 치우친다는 것은 거대 종교 지도자로서 적절치 못한 일일 수도 있는 것이었다.

한국 가톨릭교회사와 관련된 분야를 연구해 온 필자로서는 한국 사회의 민주화와 관련된 김 추기경의 업적이 교회사의 맥락에서 매우 큰 의미를 가진 것으로 본다. 말년의 정치적 퇴행(?)도 그 맥락에서 적절한 것으로 본다.

위 칼럼에서 한국 가톨릭교회의 뮈텔 시대(1891~1933)를 언급했거니와, 그 이전의 교회사는 박해의 역사였다. 조선조 말기의 가톨릭 박해를 '어리석은 쇄국정책'으로 가볍게 몰아붙이는 이들이 많지만, 조금만 깊이 살펴봐도 박해정책에 나름대로의 이유가 있었음을 이해할 수 있다.

개항 이전의 조선 왕조는 '천명'을 가진 '천자'를 중심으로 한 '천하체제' 안에 자리 잡고 있었다. '천명'을 능가하는 권위의 '천주'를 받드는 서학, 즉 천주교의 세계관은 이와 양립할 수 없는 것이었다. 1801년의 신유박해 때까지는 이 모순을 어떻게든 해소 내지 완화하려는 노력이 서학 내에도 있었다. 그러나 정치적 이유로 펼쳐진 신유박해 과정에서 황사영 백서가 튀어나온 뒤로는 화해의 길이 사라졌다. 황사영 백서는 청나라 황제를 움직여 조선 정부가 천주교를 관용하도록 압력을 넣어달라든가, 서양 해군을 보내 조선 국왕을 굴복시켜 달라는 등의 청원을 담은 것이었으니, 조선의 전통 질서에 용납될 수 없는 패륜이었다.

아편전쟁 이후 서양 군사력이 중국을 유린하는 상황에 접어들면서 이 갈등은 거듭거듭 증폭되었다. 가장 극적인 사건이 1868년의 오페르트 도굴 사건이었다. 국왕 조부의 묘를 훼손한 이 사건에 천주교도들이 가담한 사실은 조선의 권력층만이 아니라 일반인들까지 서양 오랑캐와 천주교도를 모두 짐승처럼 보게 만들었다.

개항 후 선교의 자유가 허용되었을 때, 개신교 선교사들보다 가톨릭 선교사들이 조선 정부에 적대적인 태도를 취한 일이 많았던 것은 갈등의 역사가 깔려 있기 때문이었다. 뮈텔 주교가 그

대표적인 사례였고, 그 모습이 그가 남긴 일기에 그대로 남아 있다. 조선 왕조의 멸망은 그에게 반가운 일이었고, 선교 발전을 위해 일제와의 협력은 필수적인 일이었다.

가톨릭 신자로서 민족주의를 추구한 이들도 많았지만 뮈텔 주교로 대표되는 교회 지도부는 20세기 전반부 동안 한국의 민족주의를 등진 행로를 걸었다. 그런데 한국 사회의 민주주의 열망이 좌절을 겪고 있던 20세기 후반부에는 김 추기경을 비롯한 가톨릭 지도자들이 민주화의 길을 여는 데 결정적인 공헌을 한 것이다.

뮈텔 주교는 복음주의 성향의 선교사였다. 선교 대상 사회를 해체해 개인을 교회로 끌어들이는 것이 그의 사명이었다. 그 단계에서 가톨릭교회는 한국 사회와 유리된 집단이었다. 그 분위기는 5·16 때 장면 총리가 수녀원에 피신하는 장면까지 이어진다. 그런 상태에 있던 가톨릭교회를 한국 사회의 중요한 축으로 키워낸 것이 김 추기경의 공로다. 과거를 드러나게 비판하지 않으면서 밝은 장래를 위해 오늘의 할 일을 열심히 함으로써 교회의 '역사 바로잡기'를 해낸 것이다.

김 추기경의 말년 행적을 놓고 원래의 성향이 보수니 어쩌니 하는 말들도 있다. 정치가가 아닌 종교인에 대해 쓸데없는 논란이라 생각한다. 현대 세계에서도 종교가 얼마나 훌륭한 역할을 맡을 수 있는지 그분은 유감없이 보여주었다. 설령 그분이 개인적으로 진보 성향을 가진 분이더라도, 민주화가 어느 정도 성취된 단계에서 중립을 취한 것은 가톨릭교회의 역사를 위해 바람직한 일이라 생각한다. 유가에서 말하는 '지어지선止於至善'에도 부합하는 자세 아니겠는가. (2009. 2. 20)

심산心山 선생과 김수환 추기경

'대한민국'의 출발점 80년 전 오늘 태화관에 모인 33인의 민족 대표는 모두 종교단체를 통해 독립선언에 참여했다. 일제의 단속을 피해 은밀한 조직 작업을 펼치기에는 아직 탄압이 덜하던 종교 활동이 편리했기 때문이다.

33인 중 개신교가 16인, 천도교가 15인, 불교가 2인이었다. 개신교와 천도교가 전국적 조직으로 참여한 반면 불교계에서는 한용운과 백용성이 개별적으로 참여했다. 이어진 만세운동에도 천도교와 개신교계에서는 전국에서 조직적 참여가 있었다.

천주교는 일본 통치를 지지하던 교구장 뮈텔 주교가 만세운동에 참여한 신학생들을 퇴학시킬 정도로 강경한 탄압을 행했지만 적지 않은 신자들이 개인 자격으로 독립운동에 열렬히 호응했다. 유림儒林도 3월 1일의 독립선언에 참여하지는 않았지만 만세운동과 독립운동에서는 뚜렷한 역할을 맡았다.

당시 유림 인사 중 독립운동과 관련, 주목되는 인물이 둘 있다. 김윤식金允植(1835~1922)과 김창숙金昌淑(1879~1962)이다.

김윤식은 구한말의 거물 정치가로서 파란만장한 경력을 거치는 가운데 친일 세력과 협조한 대목도 있지만 국체 수호에는 확실한 입장을 취했다. 합방 당시에도 반대를 적극 주장한 유일한 고관이었고 3·1운동을 앞두고 고종이 죽었을 때도 '전前 한국 황제'란 위호位號에서 '전' 자를 떼야 한다고 주장했다. 그러나 그의 충성은 대한 '제국'에 그쳤을 뿐, 대한 '민국'에는 이르지 못했다.

반면 김창숙은 3·1운동에 호응해 '유림단' 운동을 일으키고 임시정부에 참여하는 등 독립운동을 적극적으로 벌였다. 해방 후에도 민족 분단을 막으려 애쓰고 이승만 정권의 독재와 부패에 맞서는 등 시대 상황이 필요로 하는 유학자로서의 정치적 입장을 꾸준히 추구했다.

독립운동으로서 3·1운동의 큰 의미는 '제국'의 부활에서 '민국'의 건설로 목표를 옮긴 데 있다. 합방 직후의 울분이 억눌릴 대로 억눌린 뒤, 세계정세를 파악한 신지식인들이 민족국가의 건설 방향을 새로 설정한 것이다. 이로부터 '대한민국' 임시정부가 독립운동의 중심이 된다.

3·1운동이 지향한 민족국가는 해방 전은 물론이고 해방 후에도 완전히 실현되지 못했다. 실현되지 못했기에 그 이념은 모습을 바꾸

지 않고 있는 것이기도 하다. 이제 '제2의 건국'을 논함은 그 이념이 발전적 변화의 때를 맞았다는 것일까. 세계화 시대를 맞아 필요한 과제라는 생각도 들지만 숙제를 안 한 채 개학을 맞는 학동처럼 불안한 마음이다. (1999. 3. 1)

고 김수환 추기경이 심산 김창숙 선생을 기리는 심산상을 받았던 일화를 적은 송재소 교수의 글('심산 김창숙과 김수한 스테파노', 《프레시안》)을 며칠 전 읽으며 잔잔한 감동을 느꼈다. 추기경께서 선생의 묘에 절을 올리며 "살아 계셨다면 찾아가 절하고 뵐 분인데 돌아가셨으니 묘에라도 절을 올려야 마땅하다"고 한 말씀에서 그 진솔한 풍모를 다시 한 번 본다. 추기경의 이런 알뜰한 공경을 받은 심산 선생은 어떤 분이었던가.

10년 전 위 글을 쓸 때 나는 심산 선생에 관해 아는 것이 많지 않았으나 겉보기만으로도 매우 인상적인 경력이었다. 그때도 그분에 관해 공부를 해보고 싶은 마음이 있었는데, 그동안의 게으름을 스스로 탓하지 않을 수 없다. 《뉴라이트 비판》을 계기로 요즘 한국 근현대사에 관심을 모으면서 그분의 생각을 살펴볼 마음이 새삼스럽게 바짝 든다. 전통 학문을 전력으로 추구하면서 또한 시대 변화에 그처럼 능동적으로 대응했다는 사실이 얼핏 모순으로 느껴질 만큼 특이한 것이기 때문이다.

조선 망국을 앞둔 시기, 이른바 개항기 인물들의 정치적 태도를 개화파와 수구파로 통상 구분하는 데는 문제가 있다. 이태진 교수가 《고종 시대의 재조명》(태학사, 2000)에서 이런 분류가 일본인들의 정탐 보고서에서 시작된 용어라는 사실을 지적하였거니와, '개화'란 말은 당시의 외래 문명을 고급 문명으로 보는 관념에 근거를 둔 것이었다. 오리엔탈리즘의 틀에 묶인 관념이다. '수구'는 개화의 반대로, 부정적인 뜻으로 쓰인 말이었다.

대원군의 쇄국정책에서부터 '위정척사衛正斥邪'의 의병운동까지, 개화를 반대한 모든 움직임이 '수구'란 이름을 뒤집어썼다. 그러나 그것이 모두 일체의 변화를 눈감고 거부하는 진짜 '수구'였을까?

고종이 즉위하고 대원군이 집권하기 직전에 중국이 제2차 중영전쟁으로 유린당했다. 전통적 천하체제의 기둥인 중국이 흔들리고 있었던 것이다. 웬만한 안목을 가진 이들에게는 그때까지 없었던 변화가 피할 수 없는 것임을 충분히 알아볼 수 있는 상황이었다. 대원군의 강도 높은 개혁이 10년 가까이 통할 수 있었던 이유가 그의 개인적 역량에만 있었겠는가. 국가가 비상한 상황에 놓여 있다는 위기의식이 개혁의 합의를 쉽게 만들어 주었을 것이다.

1876년의 개항 이후 변화의 불가피함에 대한 인식은 계속 심화되고 확산되었다. 그런 상황에서 변화를 맹목적으로 거부하는 문자 그대로의 '수구'는 존재하기도 힘들고 더러 있더라도 정치적 의미가 없는 존재였다. 변화를 어떤 식으로 받아들이느냐 하는 것이 의미 있는 쟁점이었다. 일본인들이 인정한 '개화파'는 일본의 조선 '진출'에 협조적인 방향을 추구한 자들이었고, 다른 방향을 추구한 인물들은 '수구파'로 낙인찍혔다.

이미 갑신정변(1884) 때부터 소위 개화파는 근대화의 수행을 위해 국가 정체성을 포기하는 성향을 보였다. 이와 반대로 변화를 추구하되 변화의 주체가 연속성을 지키는 길을 찾은 사람들은 수구파로 몰렸다. '보수파'란 이름이 더 어울릴 이 사람들을 일본인 학자들이 '수구'로 폄훼한 것은 일본의 야욕에 걸림돌이었기 때문이다.

보수주의자들이 지키고자 한 변화의 주체는 조선 왕조였다. 왕조의 내부는 근대화의 필요에 따라 뜯어고치더라도 왕조라는 그릇은 그대로 지키려 했다. 그러나 이 그릇은 근대화의 충격을 견뎌낼 만큼 튼튼하지 못했다. 그래서 깨지고 말았다. 새 그릇을 만들어 새로운 주체로 키우려는 움직임이 망국 10년째 되던 해에 대대적으로 일어났다. 3·1운동이었다.

영남 선비 김창숙은 1905년 상경해서 을사오적의 처형을 요구하는 상소를 올렸다가 옥고를 겪었다. 이때 그는 조선 왕조를 지키고자 한 것이다. 1919년 3·1운동이 일어나자 한국 독립을 호소하는 유림 대표들의 진정서를 만들어 상하이로 망명해 파리 만국평화회의에 보낸 후 임시정부에 참여했다. 1927년 상하이에서 체포, 압송되었으나 출옥 후에도 항일 의지를 꺾지 않았으며, 해방 후에는 단독정부 수립에 반대했고, 이승만 독재를 비판해 1951년에는 이승만에게 '하야 경고서'를 보내기까지 했다.

유학은 전통 체제의 이념을 공급해 온 전통 학문이다. 그러나 세상이 바뀌어 새로운 이념이 필요할 때 그에 부응할 수 있는 적응력과 유연성을 가진 학문임을 누구보다 잘 보여준 것이 심산 선생이다. 가톨릭이 보수적 종교라 하지만 필요할 때는 인권 보호에 앞장설 수 있음을 보여준 김 추기경의 심산 선생 우러르는 마음이 각별했을 것이라고 짐작할 수 있다. (2009. 3. 1)

중국의 개혁·개방은 트로이의 목마

미국인의 중국관   지난 주 끝난 클린턴의 중국 방문을 앞두고 미국 공화당 우파와 민주당 좌파는 이례적으로 손을 잡고 이 방문에 반대했다. 장래 군사·경제 면에서 미국의 도전자가 될 중국의 성장에 도움이 될 행동을 미국이 취해서는 안 된다는 것이 우파의 주장이었고, 좌파의 주장은 미국 사회가 요구하는 인권 기준을 중국이 충족시키도록 압력을 넣기 위해 우호적인 행동을 아껴야 한다는 것이었다. 동기는 다르지만 중국과의 우호 증진을 반대한다는 점에서 두 진영은 보조를 함께 했다.

그러나 클린턴은 중국에 갔다. 좌파에 대한 그의 응답은 중국의 인권 문제가 장기간에 걸친 점진적 발전을 필요로 하며 자신의 방문이 그를 위해 유리한 조건을 만들어 주리라는 것이었다. 또한 장쩌민江澤民과 함께한 자리에서도 톈안먼天安門 사건과 인권 문제를 공개적으로 거론, 이 문제에 대한 자신의 태도가 원론적으로는 확고함을 과시했다.

우파에 대한 그의 대답은 더 직선적이다. 중국이 장차 미국에 적대적인 태도를 취할지 여부는 미국의 태도에 일차적으로 달려 있다는 것이다. 자신의 중국행이 중국을 미국에 우호적인 태도로 끌어들여 미국 국익을 증진시킬 것이라고 그는 말한다. 미국은 이제 가상적假想敵을 필요로 하지 않는다는 선언이기도 하다.

미국 역사학자 마이클 셰리는 몇 해 전《전쟁의 그림자 속에》란 책에서 전쟁에 대한 미국인의 기묘한 태도를 역사적으로 풀이한 바 있다. 남북전쟁 이후 본토에서 전쟁을 겪어보지 않은 미국인은 한편으로 전쟁을 몹시 두려워하면서 또 한편으로는 전쟁을 동경한다는 것이다. 람보의 비현실적 활약도 스타워즈의 초현실적 완벽성도 모두 이 묘한 심리에서 나온다고 한다.

냉전 시대 소련과의 군비경쟁 정책이 군산軍産복합체의 이해관계에 따른 것이라는 설명이 유력하게 나와 있다. 이런 정책이 국민에게 먹혀든 것은 전쟁은 무서워하면서 전쟁놀이는 좋아하는 국민 정서 때문이었다고 셰리는 설명한다. 걸프전의 양상에서 더 깊은 확신을 얻었다고 그는 말한다.

'25년 후의 군사대국' 중국을 지금부터 적대해야 한다는 미국 우파의 주장은 분명히 셰리가 말하는 '비겁한 호전성'의 냄새를 풍긴다. 닉슨의 중국 방문 후 26년간 중국의 변화를 훑어보면 앞으로 25

년간의 변화를 비관적으로 내다볼 이유가 없다. 냉전 종식 이후 미국인의 아시아관觀은 큰 변화를 겪고 있다. 한국을 보는 눈은 어떻게 변하고 있을까? (1998. 7. 7)

18 40년경의 아편전쟁에서 1940년경의 대동아전쟁까지 한 세기 동안 중국은 근대화의 후진국이었으며 열강의 침략 대상이었다. 1949년 중국 공산당이 장제스의 국민당 세력을 타이완으로 몰아넣고 중화인민공화국을 세움으로써 중국이 오랜만에 국가주권을 세웠지만 아직도 '아시아의 병든 노인'은 힘을 되찾지 못하고 있었다. 소련의 도움으로 뒤늦은 산업화를 시작했지만 오래지 않아 소련과의 관계는 오히려 중국에게 짐이 되기 시작했고, 1950년대 후반 대약진 정책의 실패로 국가 발전은커녕 유지조차 벅찬 상황을 겪었다.

1970년대 초 닉슨의 중국 방문은 소련을 고립시키기 위한 전략적 목적으로 이해되는 것이지만 중국에게는 발전의 기회였다. 소모적인 문화대혁명 와중에 있던 중국이 몇 해 후 '개혁·개방'의 길로 나서는 데는 닉슨이 앞장선 중미 간 해빙이 결정적 조건이 되었다. 1990년대 들어 소련이 무너지고 중국이 새로운 강대국으로 떠오르기 시작하자 미국 네오콘들은 닉슨의 중국 방문을 큰 실책으로 지목하기 시작했다.

1998년 7월 클린턴 대통령의 중국 방문은 클린턴다운 실용주의를 보여준 일이다. 네오콘의 한결같은 중국 봉쇄 주장은 말할 것도 없고, 진보 진영에도 천안문 사태(1989)의 그림자가 걷히지 않고 있을 때였다. 이례적인 좌우협공을 무릅쓰고 그가 중국 방문을 강행한 것은 계속 커지고 있던 중미관계의 현실적 중요성을 챙기기 위해서였다.

10년이 지난 지금 이 방문의 성과를 되돌아보자. 먼저 왼쪽에서 제기한 중국의 인권 문제. 중국의 인권 문제에 대한 비판이 아직도 이어지고 있기는 하지만 그 폭이 크게 줄어들어 있다. 실질적인 개선이 꽤 많이 이뤄졌기 때문이다. 클린턴의 주장대로 그의 방문이 중국의 개혁·개방 정책 추진에 도움이 되었고, 그것이 인권 상황의 개선으로 이어진 것이다.

중국의 성장을 도와줘선 안 된다는 오른쪽 주장과 관련해서는 평가가 복잡하다. 단기적으로는 그동안 중국이 미국의 대외 수지 적자를 흡수해 줌으로써 미국 재정과 경제 운용을 편하게 해줬지만, 그것이 미국에 닥친 경제 파탄을 더 크게 만드는 간접적 배경이 되었다. 21세기 들어 중국이 강대국으로 성장할 것은 예견된 일이거니와, 이번 공황으로 인해 그 속도가 더욱 빨라졌다. 2030년까지 미국의 경제 규모를 따라잡는다는, 지금까지 '믿거나 말거나'였던 중국의 계획이 이제 필지의 사실로 굳어지고 있다.

국무장관으로서 힐러리 클린턴의 첫 나들이는 일본에서 시작해 중국에서 끝났다. 동아시아를 향했다는 사실 자체가 일방주의의 청산을 보여주는 것 같다. 분쟁지역부터 찾아가던 '세계경찰'이 아니라 경제적 '협력관계'를 중시하는 것이 국무부의 더 중요한 역할이 되었다. 중국은 이제 미국과 대등한 위치에서 세계의 변화를 이끌어 가는 주축이 되었다.

국제 무대에서 중국의 위상 확대는 한반도 정세에도 큰 영향을 끼칠 것이다. 중국은 북한과 매우 긴밀한 관계를 가지고 있으면서도 그 관계를 내세우지 않으면서 6자회담을 이끌어 왔고, 6자회담은 북미관계를 중심으로 펼쳐져 왔다. 그러나 이제 미국도 북한을 대하는 태도에서 중국의 입장을 전보다 더 많이 고려하지 않을 수 없게 되었다. 미국 및 일본과의 관계만을 앞세워 온 현 정권의 외교 노선에는 시련이 닥칠 것이다.

당장의 외교 관계보다도 중국의 경제발전이 가져올 더 중대한 문제는 자본주의 체제에 대한 도전이다. 중국의 개혁·개방은 사회주의가 자본주의에 굴복한 결과인 것처럼 보인다. 그러나 이것을 '자본주의의 승리'라 할 수 있을까? 중국의 자본주의적 발전은 자본주의의 한계를 코앞에 들이대 줄 것이다. 자본주의 방식의 산업화가 세계의 일부 지역에서만 일어날 때는 그 근본적 모순이 감춰질 수 있다. 그러나 중국과 인도가 이에 동참해 인류의 절반 이상이 고도 산업사회에서 살게 되는 상황을 생각해 보라.

지금 인류의 에너지 소비량은 1인당 평균 약 2.1kw다. 국가별로는 방글라데시의 0.2kw에서 미국의 11.2kw까지 큰 차이가 있다. 개혁·개방이 시작되던 1980년경 중국은 0.64kw이던 것이 지금 1.6kw까지 올라와 있고, 2030년까지는 3kw 이상으로 올라갈 전망이다. 13억 중국인들이 지금 우리가 하는 것과 비슷한 수준으로 자가용을 몰고 다니고 토목공사를 벌이겠다는 것이다. 11억 인도인들은 또 그대로 있겠는가? 과연 지구가 얼마나 오래 견뎌낼 것인가?

산업혁명 이래의 '개발' 추세가 억제되어야 한다는 당위는 1970년대 이래 갈수록 분명해져 왔다. 그러나 협력보다 경쟁을 내세우는 자본주의 논리가 이 당위를 외면해 왔다. 그 어떤 심각한 경고도 지금까지 결정적인 효과를 불러오지 못하고 있다. 그런데 지금 중국이 소리 내 말하지 않고 있는 한마디가 머지않아 무서운 충격을 일으킬 것이다.

"우리도 너희랑 똑같이 놀아볼까?"

미국이 앞장서서 싹싹 빌게 되지 않겠나. 지금 잘산다고 떵떵거리는 나라들이 모두 싹싹 빌게 되지 않겠나. 우리가 지금까지 놀아온 것처럼 제발 너희들은 놀지 말아달라고. 우리도 노는 방식을 바꿀 테니까 한 번만 봐달라고.

그런 단계에서 중국이 자제력을 발휘할 수 있을까? 그 시점까지 키워갈 강대국의 기득권에 도취되어 미국의 행태를 뒤따르게 되지는 않을까? 인류의 파국을 얼마나 늦출 수 있을지가 거기에 걸려 있는 일인데, 누구도 예단할 수 없는 일이다. 자본주의에 대한 굴복처럼 보이는 중국의 개혁·개방 뒤에는 트로이의 목마가 숨어 있다. (2009. 2. 25)

사회가
대학을 위해
존재하는가?

커닝하는 교수　일류 연주자로 이름 있는 음악 교수 P씨는 동료들에게 놀림 받는 일이 한 가지 있다. 입학시험 때마다 커닝을 한다는 것이다. P교수는 수험생의 연주를 자기가 정확히 평가했는지 자신이 없다. 그래서 옆 칸의 동료에게 대충 어느 정도인지 사인을 보내달라고 염치없이 부탁하곤 하는 것이다.

채점자가 소신껏 자기 평가를 내리지 않고 동료의 평가를 따라가려는 것은 물론 잘못이다. 그러나 동료들은 P씨를 '커닝교수'라고 놀리면서도 마음속으로는 P씨의 성실성에 경의를 품는다. P씨에게 남들만 한 평가 능력이 없겠는가. 그가 커닝을 하는 까닭은 자신의 평가가 학생들의 운명에 부당한 영향을 끼칠까 노심초사하는 마음에 있는 것이다.

P교수는 자신의 행위가 커닝이라고 인정하지 않는다. 입학한 학생

에게 수시로 평가를 내릴 때도 필요하면 동료들과 언제든지 의논하는 법인데, 입학시험이라고 안 그럴 이유가 없다는 것이다. 더군다나 수험생의 운명을 좌우하는 일인데, 더더욱 동료들의 의견을 경청할 필요가 있다고 당당하게 말한다.

입학시험은 P씨뿐 아니라 예술계 교수들에게 늘 골치 아픈 문제다. 대부분 교수들은 학업 성적보다 예술적 재능이 뛰어난 학생들을 원한다. 그런데 전형은 학과와 실기를 합산한 성적으로 결정된다. 그래서 많은 교수들은 실기 평가를 극단화한다. 수준이 웬만하면 90점 이상을 주고, 그렇지 않으면 40점 이하로 깔아버리는 것이다. 재능 없는 학생이 학과 성적으로 밀고 들어오는 것을 최대한 막겠다는 뜻이다.

이런 추세가 P씨처럼 소심한 교수들을 더욱 안절부절못하게 만든다. 듣는 느낌이 좋고 나쁜 데 따라 5점을 더 주고 덜 주는 문제라면 괜찮다. 그런데 90점을 주느냐 40점을 주느냐 하는 일을 놓고 자신의 평가에 확고부동한 자신감을 가지는 사람이 있다면 오히려 그쪽에 문제가 있는 것 아닐까. 예능 분야의 고액 과외가 극성을 부리는 까닭의 상당 부분도 이와 같은 평가의 극단화에 있다는 지적이 있다.

종래의 '백화점식' 전형 방법은 예술뿐 아니라 어느 분야에서나 실효성의 문제를 가지고 있다. 이 영역 저 영역의 성적을 합산해 한 줄로 세워놓고 자르는 식으로는 특정 분야에 뛰어난 재능을 가진 학생들이 설 땅이 없다. 특히 우수 학생이 몰리는 일류 대학일수록 '뛰

홍 익대가 미술대학 입시에서 실기고사를 폐지할 방침을
발표했다.

놀라운 발표다. 미술 전공 학생을 뽑는 과정에서 작품 활동의
적성을 가장 직접적으로 측정하는 심사 방법을 배제한다는 것이
우선 놀라운 일이다.

미술 전공 학생 모두에게 실기 능력을 요구한다는 데는 문제가
있었다. 미술을 전공하고 나아가 미술에 종사한다 해서 어느 수
준 이상의 실기 능력이 꼭 필요한 것은 아니다. 평론과 교육을
비롯해 미술계에 필요한 역할 중에는 작품을 만드는 능력보다
미술에 대해 생각할 줄 아는 능력이 더 중요한 것도 많이 있다.

따라서 입학생 일부에게 실기 아닌 다른 전형 방법을 적용시키
는 것은 바람직한 일이다. 그러나 입학생 전체에게 미술 전공의
적성을 측정할 다른 방법도 있겠지만, 실기고사의 효력을 대치
할 만한 것이 있을까?

사실 더 놀라운 것은 미술 사교육 '업계' 에 대한 충격이다. 주

택가마다 널려 있는 미술학원 중에는 '홍대 출신'을 간판에 표시해 놓은 집이 많다. 어느 대학 어느 과에 들어가려면 그 과에서 점수 따는 데 필요한 요령을 익혀야 한다는 것이 수험생과 학부모들의 상식이다. 홍익대 미대 실기고사는 수많은 졸업생들의 밥줄 노릇도 해온 것이다.

실기고사는 예술 교수들의 권위를 권력 차원까지 키워놓기도 했다. 홍익대의 이번 조치가 근년 거듭 드러나 온 실기고사 관계 비리로 인해 촉발된 것 아닌가 하는 관측도 있거니와, 드러난 비리는 저질러진 비리의 일부분일 수밖에 없다. 수험생들이 레슨 받으러 비행기 타고 다닐 정도의 비상한 경쟁 상황은 비리를 키우는 온상이 아닐 수 없다.

실기고사를 대신할 대안은 아직 분명치 않다. 홍익대 관계자가 "예컨대 면접 과정에서 그릇이라는 소재를 주고 평화를 어떻게 구현할 것이냐고 묻는 방식이 될 것"이라 했단다. "간략한 미술 테스트 정도는 가능하겠지만, 자세히 알려질 경우 또 다른 사교육을 유발할 수 있다"며 구체적 언급을 피했다고도 한다.

이런 언급을 보면 불안한 마음이 들기도 한다. 평화에 대한 의견을 듣는 것이 예술관 파악에 도움이 될 수도 있겠지만, 실기고사를 대신할 만한 효과가 있을 수 있을까? 테스트 방법을 '사교육 유발'을 피하기 위해 시험 날까지 비밀로 묶어둘 수는 없는 일 아닌가. 구체적이고 합리적인 대책은 없이 비리의 충격을 덮어버리기 위해 개혁의 충격을 불러오고 있는 게 아닌가 하는 의구심이 드는 것이다.

그러나 설령 비리에 몰려 충분한 대책 없이 취해진 조치라 하더라도 홍익대의 결정은 용기도 있고 의미도 있는 것이라 생각된다. 실기고사를 유지하되 운용 방법을 개선하는 것이 더 '합리적'인 대책일 수 있다. 모르긴 몰라도 그런 합리적 노력은 지금까지 꾸준히 있었을 것이다. 너무나 두텁게 쌓여 있는 관습과 이해관계가 그런 합리적 노력을 좌절시켰기에 이처럼 '혁명적'인 방침이 나오게 되었으리라 생각한다.

지금 '자율 전공'이란 이름으로 정원 일부에 적용시키려는 전형 기준을 입학생 전원에게 기계적으로 확대하는 것은 썩 바람직한 일 같지 않다. 학생부 40%, 수능 50%, 면접 10%라는(정시 전형의 경우) 이 기준은 아무래도 전공 적성을 측정하는 최소한의 효과도 확보하기 힘들 것 같다. 실기고사 대신 이 효과를 얻을 새로운 방법을 찾아내는 데 창의적 노력이 많이 모이기 바란다.

차제에 입학생 선발의 원리를 한번 살펴보자. 대학들이 어떤 학생들을 받아들이고 싶어 하는가 하는 것은 스스로 베푸는 교육의 의미를 어떻게 보는가에 달려 있는 일이다. 고려대가 특목고 졸업생을 우대하려 애쓴 정황이 뚜렷이 드러나 있는데도 대학교육협의회는 감싸주려고만 든다. 학생 선발에 관한 대학 경영자들의 어떤 공감대를 보여주는 일이다.

더 잘 '준비된 학생'들을 받고 싶은 것이 대학 경영자들 사이의 폭넓은 공감대다. 그리고 그 준비 수준을 보여주는 첫 번째 지표가 '투입된 교육비'다. 많은 교육비를 투입할 수 있었던 학생일수록 자기네 대학을 거쳐 간 뒤에도 사회에서 성공해 '훌륭한 졸업생'으로 학교를 빛내줄 가능성이 크다고 그들은 생각하는 것이다.

　대학이 사회를 위해 존재하는 것인가, 아니면 사회가 대학을 위해 존재하는 것인가? 대학교육협의회의 자세에는 후자의 관점이 깔려 있는 것으로 보인다. 홍익대의 '충격적' 결정이 '혁명적' 성과를 거두기 위해 이 관점을 뒤집는 노력이 이어지기 바란다. (2009. 3. 13)

대한민국
시민권이
골프장
회원권인가?

값비싼 국적　외국인의 아이라도 한국 땅에서 출생하면 한국 국적을 가질 수 있다. 이것을 속지권屬地權이라 한다. 한편 한국인의 아이는 외국 땅에서 태어나더라도 역시 한국 국적을 가질 수 있다. 이것을 속인권屬人權이라 한다. 이 두 가지는 국적취득 요건 중 가장 중요한 것들이다.

또 하나 중요한 요건은 귀화歸化다. 속지권과 속인권이 출생 때 정해지는 조건인 데 반해 귀화는 본인의 의지에 따라 결정되는 것으로, 현대사회에서 점점 비중이 커지고 있다. 우리나라에서는 귀화를 통해 떠나는 사람이 들어오는 사람보다 압도적으로 많지만, 근래에는 '독일제 한국인' 이한우 씨를 비롯해 귀화 입국자도 늘어나고 있으며 해외동포의 국적취득 문제가 부각되고 있다.

정신대로 끌려갔다가 50여 년 만에 크메르에서 돌아온 이남이(훈)

할머니는 귀화가 아니라 '국적회복' 절차를 통해 한국인이 됐다. 우리나라 귀화 기준은 너무 까다롭다. 5년 이상 합법적 체류를 한 뒤에야 귀화 신청이 된다. 이촮 할머니처럼 원래 한국인인데 부득이한 사정으로 국적을 잃어버린 사람들에게 귀화보다 손쉬운 방법으로 국적회복을 시켜주는 것은 마땅한 일이다.

국적회복의 길은 넓고 쉬워야 한다. 해외동포 중에는 좋아서 떠나간 것이 아니라 나라가 나라 노릇을 제대로 못하는 바람에 어쩔 수 없이 떠난 사람들과 그 자손들이 많다. 이들 중에 국적회복을 원하는 사람이 있다면 사회·경제적으로 웬만큼 부담이 되더라도 최대한 받아들여야 한다. 해외동포의 포용은 민족통일의 첫 발짝이기도 하다.

해외동포 정책을 보면 우리 정부는 통일의 자세가 돼 있지 않다. 법무부는 내규를 통해 독립유공자의 자손이나 직계 존비속이 생존해 있는 경우 등 극히 제한된 경우에만 국적회복 신청을 받아주고 있다. 이남이 할머니도 원칙대로라면 신청을 할 수 없는 입장이었다. 그분 못지않게 고국을 그리는 동포들을 우리 정부와 우리 사회는 외면하고 있다.

그런데 정치권에서는 이중국적 허용을 얘기하고 있다. 이중국적은 국제법상 원칙적으로 불법이다. 국적 부여에 관대한 나라라도 다른 나라 국적을 얻는 사람에게는 국적을 정지시켰다가 그 국적을 포기할 때 자동적으로 회복시켜 주는 것이 통례다. '우수한' 사람들에게는 외국 국적 위에 한국 국적을 보태주려 하면서 한국인이 되고

싫어 하는 동포들은 못 본 체하다니, 시민권을 골프장 회원권 같은 것으로 아는 모양이다. (1998. 6)

10년 전 나오던 이중국적 이야기가 다시 나오고 있다. 정부가 해외 우수 인력 유치를 위해 이중국적을 허용할 방침이라는 것이다.

'해외 우수 인력'이라 하지만 진짜 외국인 얘기가 아니다. 외국 국적을 딴 한국인과 외국에서 태어난 한국인의 자손, 즉 해외 한민족을 염두에 두고 추진하는 정책이다. 그리고 해외 한민족이 많이 분포한 나라 중 이중국적을 허용하는 나라는 미국뿐이다. 이중국적은 양쪽 나라에서 인정해야 성립하는 것이니, 이 정책은 한국산 미국인을 대상으로 하는 것이다.

해외 한민족이 가장 많이 사는 곳이 바로 6자회담 참여국들이다. 그런데 중국, 일본, 러시아 세 나라에는 해방 전부터 많은 한민족이 거주하고 있었고, 지금 거주하는 한민족의 대다수가 그 후손들이다. 미국에는 이와 달리 해방 후 한국인 이주가 시작되어 새로 만들어진 교민 사회가 자리 잡았다.

해방 전 한민족의 이주는 영세민 위주였다. 농토 개간할 곳을 찾아 압록강과 두만강을 몰래 넘은 사람들, 막노동이라도 나은 임금을 받고자 현해탄을 건넌 사람들, 만주척식주식회사의 모집에 응해 가재도구를 이고 지고 만주 땅 곳곳으로 퍼져 나간 사람들이 식민지 시대 한민족 해외 이민의 주축이었다. 그들의 이주가 나라를 못 가진 설움 때문이었다는 사실은 해방에 임해 절반이 넘는 200여만 명이 귀국한 사실에서 알 수 있다. 국내 형편도 막막한 시절이었지만 그들은 일본 통치가 종식되었다는 사실에만 의지해 그동안 현지에 내렸던 뿌리를 거두고 한국 땅으로 돌아왔다.

해방 후 미국으로의 길은 유학생들이 열었다. 초기 유학생들의 고생은 전설처럼 전해 내려온다. 그러나 접시닦이를 비롯한 그 고생담은 차원 높은 고생담이었다. 괜찮게 사는 집의 일류 대학 나온 자제들이 좋은 직장 들어가는 대신 미국까지 가서 궂은 일 하는 것이 중류 이상의 국내 가족들에겐 눈물겨운 일이었지만, 당시 한국의 대다수 인구가 처해 있던 상황에 비겨 보면 배부른 투정이었다. 귀국한 유학생이 시내 나갔다가 볼일이 급하자 택시를 집어타고 반도호텔 화장실로 달려가더란 이야기도 나돌던 시절이었다.

미국으로의 대거 이주는 1970년대에 시작되었다. 이 이민은 해방 전의 이민과 성격이 크게 다른 것이었다. 미국은 땅 없는 농민도 막벌이 노동자도 한국으로부터 이민을 허용하지 않았다. 세탁소 하나라도 경영할 자금을 가진 사람들에게만 이민을 허락했고, 한국에서는 제법 사는 사람들이 이민 길에 올랐다. 그들은 한국에서 살아갈 길이 없어 미국으로 내몰린 것이 아니었다. 더 나은 생활, 그리고 무엇보다도 더 나은 자녀 교육을 위해 한국을 떠난 사람들이 대부분이었다.

1~2세대로 구성된 재미 한민족은 보통 이주 후 4세대가 넘는 일본·중국·러시아 동포 사회에 비해 재산과 교육의 평균 수준이 비교가 안 될 만큼 높다. 거기에 미국의 뛰어난 학술과 기술 수준을 지녔고 한국을 최근에 떠났기 때문에 한국과의 연결이 튼튼하다는 사실을 놓고 볼 때 '우수 인력' 으로 활용할 개연성이 크다. 그러나 개연성의 차이가 기본권에 있어서의 배타적 특권을 정당화할 수 있는 것일까? 똑같은 활용 가치를 가진 조선족에게는 적용되지 않으면서 미국 귀화인에게만 적용된다는 점에서 이것은 특권이다.

21세기 초 한민족의 과제는 '통일' 이다. 더 실질적인 표현으로는 '통합' 이다. '통일' 이란 민족이 막 분단되던 시점에서 이에 저항하는 표현으로 나온 것인데, 분단이 60년간 엄연한 현실로 계속되어 온 이제 이 말에서는 현실을 뒤집어엎는다는 폭력성이 느껴질 수도 있다. 그보다는 민족정체성을 자연스럽게 키워낸다는 '통합' 이란 표현이 더 적합하고, 통일은 통합이 어느 수준 이상 이뤄질 때 기회가 저절로 생길 것을 바라봐야겠다.

남북의 주민 집단만이 아니라 해외 한민족도 뭉쳐질 주체에 포함된다고 생각할 때 '통합'이란 표현이 더욱 적절하다. '통일'은 두 주민 집단만을 염두에 두고 써온 말이다. 그런데 두 집단 사이에는 많은 모순이 쌓여 있고, 양자 간의 절충으로 이 모순들을 극복한다는 것은 매우 어려운 일이다. 두 집단에게 제3자라 할 수 있는 해외 한민족이 '통합'의 흐름을 함께 만들어 줄 때, 모순의 해소도 훨씬 쉽게 될 것이다.

해외 한민족을 민족 통합의 흐름으로 불러들여야 할 지금, 정부의 이중국적 정책은 해외 한민족 집단들을 서열화함으로써 모순과 갈등을 키우는 짓이다. 지금 국내에 수십만의 조선족이 들어와 있고, 그 대부분이 밑바닥 일자리를 맡고 있다. 한국 국적을 가지지 못한 설움을 일상적으로 느끼며 지낸다. 고급 직종이 아니라서 '우수 인력' 대접을 못 받는 그들 중 소수의 전문기술 인력조차 국적 정책에서 미국 국적자들에게 차별을 당한다면 그들은 한국을 어떤 나라로 볼 것인가?

현 정권의 미국과 일본에 대한 짝사랑 정책의 문제점은 여러 각도에서 비판을 받아왔다. 그중에서도 이중국적 정책은 두 가지 이유로 특히 엄혹한 비판을 받아 마땅하다. 첫째 이유는 국적 부여의 기준이 바로 국가 정체성의 근거라는 사실에 있고, 둘째 이유는 민족 통합의 과제를 등지는 정책이라는 데 있다.

(2009. 4. 1)

해원상생解寃相生의 섬 제주도

동백꽃 지는 계절 지금은 제주에서 동백꽃이 지는 철이다. 50년 전 4월 초에도 그랬다.

강요배 화백의 4·3 역사화전이 '동백꽃 지다'라는 제목으로 열린다. 전시회의 타이틀 작 〈동백은 지다〉는 꽃잎이 흐트러지지도 않은 채 통째로 '툭' 떨어져 버리는 동백꽃의 낙화 속에 50년 전 제주민의 수난을 그린 것이다. 민중의 수난으로 4·3의 본질을 보는 그의 시각은 6년 만의 전시회에 보태는 신작 몇 점에서 더 분명히 드러난다. 한 지역의 특정한 사건에서 역사 전반의 비극성으로 눈길이 옮겨진 것이다.

역시 제주 출신의 작가 현길언 씨는 4·3을 '미친 시대의 광기狂氣'라 부른다. 광기는 합리적 이해와 평가의 대상이 아니다. 학술적 접근과 정치적 해법은 4·3의 참모습을 이해하는 데도, 그 상처를 아물리는 데도 한계가 있으리라는 것이다. 오히려 문학과 예술의 직관적 접근과 정서적 카타르시스에서 그는 더 긴요한 몫을 기대한다.

그러나 학술에도, 정치에도 그 나름의 몫은 있다. 수십 년간 4·3의 비극성을 떠올리지도 못하도록 봉쇄해 온 '공산 폭동' 론은 독재정권 시절의 유물이 되었지만 아직도 사법적으로는 그 그림자를 치우지 않고 있다. 국회의 진상조사위 구성도 의원 과반수의 발의 서명을 받아놓은 채 해를 넘기며 서랍 속에서 잠만 자고 있었고, 학술적 규명도 아직 본단계에 들어가지 못하고 있다.

50년 전, 4월 3일 새벽 500명가량의 무장대가 5·10 선거 반대와 서북청년단 등 우익단체의 추방을 내걸고 제주 각지의 경찰지서를 습격한 것은 공산 폭동의 성격이라 할 수 있다. 그러나 그로부터 1년간 2만여 인명을 앗아간 내전 내지 학살 사태 전체를 그렇게 규정할 수는 없다. 어떻게 지역 주민의 10분의 1이 폭도로 소탕될 수 있었단 말인가.

1년간의 유혈 사태도 비극이었지만, 그 슬픔을 제대로 드러내지도 못하고 지낸 40여 년의 세월은 또 하나의 비극이었다. 피해자의 유족들은 슬픔과 억울함을 펼쳐내기는커녕 연좌제의 피해까지 겹쳐서 겪어야 했던 세월이었다. 아마 이것이 더 먼저 풀어야 할 비극일지도 모른다.

발발 50주년 기념행사 중 '해원상생解寃相生 굿'이 특히 눈길을 끈다. 4·3은 폭동이고 항쟁이고를 떠나 하나의 참혹한 비극이었다. 시비곡직류非曲直보다 비극성을 더 절실히 음미할 사건은 4·3 외에도 우리 현대사에 숱하게 많다. 살아남은 자들의 마음을 순화시키는 굿판을 바란다. (1998. 4. 3)

제주는 한국의 역사 속에서 독특한 의미를 가진 변방이었다. '삼수갑산을 가더라도' 하고 북방의 오지를 들먹이는 관용어도 있지만, 바다로 막힌 제주는 산으로 막힌 삼수갑산보다도 더 두터운 격절성隔絶性을 가지고 있었다. 제주는 삼국시대부터 한국사에 모습을 나타냈지만 그 역사가 한국사에 통합되는 데는 오랜 시간이 걸렸다.

1105년 탐라 '국國'이 탐라 '군郡'으로 바뀌면서 왕제王制를 없앴다는 기사, 그리고 1211년 제주로 이름을 바꾸면서 고려 조정에서 부사와 판관을 두었다는 기사를 통해 제주가 고려 영토로 편입된 사실을 알 수 있다. 그러나 제주의 역사와 본토의 역사 사이에는 아직도 상당한 거리가 남아 있었다.

1260년대부터 한 세기 동안 지속된 몽골 지배가 제주의 특이한 위치를 더욱 두드러지게 했다. 마지막 저항 세력 삼별초를 1273년 제주에서 진압한 뒤 원나라는 제주를 고려 본국과 별도로 관리했다. 탐라총관부를 두고 일본 정벌의 기지로 삼았다가 후에는 목마장으로 경영했다. 1295년 이후 고려 행정체계에 회복된 뒤에도 원나라는 목호牧胡를 통해 제주에 대한 실질적 관리를 계속했다.

1370년대에 원나라가 쇠퇴하고 고려가 새로 일어난 명나라를 가까이하는 정책을 취할 때 제주의 목호들이 이에 저항해 난을 일으킨 것은 한 세기 동안 원나라가 제주에 쌓아놓은 체제가 강고했음을 보여준다. 이 난을 진압하기 위해 고려 조정은 최영을 필두로 하는 2만 5천의 군대를 보냈다 한다. 당시 제주 인구가 5만 이하로 추정됨을 감안하면 '목호의 난' 은 일부 친원 세력의 책동이라기보다 제주민의 전면적 저항이었다고 보아야 할 것이다.

조선조에 들어와서는 제주에도 안정된 통치가 행해졌다. 1416년 섬 북쪽에 제주 목牧을, 남쪽에 정의와 대정의 두 현縣을 설치한 것이 500년 가까이 유지되었다. 안정된 통치는 제주민을 본토에 비해 열악한 조건에 묶어놓았다. 조선조 후기 내내 시행된 '출륙出陸 금지령' 이 대표적인 제약이었다. 인적·물적 차단을 통해 제주는 마치 조선의 식민지처럼 관리되었다. 500년 동안 제주인은 조선 왕조의 정규 관직에 진출하지 못하면서 파견된 목사와 현령들의 통치를 받았을 뿐이다.

19세기 말 개항 이후의 상황이 제주에 변화의 물결을 몰고 왔다. 일본 상인들을 통해 제주 해산물 수출의 길이 열리면서 경제발전이 시작되었다. 한국의 근대화에 대한 일본의 공헌을 중시하는 '식민지 근대화론'에는 통상 지나치게 극단화하는 경향 때문에 문제가 있지만 현상적으로 타당한 면이 있다. 제주의 경우는 이 타당한 면이 비교적 큰 편이다.

조선 시대에 제주의 수산업이 발전하지 못한 것은 수출의 길이 좁았기 때문이었다. 일본의 영향력과 통치 덕분에 제주 수산업이 크게 발전할 수 있었다. 수산물만이 아니라 사람들도 마음껏 밖으로 뻗어나갈 수 있게 되었다. 지금도 재일동포 사회의 향우회가 제주 출신은 마을 단위까지 조직되어 있다. 다른 지역 출신 향우회가 군 단위나 도 단위로 조직된 것과 대비된다. 제주 사람들이 워낙 일본으로 많이 건너갔기 때문이다.

그뿐이랴, 제주의 청년들이 일본과 조선의 여러 고등교육기관으로 유학함으로써 제주의 인적자원도 개발되었다. 조선조 내내 제주 사람이 성균관에 들어가 보지도 못하던 상황과 비교해 보라.

이런 배경 위에서 일본의 패망은 제주에 민족해방이라는 기쁨에 앞서 엄혹한 현실 문제를 가져왔다. 해방 당시 제주도에는 약 15만 인구가 거주하고 있었는데, 그 후 몇 달 동안 외지에 나가 살던 제주인 10여만이 귀환했다. 인구는 곱절 가까이 급격히 늘어났는데, 산업과 교역이 침체하고 마비되어 극심한 생활고가 만연하고 그 위에 외지에서 돌아온 사람들의 다양한 정치의식도 활발하게 작용해 제주도는 미군정의 치안 취약 지대가 되었다.

제주도의 치안 문제가 경찰과 반공단체의 개입을 불러오고, 이 개입이 상황을 더욱 악화시키는 악순환 끝에 1948년 4월 3일, 대규모 민중봉기가 터져 나왔다. 이후 1년간 치열하게 벌어진 이 항쟁을 반공 독재정권이 '공산 폭동'으로 규정함에 따라 제주인들의 질곡은 수십 년간 더 계속되었다.

질곡을 무릅쓰고 제주는 다시 일어섰다. 한국의 경제발전과 소비수준 향상으로 제주의 관광자원과 특산물이 시장을 찾음으로써 경제적 흥기가 가능하게 된 것이지만 제주의 흥기는 경제적 흥기만이 아니었다. 1980년대 후반 한국 사회가 반공 독재 분위기에서 겨우 빠져나올 때 《제민일보》를 앞세운 제주인들의 4·3 바로 보기 운동은 민주화 시대 한국 사회의 과거사 정리 사업의 선구가 되었다. 제주의 정신적 흥기가 한국 사회를 선도한 것이다.

제주는 그 특이한 위치 때문에 한국의 역사 속에서 많은 피해를 입어왔다. 바다 속의 섬이 반도국가에 귀속된다는 사실 자체가 고통의 조건이었다. 그러나 20세기 말에서 21세기로 넘어오는 동안 제주의 지리적 조건은 모처럼 유리한 방향으로 작용하기 시작하고 있다. 한국 자체가 세계화의 흐름에 휩쓸린 이제, 그 개방적 자세의 첨단에 제주의 역할이 있기 때문이다. 제주의 자치가 일반 지방자치와 다른 차원의 '특별자치'가 되어야 할 필요는 제주인만이 아니라 한국 사회 전체의 합의를 모아가고 있다.

'제주 올레'란 이름의 특이한 움직임이 사람들의 시선을 모으고 있다. 걸어 다닐 길을 확보하자는 소박하다면 소박한 운동이지만, 자연과 인간의 관계를 새로운 눈으로 바라보자는 큰 뜻이 담긴 운동이기도 하다. 제주가 있음으로 해서, 육지와 다르다는 지리적 특이성 때문에 고통받아 온 제주가 있음으로 해서 한국이 어떤 혜택을 받아왔는지 단적으로 보여주는 하나의 사례다. 이 운동의 정신과 함께 제주를 제대로 아끼는 마음이 한국 사회에 널리 퍼지기 바란다. (2009. 4. 3)

민족주의는
반역이
아니다

민족주의 후진국　지난 가을 경쟁적 핵실험으로 세계를 불안하게
한 인도와 파키스탄이 이번에는 미사일 경쟁에 다시 열을 올리고 있
다. 국민소득이 몇백 달러 수준인 이 나라들이 이처럼 과도한 군비
지출을 하는 까닭은 무엇일까?

　인도사 연구자 이옥순 씨의 《여성적인 동양이 남성적인 서양을 만
났을 때》는 식민지 시대의 역사에서 이 문제에 대한 해명을 이끌어
내 주는 책이다. 서양 정복 세력의 공격성 앞에서 동양의 피정복자
들이 느낀 열등의식을 남성의 지배에 복종하는 여성의 체념적 굴욕
감에 비유한 것이다.

　조직력과 용맹, 근면을 자랑하는 영국인은 이런 특성을 보이지 않
는 인도인을 '인간 이하의 존재'로 보았다. 인도인 엘리트 계층은 이
들에게 교육받으며 이 관점을 그대로 배워 민족주의 운동의 출발점

으로 삼았다. 대규모 조직 없이 다양한 형태로 펼쳐져 있던 민간신앙을 묶어 민족종교 힌두교를 만들어 낸 것이 인도 민족주의 운동의 주류가 됐다.

힌두교로 뭉친 인도인에게 경쟁의 대상자는 무슬림이었다. 무슬림은 13세기부터 인도에 진출, 유럽인이 올 때까지 지배자의 위치에 있었다. 그래서 인도 민족주의자들은 찬란하던 인도 문명이 무슬림 지배 때문에 타락했다고 주장하며 무슬림에 대한 적개심을 통해 인도인의 민족의식을 일깨우려 들었다. 영국인들이 종교적 조직성을 가진 무슬림을 비非무슬림보다 높이 평가하고 등용한 것도 질투심을 촉발하는 이유가 됐다.

유럽인의 남성적 공격성을 무슬림보다 더 많이 닮겠다는 것이 결국 힌두 민족주의 운동의 큰 목표가 됐다. '싸우면서 닮아간다'는 말 대로다. 마하트마 간디의 평화주의는 시대적 투쟁 정신을 벗어나 인도 문명의 본질을 되찾으려는 노력이었지만 시대의 흐름에 밀려나고 말았다.

인도와 파키스탄은 그래서 분리 독립을 했다. 100여만 코소보인의 강제 이주 정책이 얼마나 참혹한 것인지 우리는 발칸에서 보고 있다. 인도와 파키스탄의 독립 당시에는 수천만 명이 종교적 대립의식 때문에 삶의 근거를 옮겨야 했다. 이 대립의식은 아직도 군비경쟁으로 이어지고 있다.

배타적 민족주의는 16세기 이래 유럽이 근대로 이행하는 흐름에서 하나의 큰 줄기였다. 19세기 유럽인의 세계 정복을 계기로 이 민족주의는 온 세계에 수출됐다. 원래의 민족주의 주역들이 유럽통합의 흐름 속에 민족주의의 배타성을 극복해 가고 있는 지금 늦게 배운 나라들이 배타적 민족주의의 폐단에 빠져 날 새는 줄 모르고 있다. 가장 가까운 나라를 가장 격렬히 미워하는 것이 민족주의 후진성의 첫 번째 증상 같다. (1999. 4. 27)

오랫동안 나는 과잉민족주의hyper-nationalism에 대한 경계심을 가지고 있었다. 20세기에서 21세기로 넘어오는 시점에서 한국 민족주의가 지나치게 배타적이고 호전적인 모습을 많이 보인다고 생각했기 때문이다.

돌이켜 보면 이것은 현대 유럽 지식층의 사고방식을 표준으로 한 생각이었다. 나는 모든 학업을 국내에서 이수한 사람이지만 독서를 통해, 그리고 1985년에서 1991년 사이 몇 차례 유럽 체류와 여행을 통해 유럽 지식층의 사고방식에 많은 공감을 키워 왔다. "민족주의는 반역"이라 외친 임지현 교수(한양대)도 이 배경을 공유하는 것이라 생각한다.

과잉민족주의를 벗어나는 역사관을 시도한 것이 작년 봄 낸 《밖에서 본 한국사》(돌베개)였다. 그 책을 위해 민족주의에 대한 생각을 정리하면서 나는 임 교수의 '국사 해체' 주장과 다른 길을 찾았다. 과잉민족주의는 극복해야 하지만, 민족주의 자체는 지킬 필요가 있다는 생각이었다. 진부한 표현으로, 목욕통의 물을 버리면서 목욕시킨 아기까지 한꺼번에 버려서는 안 된다는 것이다. 그래서 '국사의 구조조정'을 주장했다.

그 후 《뉴라이트 비판》(돌베개) 작업을 하면서 민족주의를 과장하는 풍조보다 무시하는 풍조를 더 경계할 필요를 느끼게 되었다. 민족주의가 정의로운 것이냐 아니냐 하는 차원의 문제가 아니다. 민족주의는 우리 사회에 엄존하는 하나의 구성 요소이며, 가까운 장래에 사라질 존재도 아니다. 국가의 대외정책이나 남북정책만이 아니라 일반인의 생활태도에서도 이 엄연한 존재가 무시될 경우, 큰 혼란과 손해를 피할 수 없을 것이다.

정치학에서 고찰하는 민족주의는 유럽식 '근대 민족주의'다. 유럽은 원래 민족의식의 발달이 늦은 곳이었다. 근세 초까지 유럽인들에게 가장 일반적인 정체성의 기준은 '기독교인'이었다. 지역과 종족에 대한 소속감은 강력한 표준적 형태로 나타나지 않고 있었다. 국가 사이에 갈등이 일어나도 '같은 기독교인 사이에'라는 명분에 쉽게 억눌리곤 했다.

16세기 종교개혁의 진행되며 '기독교인' 사이의 투쟁이 일상화됨에 따라 민족의식이 자라나기 시작했다. 성서 번역으로 시작된 '국어 운동'은 그것의 대표적 표현이었다. 중상주의 시대와 산업혁명을 거치며 국가 간 경쟁이 격화됨에 따라 민족의식이 정치적 중요성을 키우면서 근대 민족주의가 모습을 나타냈다. 유럽에서 근대 민족주의의 확산은 산업화의 뒤를 따라 일어난 현상이었다.

서유럽에서 시작된 산업화와 민족주의가 19세기 후반 중부 유럽까지 확산되면서 산업화의 모순과 민족주의 모순이 함께 한계점에 도달했다. 식민지 쟁탈전은 두 모순이 결합해 나타난 결과였다. 그리고 제1차 세계대전과 러시아 공산혁명은 이 모순들을 제대로 수습하지 못한 데서 온 파탄이었다. 이 파탄을 제대로 수습하지 못한 결과가 또한 대공황과 제2차 세계대전으로 이어졌다.

20세기 초반의 세계적 비극과 파탄은 산업혁명이 가져온 산업화와 자본주의의 모순으로부터 비롯된 것이었다. 이 파국의 진행 과정에서 두드러진 역할을 맡은 것이 민족주의 모순이었다. 그래서 유럽 지식인들은 민족주의를 죄악시하게 되었고, 이후 유럽 정치계에서 민족주의는 극우 세력의 독점물이 되었다.

그러나 19세기에 유럽인의 침략을 받으면서 민족주의를 배운 세계 각지의 인민은 유럽인을 따라 민족주의를 버리지 않았다. 위 글에 보이는 인도인처럼 독립국이 된 새로운 상황에서 민족 정체성을 강화하는 노력을 계속한 것은 과거의 모든 식민지 지역에서 일반적으로 일어나 온 현상이다.

과거의 피침략 지역 중 동아시아 지역은 안정된 국가체제를 수

백 년 이상 누려왔다는 점에서 특이성을 가진 곳이었다. 중국의 경우는 1천 년 이상 다민족국가로 존재해 왔다는 점에서 그중에서도 특수한 경우고, 한국·일본·베트남 등은 '민족국가'라 할 수 있는 국가로 오랫동안 존재해 온 나라들이다.

그중 민족국가의 전통이 가장 오랜 한국의 경우, 적어도 고려 초기 이후로는 하나의 국가체제 아래 통합된 언어와 문자를 가지고 1천 년 가까이 민족으로 존재해 왔다. 그러면서도 근대 민족주의와 같은 민족주의를 빚어내지 않고 있었던 것은 중국 중심의 천하체제 속에 자리 잡고 있었기 때문이었다.

동아시아 천하체제는 19세기 중엽 유럽인이 도입한 만국공법 체제의 도전 앞에 무너졌다. 만국공법이 구성원들의 배타적 독립성을 바탕으로 원자론적 구조를 제창한 것과 달리 천하체제는 구성원 간의 위계적 상호관계를 강조하는 유기론적 구조였다. 근대 민족주의는 구성원 간의 경쟁관계를 앞세우는 만국공법 체제와 맞물려 나타난 것이었다. 개항기 이전 한국인의 민족의식을 넓은 의미의 민족주의 개념에 넣어서 본다면, 경쟁보다 협력의 측면을 강조하는 '화이부동' 원리에 따른 것으로 이해할 수 있다.

유럽에서는 동아시아 지역에 비해 민족국가의 전통이 얕은 만큼 역사적 현상으로서 민족주의가 가지는 의미도 좁다. 산업혁명의 진원지라는 이유 때문에 근대 민족주의를 빠른 시간 내에

고도로 발전시켰지만, 그 한계도 금세 닥쳐왔다. 반면 동아시아 지역에서는 민족주의가 더 강한 생명력을 가지고 있다. 유럽인에 의해 주어진 근대 민족주의의 모델을 벗어나더라도 다른 형태의 민족주의를 발전시킬 여지가 있다.

21세기는 세계화의 시대라고 한다. 국가의 의미와 역할이 축소되는 세계화의 시대에는 민족주의가 극복의 대상이라고 말하는 이들도 있다. 그러나 오랜 역사와 전통 속에 이뤄진 인민의 정체성과 소속감이 수십 년간의 세계화 과정을 통해 해소될 것이라고 상상하기는 힘들다. 19세기 유럽의 민족국가 시대가 근대 민족주의를 빚어낸 것처럼 21세기 세계화 시대가 다른 형태의 민족주의를 빚어낼 전망이 더 그럴싸하다.

민족주의를 '민족의식의 정치적 발현'이라 정의한다면 근대 민족주의는 19세기 유럽의 상황에 따라 아주 특이한 형태로 나타난 민족주의였다. 무엇보다 뚜렷한 특이성이 그 철저한 배타성이다. 19세기 유럽 민족국가들의 경쟁 대상은 같은 유럽의 민족국가들이었다. 그래서 타자를 소외시키는 편협성이 근대 민족주의의 기조가 된 것이다.

뉴라이트를 비롯한 신자유주의 추수 세력이 민족주의를 부정하는 것은 역사에 대한 통찰도, 인간에 대한 이해도 없이 정략적 목적을 위해 취하는 태도일 뿐이다. 이 사회의 21세기를 열어가는 작업에 민족주의에 대한 충분한 배려가 없다면 크나큰 혼란

과 손해를 피할 수 없다. 민족주의를 놓고도 '제3의 길'이 모색
될 필요가 있다. (2009. 8. 17)

민족의 분단과 민족의 분산

이남이 할머니, 반가워요. '훈' 할머니가 드디어 국적을 회복하며 이남이李南伊라는 이름도 되찾았다. 반세기 전 일제日帝에 끌려가 비참한 시절도 겪고 기나긴 간난艱難의 세월을 지낸 끝에 이제 고국의 품에 안긴 것이다. 지난 6월13일 《프놈펜 포스트》의 보도로 알려진 뒤 4개월간의 곡절을 끝맺는 해피엔딩이다.

　훈 할머니의 신원이 8월 말, 유전자 감식으로 확인되자 법무부는 할머니의 국적회복에 최대한 협조하겠다는 방침을 밝혔고, 할머니가 9월 10일에 국적을 신청하자 최대한 서둘러서 엊그제 처리를 끝낸 것이다. 만리절역萬里絕域에서 반세기 넘게 지내는 동안 가족은 물론 우리말까지도 잊어버린 할머니, 그래도 잊을 수 없는 아리랑 가락과 고향 마을의 풍경을 따라 고향과 가족, 그리고 이름을 찾은 할머니에게 국적을 찾아주려는 정부의 노력은 지당한 것이다.

50여 년 만에 고국을 찾은 남이 할머니를 보며, 얼마 전 죽은 한 일본인 병사가 생각난다. 요코이라는 이름의 이 병사는 제2차 세계 대전 종전 당시 괌에 주둔해 있다가 "현 위치를 사수하라"는 마지막 명령을 27년간 지키며 숨어 있다가 1972년에 발견됐다. 사수 명령을 내렸던 당시 중대장을 찾아 보내 겨우 항복 명령을 전하고 무장을 해제시킬 수 있었다.

요코이의 귀환은 물질적 풍요에 젖어 있던 당시 일본 사회에 충격을 던져 '요코이 신드롬'을 일으켰다. "천황 폐하께 부여받은 임무를 완수하지 못해 부끄럽다"는 그의 말은 그 2년 전 자위대 청사에서 할복한 미시마 유키오의 절규보다 더 큰 반향을 불러왔다. 그의 존재는 극우파의 상징이 되고 그가 숨어 있던 토굴은 괌 관광의 명소가 되었다.

요코이보다 갑절의 세월을 이역만리 한 마을에 파묻혀 살다가 돌아온 남이 할머니, 부모님의 산소를 끌어안고 우는 그 모습에서 우리가 느끼는 것은 요코이의 독기毒氣와 전혀 다른 숙연한 기운이다. 전쟁의 피해자로서 비참한 세월을 과거에 묻어둔 채 남에게 해 끼치는 일 없이 열심히 살아온 할머니의 얼굴은 바로 우리 민족의 근대사로 그려진 것 아니겠는가.

나라가 나라 노릇 못하는 바람에 온 민족이 올바른 국적을 가지지 못한 채 35년을 지냈고, 해방을 맞고도 조국의 광복에 동참하지 못한 동포가 수없이 많다. 근현대사의 비극 속에 찢어진 겨레의 마음을 아물리는, 정말 통일다운 통일을 바라보기 위해서는 남이 할머니를 부둥켜안은 우리의 마음을 모든 겨레에게 넓혀야 할 것이다. (1997. 10. 8)

지금부터 150년 전, 고종이 즉위할 무렵 조선 왕국 밖에 거주하는 한국인의 수가 얼마나 되었을까? 여기서 '한국인'이라 함은 한민족의 후예일 뿐 아니라 한국어와 한국 문화를 생활 속에 지키고 있던 사람들을 말하는 것이다. 임진왜란, 병자호란 무렵에 일본과 중국으로 끌려간 사람들의 후손으로서 현지에 동화된 사람들은 제외한다.

몇 백 명 수준이나 되었을까? 관헌의 눈을 피해 두만강과 압록강 건너편에 황무지를 개간하던 한 줌의 사람들 외에는 조선 왕국 밖에 한국인 사회가 자리 잡을 수 있는 길이 없었다. 당시 조선 인구 천여만의 0.01% 수준이었을 것이다. 유학, 무역, 외교 등의 목적으로 국외에 체류하는 사람의 숫자도 얼마 안 되었다. 당시의 서양인들에게 '은둔의 나라hermit nation'로 보인 것도 당연한 일이다.

지금은 어떤가? 한반도 밖의 다른 나라 국적을 가진 교민 수가 700만에 이른다. 한민족 인구의 10%에 달하는 숫자다. 그중에는 현지 사정이나 본인의 선택에 따라 한국어와 한국 문화를 벗어난 사람들도 있지만 압도적인 대다수는 한민족 후예로서 상당 수준의 민족 정체성을 지키고 있다.

민족의 '분단'을 얘기할 때 우리는 흔히 남북 간의 분단만을 의식한다. 하나여야 할 것이 둘로 쪼개져 있다고 생각하는 것이다. 그러나 인구의 10%에 달하는 교민 사회의 존재를 생각하면 이것은 너무 단순한 생각이다. 교민 사회에도 분단의 주체로 생각할 측면이 있다.

한민족의 교민 사회가 세계 여러 나라에 존재하는 것은 현상적으로 볼 때 '분산'이다. 그런데 그 사회들이 어떻게 만들어졌는지, 그 구성원들이 어떤 이유로 한반도를 떠나게 되었는지 따져 보면 그 분산 현상에서 폭력적인 분단의 측면을 살펴볼 수 있는 것이다.

한반도 안에서 살 만한 조건을 가지고 있으면서도 더 잘살 수 있는 길을 찾아 이민의 길을 택한 사람들이 있다. 이것은 분단의 의미가 없는 단순한 분산일 뿐이다. 그러나 이남이 할머니처럼 상황에 몰려 고향과 조국을 억지로 떠나 산 사람들이 있다. 이 사람들이 겪은 것은 분단이다.

미국의 교민 사회는 대개 자발적 이민을 통해 이뤄진 것으로 이해된다. 물론 이주자 개개인에게는 상황에 몰려 달갑지 않은 마음으로 이민의 길에 오른 측면도 어느 정도 있었을 것이다. 그러나 민족국가의 국권이 쇠미하거나 단절된 시기에 조국을 떠나야 했던 사람들에 비하면 본인의 자유의지가 전체적으로 훨씬 크게 작용한 것이 분명하다.

미국 외의 큰 교민 사회는 중국·일본·러시아에 존재하는데, 이들은 모두 해방 전 이주자들의 자손을 주축으로 하는 집단들이다. 따라서 형성 과정에 폭력적 분단의 경험을 많이 가진 사회들이다. 그중 민족 정체성을 가장 뚜렷이 보존하고 있으며 반도 내의 민족 사회와 꾸준한 접촉을 가지고 있는 것이 중국 조선족 사회다. 200만에 이르는 중국 조선족은 한민족의 분단 극복 노력에 동참할 큰 의미를 가진 존재다.

요하 유역을 동쪽으로 벗어난 만주의 대부분 지역은 근세까지 집약 농업의 발달이 늦어진 인구 희박 지대였다. 이 지역 출신의 만주족이 천하를 제패한(1644년) 후 황실의 발상지라 하여 조선인뿐 아니라 중국인의 이주까지 금하는 봉금封禁정책을 폄에 따라 이 지역의 개발은 더욱 늦어졌다.

조선 중기까지 한반도 농업 사회가 포화 상태에 이르면서 농토 부족으로 대다수 농민들이 곤경에 처했으나 청나라의 봉금정책 때문에 강을 건널 수 없었다. 이 사정이 1860년대부터 변하기 시작했다.

청나라가 제2차 중영전쟁(1856~60)에 패하면서 지방 통제력이 약해졌고, 연해주에 러시아 세력이 진출했다. 조선 북방민들의 월경이 1860년의 기근을 계기로 두드러지게 되기 시작했다가 1869~70년의 연이은 흉년으로 크게 확대되었다. 청나라 관헌은 러시아의 위협을 견제하기 위해 이 불법 월경을 전에 비해 묵인하는 자세를 취하다가 1880년대에 들어서는 조정 차원에서 실변實邊 정책을 채택, 이 지역으로의 이주를 권장하면서 조선인의 이주도 양성화하는 방향으로 나섰다.

조선인의 대거 이주가 진행됨에 따라 조선 문화를 그대로 옮겨 온 조선족 마을들이 생기고 조선족 인구가 압도적인 조선족 집거 지역이 만들어졌다. 압록강 중·상류 건너편과 두만강 건너편의 큰 집거 지역이 '서간도'와 '북간도'의 이름으로 불리게 되었다. '간도間島'라 함은 두만강과 압록강 속의 섬을 말하는 것인데, 월경이 금지된 시절 강 건너편에 소규모 개간을 행하던 사람들이 월경 사실을 감추기 위해 강중의 샛섬에 밭을 만들었다고 둘러댄 데서 이 이름이 유래한다는 것이 통설이다. 1910년 합방 당시까지 서간도에 약 5만, 북간도에 약 16만의 조선인이 정착했다는 집계가 있다. (김택 외, 《길림조선족》 10·16쪽, 1995)

을사조약과 합방을 겪으면서 이주 양상에 큰 변화가 생겼다. 그 이전의 이주는 영세민의 '생계형 월경'이 위주였는데, 국권 상실을 계기로 일제의 지배를 피하려는 '망명형 이민'이 늘어난 것이다. 이로써 간도의 조선인 이주민 사회는 양적 팽창만이 아니라 조선 사회의 입체적 구조를 그대로 옮겨놓는 질적 변화를 겨게 되고, 그 결과 일제강점기를 통해 독립군 활동 등 민족주의 운동의 중요한 근거지가 되었다. 1922년까지 만주 지역의 조선인 인구는 약 65만에 이르렀다고 한다.(앞의 책 17쪽)

1930년대에 일본이 만주 지역에 세력을 뻗치고 만주국을 세우면서 조선인의 만주 이주 양상에 또 한 차례 변화가 있었다. 일본 당국은 만주 개발을 위해 조선인의 이주를 권장, 많은 영세민들이 만주행 기차에 몸을 실었다. 그 결과 해방 때까지 만주의 조선족 인구는 200만에 육박하게 된다.

일본의 만주 진출은 남쪽 지방 영세민의 만주 이주를 확대시켰을 뿐 아니라 만주의 조선인 사회에 친일파의 계보를 만들어 주었다. 만주국에서 내세운 오족협화五族協和(만주족, 한족, 몽골족, 일본인, 조선인) 슬로건 뒤에서 조선인은 일본인 다음의 2등 국민 지위를 부여받았다. 만주국의 조선인 우대정책은 친일파 조선인의 새로운 활동 무대를 만들어 주었을 뿐 아니라, 영세민들까지도 일본의 힘에 기대어 현지 중국인들에게 대항하는 풍조를 불러일으켰다. 1931년의 만보산 사건은 이런 풍조의 한 단면을 보여준 것이다.

일본의 만주 경영과 중국 침략으로 인해 조선인은 중국인에게 두 얼굴을 가진 존재가 되었다. 일본 침략에 함께 맞서는 동지로서 독립운동 세력이 있었는가 하면, 일본의 주구 노릇을 하는 친일 세력이 있었다. 이주 조선인 사회에는 두 세력이 엇갈려 있던 것이다.

　해방을 맞아 많은 이주 조선인들이 진퇴에 어려움을 겪었다. 일본에게서 되찾은 조국 고향으로 돌아가고 싶은 마음과 함께 조선인에 대한 중국인의 일반적 반감도 중국을 떠나고 싶은 동기로 작용했다. 그러나 한편 해방 후 국내의 혼란스러운 상황, 그리고 지금까지 쌓아놓은 생활 근거를 버리고 돌아가 새로 근거를 쌓기 어려우리라는 전망이 귀국을 꺼리게 했다. 그 결과 200만 이주민 중 대략 절반이 귀국하고 절반이 중국에 남았다.

　조선 이주민들과 이해관계가 대립되는 현지 토호 세력을 포섭하려는 중국 국민당의 정책이 잔류 조선인들을 더욱 곤경에 몰아넣었다. 이 때문에 조선인 사회는 민족모순의 극복과 민생 안정을 제창하는 공산당을 지지하는 경향을 가지게 되었고, 실제로 공산당이 동북(만주) 지역에 거점을 만들어 국민당 세력을 남쪽으로 밀고 내려가는 과정에서 인민해방군에 대거 참여하는 등 중화인민공화국 수립에 가장 큰 공로를 세우는 소수민족이 되었다. 이를 통해 조선족은 '일본의 주구'란 오명을 벗어던지고 중국 인민의 확고한 일부가 되었다.

　중국(중화인민공화국)은 다민족국가 중에서도 뛰어나게 포용적인 민족정책을 펴온 나라다. 한 예로, 만주족은 소수민족 중 세 번째로 큰 1천 3백만 인구를 가지고 있지만, 언어와 문화가 한족에 동화되어 민족 정체성이 약하다. 소수민족 등록의 기준과 절

차에 따르면 이들은 한족으로 등록하는 것이 가능하다. 그런데
도 이들이 소수민족으로 등록하는 것은 소수민족에 대한 혜택이
탄압보다 크기 때문이다. 조선족 지식층 중에는 해방전쟁에서
조선인의 공로가 소수민족 우대정책을 이끌어내는 데 공헌했다
는 자부심을 가진 이들도 있다.

1949년 이후 조선족은 자치구 설정, 공항 건설(연길), 민족대
학 설립(연변대) 등 소수민족 정책에서 특별 우대까지는 아니라
도 충분한 존중을 받아왔다. 시국에 따라(예컨대 문혁 절정기) '박
해' 비슷한 상황도 없지 않았지만, 당시 중국의 일반적 상황에
비해 두드러진 것은 아니었다. 그 결과 지금의 조선족은 '중국
공민'이란 국가 정체성을 편안한 마음으로 받아들이고 있다.

김학철 선생과 함께 조선족의 정신적 지도자로 추앙받는 정판
룡 교수의 '며느리론'이 조선족 정체성의 표준으로 널리 인정받
아 왔다. 조선족에게 조선(한국)은 친정이고 중국은 시댁이란 것
이다. 일상적인 일과 생활은 중국인으로서 하되, 모국을 아끼는
마음을 지울 수 없다는 것이다.

1970년대까지 조선족 사회는 북한과 많이 교류했고, 1990년대
이후로는 남한과 관계를 늘려왔다. 이 관계와 교류의 표면에는
경제적 이익이 덮여 있지만, 그 밑에는 조선족의 민족심(민족의
식)이 깔려 있다. 한국이 중국과의 관계에 있어서 먼저 나섰던
일본보다 더 큰 성과를 이뤄온 데는 조선족의 역할이 작지 않다.

근년 조선족 사회에서는 '정체성의 위기'가 거론되고 있다. 자치구역에서는 조선어가 한어와 함께 공용어로 인정받고 있는데도 자진해서 한어 교육을 선택하는 추세가 단적인 문제로 지적된다. 개혁·개방에 따라 사회 유동성이 커지면서 활동 영역을 자치구역 밖으로 넓히기 위해서는 한족 사회와의 경계선을 뛰어넘어야겠다는 판단으로, 엘리트 계층에서 더 강하게 나타나는 추세다.

언어는 민족 정체성의 가장 큰 지표다. 민족어 포기는 민족 정체성 상실의 지름길이다. 그러나 이것은 억지로 가로막을 수 있는 일이 아니다. 한국어만이 공용어로 통하는 남한에서 한국어 자체가 어떻게 약화되어 왔는가? 또 얼마나 많은 한국인이 자발적 선택을 통해 미국 사회로 넘어가 왔는가? 민족 정체성의 약화는 세계화 시대의 어쩔 수 없는 추세다. 본국민과 중국 조선족, 그리고 어느 교민 사회에서나 피할 수 없는 현상이다.

피할 수 없는 현상이라면 그를 받아들이는 최선의 방법을 찾아야 할 일이다. 정체성 약화의 한 가지 결과는 민족 공동체의 입체화다. 민족 구성원의 99.99%가 하나의 정치체제 아래 일정한 생활방식에 따라 살아가고 있던 150년 전과 달리 지금은 한민족 구성원들이 여러 정치체제 아래 여러 형태, 여러 층위의 민족 정체성을 가지고 살아가고 있다.

21세기의 민족주의자는 이 사실을 있는 그대로 받아들이고,

어떤 의식을 가진 어느 위치의 구성원에게도 나름대로 공동체에 공헌하는 길을 열어주는 자세를 취해야 할 것이다. 과거를 표준으로 한 순혈주의 잣대로 나보다 민족의식이 약한 사람들을 모두 배신자, 변절자로 몰아붙이는 것은 공동체를 파괴하는 자세다. 잔에 물이 "절반밖에 없네!" 하며 불평하기보다 "절반이나 있네!" 하고 고마워해야 하는 시대에 우리는 와 있다.

150년 전에 비해 한민족 인구는 7배로 늘어나 있고 그 정체성은 크게 약화되어 있다. 정체성 약화의 원인으로는 '분단'과 '분산'이 함께 작용해 왔다. 두 요소를 구분해 볼 줄 아는 것이 해외교민 사회를 대하는 우리의 자세를 바로잡는 데 요긴한 일이다. 그리고 그것은 앞으로 북한 주민들을 대하는 태도를 정하는 데도 필요할 것이다.

분단은 극복의 대상이고 분산은 적응의 대상이다. (2009. 8. 27)

역사를 반성할 줄 아는 사회

주칼 교수의 '과오過誤'　1991년 1월, 체코슬로바키아 의회는 비밀경찰 기록을 조사해 비밀경찰에 협력한 일이 있는 의원들에게 자진사퇴를 권유하고 불응하는 사람들의 명단을 공개하기로 결정했다. 3월 22일에는 끝끝내 사퇴를 거부한 의원 10인의 명단을 발표했다.

명단 첫머리에 경제위원장 루돌프 주칼의 이름이 있었다. 1968년 프라하의 봄 이래 대표적 저항지식인으로 시민포럼의 공천을 받아 의회에 진출했던 주칼의 혐의는 프라하대 교수로 있던 1961년 오스트리아에 체류할 때 같이 어울리던 미국인 학생들에 관한 정보를 비밀경찰에 제공했다는 것이었다.

주칼은 사실을 인정하면서도 억울함을 호소했다. 협박 때문에 부득이하게 행한 일이며 가치 있는 정보를 제공하거나 대상 학생들에게 피해가 가지 않도록 최선의 주의를 기울였음을 밝혔다. 국내 정치와 관계없는 일이기 때문에 고백할 필요도 없는 일로 생각했다고 해명했다. 스스로 양심에 부끄러움이 없다는 말로 소명을 마쳤다.

그러나 동료 의원들도 선거구민들도 냉담했다. 사퇴가 유죄를 시인하는 것으로 여기고 버티던 주칼은 결국 다음 선거 출마를 포기했다. 프라하의 봄을 잊지 못해 온갖 유혹을 뿌리치고 전향을 거부해 교수직에서 쫓겨난 뒤 20년간 막노동으로 살아오면서도 경제정책을 비판하는 수많은 글로 체제의 변화를 촉구해 온 한 양심적 지식인이, 기다리던 새 체제 아래 매장당하고 만 것이다.

동구권 해체 후 드러난 비밀경찰의 행적을 보면 인간의 약점을 여지없이 파고든 온갖 추악한 공작이 다 있었다. 돈, 권력, 명예, 섹스 등 이용되지 않은 미끼가 없다. 고삐 풀린 인간성 파괴 속에서 주칼의 '과오'는 '인간의 조건'을 넘어선 것이 결코 아니었다. 그의 몰락을 많은 사람들이 안타까워했지만 그런 안타까움을 밟으며 동유럽의 민주화는 진행됐던 것이다.

고영복 씨 간첩 혐의 발표는 국민들을 어리둥절하게 한다. 이 사회에서 그만큼 능동적으로 활동해 온 인물이 도대체 무슨 동기로 36년간 두 얼굴을 지켜왔다는 말인가. 남한에서 고 씨의 위치가 황장엽 씨가 북한에서 가졌던 위치보다 더 안정된 것으로 보이기 때문에 그 동기에 대한 설명이 절실하게 필요하다. 고 씨가 체제의 갈등 속에 희생되더라도 그의 '과오'에 대한 인간적 이해가 있어야 우리가 추구하는 체제가 '인간의 얼굴'을 가질 것이다. (1997. 11. 22)

기 원전 11세기 중엽의 중국에서 상나라를 물리친 주나라 왕은 무왕이었다. 무왕이 몇 해 후 갑자기 죽었을 때 아들 성왕은 아직 어린 나이였다. 무왕의 동생 주공이 섭정을 맡아 천자 노릇을 대신하다가 성왕이 성년이 된 후 물러났다. 주공이 실질적인 천자 노릇을 잘하면서도 신하의 본분을 잘 지킨 것을 공자가 높이 찬양하여 유교의 전범이 되었다.

주공이 섭정을 맡고 있을 때 가장 어려웠던 일은 그 형제인 관숙과 채숙이 상나라 잔여 세력과 함께 일으킨 반란이었다. 이 반란을 진압한 후 주공은 형 관숙을 처형하고 동생 채숙을 추방했다. 형제들에게 가혹한 처분을 내린 이 일이 가족에 대한 의무와 사회에 대한 의무 사이의 갈등을 보여준 것이기 때문에 유교 도덕론의 중요한 사례가 되었다.

맹자가 기원전 319년부터 몇 년 동안 제나라 선왕에게 의탁하고 지낸 일이 있었다. 당시 선왕의 큰 과제는 북쪽의 연나라 정벌이었는데, 정벌의 명분을 맹자 같은 도덕군자에게 승인받고 싶은 것이 그를 우대한 동기였던 모양이다. 맹자는 이 명분을 승인해 줬다. 그런데 정벌군이 살인·약탈 등 명분을 무색하게 하는 행태를 보여 맹자가 승인을 철회하지 않을 수 없는 지경에 이르렀다.

선왕이 난처한 입장이 되었을 때 진가라는 신하가 총대를 메고 나섰다. 주공 같은 성인도 형제들에게 상나라를 맡겼다가 일이 잘못되어 참혹한 형벌을 내리기에 이르렀으니, 그리 될 줄 알면서 맡겼다면 어질지 못한 것이고, 모르고 맡겼다면 지혜롭지 못한 것이 아닌가. 성인도 이처럼 완벽할 수 없는 것인데 왕께서 하신 일에 약간의 허물이 있다고 맹자가 심하게 따질 수 있는 것인지, 그 입을 틀어막아 놓겠다는 것이었다.

진가가 맹자를 만나 마음먹은 대로 따졌다.

"주공이 반란 일으킬 것을 알고 맡기셨는가?"

"모르고 맡기셨다."

"그러면 성인에게도 허물이 있는 것 아닌가?"

이에 대한 맹자의 대답이 주공을 옹호하는 명 논설로 전해진다.

"주공은 동생이고 관숙은 형이었으니 주공의 허물이라 하더라도 그 또한 마땅한 것이 아닌가. 더욱이 옛날 군자는 허물이 있으면 그것을 고쳤는데, 지금의 군자는 허물이 있을 때 그것에 매달린다. 옛날 군자의 허물은 일식과 월식 같아서 사람들이 모두 바라보고, 고침에 이르러서는 모두 우러러보았는데, 지금 군자는 어찌 허물에 매달리기만 하는가. 게다가 그에 맞춰 변명만 늘어놓는구나."

어젯밤《친일인명사전》을 다룬〈100분토론〉을 보며 생각난 대목이다. 허동현과 주익종, 이 사전의 문제점을 지적하는 쪽 얘기의 주된 내용인즉 당시의 상황을 감안하여 포폄을 행해야 한다, 민족국가를 이루고 있는 지금의 잣대로 식민지 시대의 행위를 재단하는 것은 적절치 않다고 하는 것 같다.

이것이 바로 '허물에 매달려 변명만 늘어놓는 꼴' 아니겠는가. 어느 누구도 상황에 대한 완벽한 판단은 할 수 없다. 그러나 그것이 모든 허물에 대한 면죄부가 될 수는 없다. 한국이 일본 지배에서 독립한 것이 우연한 일이겠는가? 식민 지배는 부자연스럽고 폭력적인 상황이었다. 일본의 힘이 아무리 압도적인 것으로 보일 때라도 그 문제점은 감춰질 수 없는 것이었다. 그렇기 때문에 고생을 무릅쓰고 독립운동에 나선 이들이 있었던 것이다.

'민족을 위한 친일' 이란 말까지 나온다. 일신의 영달을 위한 친일보다는 나은 것 같지만, 사람의 마음속을 어떻게 꿰뚫어 보고 그 본심이 착한 것이었다고 판단한단 말인가? 그리고 본심이 착한 것이라고 해서 있는 허물이 없어지는가? 민족의 독립이 역사의 자연스러운 흐름이라 한다면 그 흐름을 가로막은 허물은 본심의 선악에 관계없이 엄연한 것이다.

양쪽 패널의 관점 차이는 '친일' 의 의미에서 극명하게 갈라졌다. 새 사전의 가치를 옹호하러 나선 박한용과 주진우는 '친일' 이라는 '팩트' 를 밝히는 것이 사전의 목적이라고 하는 반면 허동현과 주익종은 '친일' 을 '죄악' 으로 보는 전제를 바닥에 깔고 있었다.

10년 전과 논의 양상이 뒤집힌 것이다. 10년 전의 친일 논의에서 민족주의자들은 '친일'을 무조건 '반민족'으로 몰아붙이는 경향이 있었고, 반대자들은 친일 행위라 해서 합리적 행동까지 싸잡아 범죄시하는 것이 부당하다는 반론을 펴곤 했었다. 그런데 지금 친일을 규명하자는 쪽에서는 가치판단 없이 사실만을 밝힌다고 하는 반면 그 반대자들은 친일 사실을 밝히는 것만으로 유죄 판단을 하는 것처럼 펄펄 뛰고 있는 것이다.

어떻게 이런 변화가 일어난 것일까? 여기에 바로 《친일인명사전》의 가치가 있다. 최소한의 사실 규명도 되어 있지 못한 상황에서 친일을 비판하고자 하는 사람들은 합리적 기준에 관계없이 목청을 높이지 않을 수 없었다. 그런데 이제 사전 편찬 작업을 통해 어느 정도 사실이 규명된 상황에서는 보다 냉정한 시각과 자세를 취할 수 있게 된 것이다.

반면 친일을 옹호하려는 입장에서는 변명할 길이 좁게 되었다. 그래서 사전 수록이 적절한지 의문을 제기할 여지가 있는 몇몇 사례를 지적하고 나오는데, 적절치 못한 수록일 경우 문제가 심각한 것처럼 과장하기 위해 수록 자체가 마치 '단죄'인 것처럼 엄살을 떨게 되는 것이다.

《춘추》의 기재는 매우 간략하고 포폄의 표현이 전혀 붙어 있지 않다. '팩트'만을 적어놓은 것일 뿐인데, 생각 있는 사람은 그 팩

트만을 보고도 잘잘못을 판단할 수 있기 때문에 포폄이 저절로 된 것이다. 그래서 "공자가 《춘추》를 정리하매 난신적자가 떨었다"는 말이 나온 것이다. 역사 서술의 의미가 여기에 있는 것이고, 《친일인명사전》은 그 의미를 잘 살린 작업이다.

'친일'이 과연 죄악일까? 친일 문제를 깊이 연구해 온 박한용이 친일 행위를 '매국형', '직업형', '전범형'으로 분류하는 작업을 한다는 얘기를 들은 일이 있다. '매국형'과 '전범형'은 분명히 범죄 차원에서 생각할 대상인데 극소수에 해당되는 것이고, '직업형'의 경우는 사정이 복잡하다. 허물이라 하더라도 '죄악'이라기보다 '어리석음'으로 생각할 측면이 많다.

진가가 맹자에게 따진 주공의 허물도 나쁜 결과를 예상하지 못한 '어리석음'의 문제다. 주공은 그 허물을 반성하고 고침으로써 후세 사람들의 귀감이 되었다. 도덕에서 반성이라는 것이 얼마나 중요한 것인지 보여주는 사례다.

일신의 영달을 위해 친일을 했다 하더라도, 그것이 역사의 흐름에 어긋나는 짓이었음을 깨달았을 때 반성을 제대로 한다면 일시적인 고통을 통해 허물을 고치고 새 출발을 할 수 있다. 그 일시적인 고통을 어떻게 하면 피할 수 있을지, 친일을 통해 확보해 놓은 기득권을 지킬 수 있을지 눈치만 보며 허물에 매달려서는 새 시대를 당당한 자세로 맞을 수 없는 것이다. 해방 후 미 군정과 이승만 정권의 큰 죄악은 많은 사람들로 하여금 반성 대신 눈치로 빠져나갈 여건을 만들어 준 것이다.

역사는 계속되고 있다. 지금 대한민국 사회 일각의 '친미' 경향은 일제강점기의 '친일' 못지않은 수준의 문제를 보여주고 있다. '반미'를 해야 한다는 말이 아니다. 중요한 우방으로서 미국을 존중하되, 미국의 이익을 위해 한국 사회를 등짐으로써 역사의 죄인이 될 위험을 피하도록 조심할 필요가 있다는 말이다.

이 조심할 필요를 많은 사람들이 충분히 인식하지 못하고 있는데는 친일의 의미를 제대로 밝히지 못해 온 사정이 작용해 왔다. 역사의 경험을 이 사회가 제대로 소화시키지 못해서 사회 차원의 반성이 안 되고 있었던 것이다.

역사는 드러내 보이기만 하면 스스로 말한다. 〈100분토론〉에서 박한용과 주진우가 목청 한 번 높이지 않고 담담히 임하는 태도와 비교해 허동현과 주익종이 말 자르기에 바쁘고 눈길이 갈팡질팡하는 것을 보며 정직한 역사 서술이 '난신적자를 떨게 하는' 힘을 느낀다. (2009. 11. 13)

현명한 신하와 어리석은 주군

계평자는 마침내 임금 소공을 못 견디게 하는 짓을 저질렀다. 소공의 돌아
가신 아버지 양공을 모시는 행사가 있는 날 계평자가 자기 조상들을 위한
비슷한 행사를 벌였다. 그가 임금보다 권세가 더 컸기 때문에 사람들이 만
萬 춤(예식 때 추던 춤)을 추러 계손씨 저택에 밀려들었는데, 궁중의 행사에
는 단 두 명이 춤을 췄다. 그래서 계평자의 숙부가 꾸민 계평자 타도 계획
이 소공에게 전해지자 소공은 그에 끌리는 마음이 들었다.

소공은 계손씨 가문 내의 균열을 이용해 임금의 권위를 다시 세울 수 있
으리라는 희망을 품었다. 후씨 가문과 장씨 가문도 지지하고 나섰다. 그러
나 소공의 측근 신하 자가자는 다른 의견이었다. 계평자 타도 계획에 나서
는 사람들이 모두 계평자에게 개인적 원한을 가진 사람들이기 때문에 크게
믿을 수 없다고 소공에게 주의를 주었다.

"마음이 좁은 그 사람들은 임금께서 운이 좋으시기를 바랄 뿐입니다. 만
약 일이 잘 풀리지 않으면 부담은 임금 한 분에게 돌아옵니다. 백성을 버린
지 여러 세대가 지난 이제 되돌리고자 하시는데, 일이 꼭 잘될지 장담할 길
이 없습니다."

소공은 자가자의 주의에 귀를 기울이지 않았다. 친위대를 이끌고 계손씨

저택으로 쳐들어가 대문을 지키던 계평자의 동생을 죽였다. 계평자는 대 위에 올라가 임금에게 자신을 그 자리에서 죽이지 말아달라고 간청을 올렸다.

처음에는 자신을 처형하기 전에 정식 재판을 열어달라 하고, 자신은 기수 강가에서 반성하며 재판 결과를 기다리겠노라고 했다. 소공이 이것을 받아들이지 않자 자신을 빈 성곽에 가둬달라고 했다. 이것도 받아들이지 않자 수레 다섯을 붙여 추방해 달라고 했다. 이것마저 소공이 받아들이지 않자 자가자가 다급하게 "받아들이세요!" 하고 이어 말했다.

"그가 정치를 맡은 지 오래되었습니다. 가난한 사람들이 그에게 생계를 의지했기 때문에 따르는 사람이 많습니다. 해가 들어간 뒤에 은밀히 이뤄지는 일들은 알 수 없는 것입니다. 많은 사람들의 분노가 쌓이게 하면 안 됩니다. 쌓이는 분노를 처리하지 못하면 분노가 진해집니다. 분노가 쌓이고 진해지면 불온한 마음을 일으키게 됩니다. 불온한 마음이 일어나면 같은 생각을 가진 자들이 합치게 됩니다. 임금께서 필히 후회하실 일입니다."

자가자는 현명한 신하로서 주군에게 상황을 잘 고려하도록 간청하고 있었던 것이다. "해가 들어간 뒤 은밀히 이뤄지는 일들"을 감안해서 유리한 상황에 있을 때 타협을 꾀하도록 간청한 것이다. 이번에도 소공은 자가자의 말을 듣지 않았다.

그동안 숙손씨 사람들이 관망하고 있다가 의논을 시작했다. 결론은 계평자가 아무리 밉더라도 계손씨가 존재하는 것이 존재하지 않는 것보다 숙손씨를 위해 낫다는 것이었다. '계손씨가 없으면 숙손씨도 없다'는 것이었다. 그래서 계손씨 저택에서 임금의 친위대를 몰아낼 지원 병력을 투입했다. 맹손씨도 여기에 합류했다. 소공은 복수와 복권의 꿈을 품에 안은 채 외톨이가 되었다.

친위대가 격파당하고 절망적인 상황에 빠졌을 때 자가자가 마지막 건의를 올렸다.

"여러 신하들이 거짓으로 임금을 겁박해 저지른 일이니 그들에게 죄를 주어 쫓아내십시오. 임금께서는 움직이지 마십시오. (계평자도) 그대로 임금을 모실 것이며, 행동을 감히 고치지 않을 수 없을 것입니다."

그러나 소공은 그 치욕을 차마 견딜 수 없어서 국경을 넘어 제나라로 향했다. 이렇게 해서 노나라 제후는 개인적 이유 때문에 조상들의 영혼과 후손의 안위를 돌아보지 않고 자기 나라를 버렸다.

자가자는 소공을 따라 제나라로 가서 보호자 노릇을 계속했다. 그가 보호한 것은 소공 한 사람만이 아니라 얼마간이라도 남아 있는 노나라의 주권과 자부심이기도 했다. 제나라 제후가 소공에게 1천 개의 마을이 있는 땅을 주겠다고 했을 때 자가자가 이것을 받지 말라고 하며 이렇게 말했다.

"하늘은 은혜를 두 번 내리지 않습니다. 하늘이 임금께 너그러우시다면 주공께 내려주신 것을 넘지 않을 것입니다. 노나라로 충분합니다. 노나라를 잃고 1천 개 마을을 가진 신하 노릇을 한다면 누가 임금을 임금으로 받들겠습니까?"

한편 소공의 다른 지지자들 가운데 '목적을 분명히 하고 죄 있는 자와

죄 없는 자를 가리기 위해' 서약을 맺자는 제안이 나왔다. 서약 중에는 "지금 노나라 정치를 맡고 있는 자들과 어떤 관계도 맺지 않는다"는 내용도 있었다. 그들이 자가자에게도 참여를 요구했을 때 자가자는 거절하며 이렇게 말했다.

"나는 똑똑하지 못한 사람이라 여러분과 생각이 다릅니다. 나는 우리 모두가 (최근 사태에 대해) 죄가 있다고 생각합니다. 그뿐 아니라 임금님이 처해 있는 곤경에서 어서 벗어나시도록 하기 위해 국내에서 정치를 맡고 있는 이들과 얘기를 나눌 필요도 있습니다."

노나라 정부 안에서도 숙손소자가 자가자와 같은 생각을 하고 있었다. 사사로운 은혜에 얽매여 공공의 이익을 외면하는 대신 당당하고 정확한 행동을 했다고 공자가 칭찬한 일이 있는 인물이다. 계평자에게 반성의 기색이 있는 것을 본 소자는 임금을 도로 모셔오고 잘못된 일들을 바로잡으라고 권했다. 그리고 계평자 대신 자기가 제나라에 가서 소공의 귀환 조건을 협의하겠다고 자청했다.

계평자는 처음에는 이 제안을 받아들였지만 소자가 협의를 끝내고 돌아오기 전에 마음을 바꿨다. 그해 겨울 10월 초4일에 소자는 침실에 들어가 곡기를 끊고 조상들에게 죽음을 허락해 달라고 기도하다가 11일에 죽었다.

노나라 제후는 끝내 귀국하지 못했다. 자가자 역시 노나라로 돌아오지 않았다. 소공이 죽은 후 대신들이 소공의 아들을 임금으로 세우고 자가자에게 국정을 함께 맡자고 청했지만 응하지 않았다. 그는 자취를 감췄고, 노나라 역사에 다시 나타나지 않았다.

자가자나 숙손소자 같은 신하들은 헛고생을 한 것처럼 보이기도 한다. 그들이 모신 주군은 존경심도 신뢰감도 불러일으키지 않는 위인이었다. 그러나 그런 사람들이 있었기 때문에 다른 사람들도 얼마간의 자기 개혁을 시도하는 일이 종종 있었다.

- 《공자 평전》 중에서

어렸을 때부터 주입받은 상식의 하나가 민주공화제는 문명적이고 좋은 제도이며 전제군주제는 미개하고 나쁜 제도라는 것이다. 그런데 세상 물정을 알게 되면서 그렇게 단순히 생각할 일이 아니라는 생각을 하게 된다. 현대적 상황에 민주공화제가 더 적합한 면이 많다는 기술적 차이 정도지, 근본적인 가치의 차이는 없는 것이라고 생각하게 된 것이다.

내가 그런 생각을 하게 된 계기는 어느 제도에서나 주권자가 완벽한 존재일 수 없다는 사실을 인식한 것이다. 군주제의 임금 중에도 폭군에서 성군까지 여러 층이 있었는데, 아무리 성군이라 하더라도 모든 문제를 완벽하게 해결할 수는 없었을 것이다. 마찬가지로 민주공화국의 국민이 어떤 의식을 가지느냐에 따라 훌륭한 정치를 이루는 수준 차이가 있지만, 완벽한 주권의식이란 것은 개념부터 성립될 것 같지 않다.

기술적 차이의 가장 큰 것이 '완벽한 정치' 관념의 존재 여부 아닐까 싶다. 전제군주제에서는 성군에 의한 '태평성대'의 꿈이 있었지만 민주공화제에는 그런 절대적 완벽성의 꿈이 없다. 중세 이전에 비해 대중의 사회 참여 수준이 높은 근현대 상황에 민주공화제가 적합한 까닭이 여기에 있다. 대중의 의식이 옛날처럼 쉽게 조작되지 않기 때문에 현실이 불완전한 책임을 대중 자신에게 맡기게 된 것이다.

그런데 대한민국 국민의 의식 속에는 '완벽한 정치'의 꿈이 아직도 많이 남아 있고, 그래서 상당히 쉽게 조작될 수 있는 것 같다. 참여정부 기간 동안 국민소득, 국내총생산, 수출액, 경상수지, 종합주가지수 등 중요한 경제지표에서 훌륭한 실적을 올렸는데도 '경제를 망쳤다'는 오명을 뒤집어쓴 것을 참여정부 관계자들은 억울해한다. 완벽성을 바라기 때문에 무엇에도 만족하지 못하는 국민의식이 이 오해의 밑바닥에 깔려 있었다.

만족할 줄 모르는 국민의식은 노무현 전 대통령의 '비리' 압박에도 이용되었다. 과거의 비도덕적 관행을 그만큼 척결한다는 것이 쉽지 않은 일인데, 독재 시대 어느 실력자의 '떡고물'과도 비교가 안 되는 액수, 그나마 해먹으려고 달려든 것이 아니라 관행 척결이 조금 미흡했던 일을 가지고 온 사회를 선동했다. 선동자들의 동기와 행태보다도 그런 선동이 먹혀드는 국민의식이 더 큰 문제다.

'제왕적 대통령'은 흔히 무소불위의 권력을 가리키는 말인데, 우리 국민의식은 겉으로 이것을 배척하면서도 속으로는 이것을 바라는 측면이 있다. 지도자에게 완벽한 도덕성을 요구하는 것은 무소불위의 권력을 맡기고 싶기 때문이다. 노 전 대통령은 무소불위의 권력을 해소시키는 데 큰 힘을 쏟았는데도 제왕적 대통령의 프레임을 벗어날 수 없었다.

과거의 '제왕'들은 과연 '제왕적'이었을까? 동아시아 전제군주제의 이념적 기반을 마련한 공자는 지금의 대한민국 국민들처럼 지도자에게 완벽성을 요구하지 않았다.

공자가 최고의 성인으로 떠받든 인물은 주공이었다. 주공은 왕이 아니면서 왕의 역할을 수행했고, 거기에 흠이 없었다는 것이 공자의 숭앙을 받은 이유였다. 왕이 너무 어려 왕 노릇을 제대로 할 수 없을 때 신하 신분인 주공이 섭정을 맡았던 기간이 공자가 보기에 역사상 가장 훌륭한 정치였던 것이다.

훌륭한 정치가 무엇인가 누가 물었을 때 공자는 "왕이 왕 노릇 하고 신하가 신하 노릇 하고 아비가 아비 노릇 하고 자식이 자식 노릇 하는 것"이라고 대답했다. 왕 혼자 잘해서 좋은 정치 되는 것이 아니고 신하도 잘해야 된다는 것이었다.

역사를 깊이 공부한 공자가 왕에게 모든 것을 맡길 수 없다는 사실을 깨우치지 못했을 리 없다. 요순 같은 성인들이 왕 노릇 잘해서 태평성대를 이룩했다는 기존의 전승을 그가 정면으로 내치지는 않았지만, 주공을 더 알뜰히 받듦으로써 그 비중을 떨어뜨린 셈이다. 그는 훌륭한 정치를 위해 왕보다도 신하의 역할을 더 중시했다.

공자의 가르침이 오랜 세월에 걸쳐 발휘한 큰 힘은 그 현실주의에서 나온 것이라고 나는 생각한다. 요순의 이상을 부정하지 않았지만, 현실과의 갈등 속에서 분투노력한 주공에 초점을 맞춤으로써 이상을 부각시키되 현실을 받아들이는 자세를 세운 것이다. 그리고 그 연장선 위에서 주공의 시대보다 더 타락한, 그래서 갈등이 더 클 수밖에 없는 자기 시대의 현실을 끌어안았다. 그 후 여러 시대의 고매한 사상을 가진 사람들은 공자가 자기 현실을 받아들인 자세를 보며 각자의 현실을 받아들이는 힘을 얻었기 때문에 공자의 가르침이 널리 통할 수 있었던 것이다.

요순 같은 성군의 덕만으로 세상이 편안할 수 없다는 사실을 공자는 현실로 받아들였다. 주공처럼 신하도 신하 노릇 잘해야 좋은 정치가 된다는 데까지 물러섰지만, 공자 자신의 시대는 주공 시대의 여건도 되지 못했다. 그래서 신하들이 주공의 자세를 본받으려 애쓰는 것이 주어진 현실 속에서 최선의 길이라고 제시한 것이다.

노나라 소공이 망명길에 오른 것이 기원전 517년, 공자가 35세 때 일이었으니 자가자는 공자보다 한 세대 위의 사람이었다. 마지막에 가서 제나라의 봉읍을 사양한 것 외에 소공은 자가자의 건의를 모두 묵살했다. 어리석은 임금이었다. 그러나 소공을 올바른 길로 이끌려는 자가자의 노력이 헛고생만은 아니었으리라고 저자가 보는 것은 공자의 관점을 따르려는 것이다. 당장 드러나지 않더라도 좋은 노력은 좋은 결과를 가져온다는 믿음이다.

공자는 신하의 역할을 중시했는데, 오늘날 그 역할을 맡고 있는 것이 정치인을 포함한 사회 지도층이다. 올바른 길을 찾아 임금에게 권하라는 공자의 '신하 노릇' 대신 주권자를 더욱 우매한 길로 몰아넣으면서 사사로운 이익만 취하려는 간신배들이 판치는 세상이다. 공자의 가르침이 옳으니까 무조건 따르라는 게 아니다. 내가 속한 사회가 아주 망가지는 꼴을 보지 않기 위해 각자의 입장에서 각자의 역할을 더 넓게 생각할 필요가 있다는 말이다.

논어의 이런 구절도 생각난다.

군자를 모시는 것은 쉬운 일이지만 기쁘게 하기는 어려운 일이다. 그를 기쁘게 하기 위해 정도에서 벗어난 짓을 하면 그는 기뻐하지 않는다. 그러나 그는 사람을 쓸 때 사람들의 능력 범위

안에서만 그들을 쓴다. 반면 소인을 모시는 것은 힘든 일이지만 기쁘게 하기는 쉽다. 그를 기쁘게 하기 위해 어긋난 일을 하더라도 그는 기뻐한다. 그러나 그는 사람을 쓸 때 모든 면에서의 완벽을 요구한다.

子曰 君子 易事而難說也 說之不以道 不說也 及其使人也 器之 小人 難事而易說也 說之雖不以道 說也 及其使人也 求備焉_《논어》 권13

우리 국민은 비위를 맞춰주기만 하면 신하들이 어긋난 일을 하더라도 기뻐하고, 신하들의 능력 범위를 생각지 않고 모든 면에서의 완벽을 요구하는 소인이 아닐까? 그렇다면 충신이 모시기 힘들고 간신이 속여먹기 좋은 주권자일 것이다. (2009. 12. 16)

훌륭한 스승의 못난 제자

공자와 재아宰我

《논어》에 실린 재아에 관한 기록은 분량은 많지 않아도 그의 사람됨을 선명하게 보여준다. 재아는 잠이 많고 말대답이 많은 사람이었다. 혼자 문제를 붙잡고 궁리하기를 좋아하는, 명석하고 눈치 빠른 사람이었다. 공자는 재아를 놓고 짜증도 내고 걱정도 했다. 나쁜 습관들이 있는 데다가 말을 함부로 하는 재아에게 야단도 치고 조바심도 치는 것이 마치 아버지가 아들에게 하는 것 같았다. 어느 날 재아가 훤한 대낮에 낮잠 자고 있는 것을 안 공자가 분통을 터뜨렸다.

"썩은 나무에는 조각을 할 수 없고, 더러운 흙으로 쌓은 담에는 회칠을 할 수 없다. 너 같은 놈을 야단쳐서 무슨 소용이 있겠느냐!"

재아는 너무 똑똑한 게 탈이지만 말이 앞서거나 얕은꾀를 부리는 사람은 아니었다. 지성은 넘쳐나는데 판단력이 아쉬운 사람이랄까? 토론에 능하지만 결국은 상대방을 화나게 하고 듣는 사람들을 피곤하게 만든다. 사람들을 이해하고 배려하는 마음이 없어서였을 것이다. 상례에 관한 공자와의 대화에서 그런 면을 알아볼 수 있다.

재아의 주장은 3년상이 너무 길다는 것이었고, 그 이유는 그동안 다른 일을 할 수 없다는 것이었다.

"군자가 3년간 예를 행하지 않는다면 예가 필히 흩어질 것이고, 3년간 음악을 돌보지 않는다면 음악이 필히 무너질 것입니다."

자연이 1년에 한 바퀴씩 도는 데 맞춰 복상하는 사람도 1년이 지나면 일과 놀이, 그리고 다른 예를 행하는 일로 돌아와야 한다고 그는 주장했다.

공자가 물었다.

"상중에 쌀밥을 먹고 비단옷을 입으면서 네 마음이 편안하겠는가?"

"네, 편안합니다."

"그렇다면 말리지 않으마. 상중인 군자는 좋은 음식을 먹어도 맛을 모르고 음악을 들어도 즐거운 줄 모르며 자기 집에 있어도 편안함을 모른다. 그래서 쌀밥을 먹지 않고 비단옷을 입지 않는 것이다. 그런데 너는 아무렇지 않다면 마음대로 하려무나."

《논어》에 따르면 이 시점에서 재아가 방을 나갔고, 공자가 다른 제자들을 향해 이렇게 말했다고 한다.

"어질지 못하구나, 재아는. 아이가 세 살이 지나야 부모 품을 나오는 것이니 3년의 상기는 천하 사람들이 함께 지키는 것이다. 그런데 재아는 부모에게 3년간의 사랑을 받지 않은 사람이란 말인가?"

《논어》에는 대화가 있은 뒤에 어떤 일이 일어나는지 기록하는 일이 별로 없다. 위의 예처럼 대화의 주된 상대자가 없는 상태에서 공자가 한 말을 전해주는 일은 더더욱 드물다. 이런 상황이 재아가 자리에 있을 때부터 존재하던 긴장감을 더욱 높여준다.

이 대화가 이런 형태로 전해진 까닭을 이해하는 것은 불가능한 일이다. 그러나 그렇게 전해진 이상, 공자와 재아 사이의 관계가 긴장된 것이었음을 이를 통해 알아볼 수 있다. 재아가 냉혹한 성격의 인물로서 스승을 쉽게 화나게 하거나 짜증나게 할 수 있었다는 사실을.

재아는 스승의 심기를 불편하게 하는 재주가 있었지만, 또한 스승을 앞으로든 어느 방향으로든 더 나아가도록 떠밀어 주는 능력도 가지고 있었다. 이런 측면을 잘 보여주는 사례가 《논어》에 하나 보인다.

재아가 물었다.

"우물에 빠진 사람이 있다는 것을 어진 사람이 알았을 때 (자기 안전을 고려하지 않고) 따라 들어갈 것입니까?"

스승이 대답했다.

"어찌 그리 하겠는가? 군자가 가 볼 수는 있지만 빠질 수는 없느니라. 군자를 속일 수는 있지만 넋을 빼앗을 수는 없느니라."

재아가 이런 질문을 짜낸 것은 자기 식의 함정을 만들어 스승을 시험한 것이라 볼 수도 있다. 착한 마음과 고상한 성품을 가진 '어진 사람'은 공자의 가르침이 이끄는 도덕적 성취의 궁극적 목표다. 그것을 너무나 잘 아는 재아는 우물 속에서 고통을 겪는 사람이 있다는 사실을 그런 이상적 인간이 알았을 때 어떻게 행동할 것이냐고 스승에게 물은 것이다.

'어진 사람'은 바보가 아니다. 우물 속의 사람이 쓸쓸할 것을 걱정해서 위험과 고통을 함께하려고 따라 내려가지 않는다. 그 성품의 특성은 '가까운 것에서 비유를 얻는' 능력을 꾸준히 지키는 데서 나오는 것이다. 그래서 다른 사람의 걱정과 두려움, 괴로움과 즐거움을 보고 들을 때 자기 자신의 그런 감정으로부터 유추해 느낄 수 있는 것이다.

그런 특성은 많은 사람들이 가진 것이다. 그런데 대부분 사람들에게서는 이 특성이 두서없이 충동적으로 나타난다. 이 사실 또한 재아가 스승으로부터 배웠을 것이니, '어진 사람'은 어떻게 하면 우물 속의 사람을 구해낼 수 있을지 미리 생각하지 않고 곧바로 우물 안으로 쫓아 들어갈 것이라고 본 재아의 가정이 합당한 것처럼 보일 수 있다. '어진 사람'이 착한 행동을 하는 데는 생각이 필요 없다는 것이다.

재아가 스승의 가르침을 비웃고 있었던 것은 아니라고 믿는다. 착한 마음 때문에 속임을 당하기 쉬운 '어진 사람'의 안전을 걱정해 준 것일 수 있다. 그렇지 않으면 공자가 제시한 표준이 너무 높다고 생각한 것일 수 있다. 그 표준에 맞는 '어진 사람'이라면 실제 현실 속에서 실제 사람들과 어울려 사는 것이 불가능할 정도로.

공자는 대답에서 '어진 사람' 얘기를 하지 않았다. 그 대신 '군자', 올바르고 절도 있는 사람 이야기를 했다. 군자라면 위험과 고통에 빠진 사람이 있음을 알았을 때 '가 보기'는 할 것이다. 그러나 같은 위험과 고통에 쫓아 들어가지는 않을 것이다.

어느 사람이나 속임을 당할 수 있는 것처럼 군자 역시도 속임을 당할 수 있다. 아니, 보통사람들보다 더 쉽게 당할 수 있다. 인간의 감정에 예민하고 의심을 적게 하는 사람이기 때문이다. 그러나 군자는 '넋을 잃지' 는 않는다.

— 《공자 평전》 중에서

엊그제 서울 나간 길에 김 선생님 서재에 들렀다. 여러 달 만에 미리 연락도 없이 갔는데도 기다렸다는 듯이 반겨주시고 막 출간한 책부터 꺼내 주신다. "내 연구에 영문 요약 달아주는 일이 이제 끝났군" 하는 말씀과 함께.

1986년도에 시작해서 23년 걸린 일이다. 새로 내는 책이 있거나 전에 내신 책을 고쳐서 낼 때마다 영문 요약을 만들어 드렸다. 이 작업이 내게는 대단히 실속 있는 공부였다.

처음에는 요약에 담을 내용을 정리해 주시고, 그것을 내가 알아서 영문으로 바꿔 올 것을 기대하셨다. 그러나 나는 제대로 된 요약을 만들려면 내 입장에서 연구의 의미를 파악할 필요가 있다고 고집, 책 한 권 요약 만들 때마다 몇 차례씩 찾아가 마치 연구 심사라도 하듯 궁금한 것을 다 캐물었다. 단독 특강을 대놓고 받은 셈이다.

위에 인용한 공자와 재아의 사제 관계 이야기를 읽으며 그분과 나 사이의 별난 사제 관계가 떠올랐다. 역사학계에서 사제 관계라 하면 통상 연구 분야가 이어지는 사이를 말한다. 중국사 전공인 내가 한국사 전공인 김 선생님을 스승으로 받든다는 것부터 그런 상식에서 벗어나는 일이다.

선생님께서도 나를 제자로 잘 인정하지 않으신다. 반쪽 제자 정도로 봐줄까 말까다. 작년 봄 《밖에서 본 한국사》를 내고 돌베개 한철희 사장과 함께 인사드리러 갔을 때는 제자가 아니라고 밝혀 말씀하기까지 하셨다. 구상 단계부터 못마땅해하시던 것이 책으로 나온 것을 보고는 막 화를 내셨다. 나를 꾸짖는 것으로 모자라 한 사장에게까지 유탄이 튀었다.

"한 군이 뜻있는 출판 사업을 하는 것으로 믿고 있었는데, 어떻게 이런 걸 책이라고 냈는가!"

스승 입장이 아니라 장배長輩 입장에서, 말하자면 아저씨가 조카 대하듯이 나를 대하는 것이라고 말씀하시곤 했다. 그렇게 생각하실 면이 있다. 40년 전 서울대 사학과에서 통상적 의미의 사제 관계를 처음 맺었지만, 그분께 특별한 배움을 얻게 된 것은 1985년 6월 영국 케임브리지에서 한 달 동안 모시고 지낼 때부터였다.

니덤 교수의 동아시아과학기술사연구소에 체류하고 있을 때 파리에 체류 중이던 선생님이 중국 농업사 자료 조사를 위해 건너오셨다. 생활도 보살펴 드리고 연구소 안내와 통역을 맡아 전면적 접촉을 가지고 지냈다. 내가 유럽 인문학의 '인간적' 학풍에 빠져들고 있을 때였는데, 그와 얼핏 대조되는 선생님의 치열한 연구 자세가 또한 절실하게 다가왔다. 그 이후 내 공부하는 자세는 이 두 가지 축 위에서 새로 형성되었다.

선생님이 나를 제자로 여겼다면 그때 내 생활하고 작업하는 모습을 보면서 용납하지 못하셨을 것이다. 공자가 재아를 보고 한심해한 것보다 더하셨을 것이다. 그래도 흥미롭게 느껴지는 구석이 없지 않기에 곁을 주면서 학문의 올바른 길로 이끌어 주고 싶다는 마음이 드셨을 것이다.

1990년 내가 교수직을 그만둘 때는 선생님과의 관계마저 잃을 뻔했다. 반년 전부터 대학 떠날 생각을 시작하고 선생님께 말씀드렸는데, 어느 정도 반대야 예상한 일이었지만, 상상을 초월하는 강도였다. 몇 달 지나도록 내 뜻이 움직이지 않자 이런 말씀까지 하셨다.

"자네, 학교 그만두면 나랑 볼 생각 하지 말게."

학교를 그만두는 것은 현실적으로 학문을 그만둔다는 것이고, 학문을 그만둔 사람이라면 얼굴 볼 필요가 없다는 말씀이었다.

교수직을 그만두고도 3년간 학위논문에 공들이는 것에 신문사 일을 하면서도 공부하는 자세를 웬만큼 지키는 것에 마음이 누그러지셨지만, 내가 연구 활동에서 벗어난 것을 못내 아쉬워하셨다. 그러다가 내가 연구와 평론의 경계에 애매하게 걸친 《밖에서 본 한국사》를 내자 노여워하셨던 것이다. 이런 이야기를 꺼내고 싶으면 연구자의 입장을 굳게 지키면서 누구도 섣불리 반박하지 못하도록 당당하게 내놓았어야 하는 것 아니냐는 질책이었다.

몇 달 후 《뉴라이트 비판》 작업을 시작하면서 선생님을 찾아뵐 때 나는 무척 쫄아 있었다. 《밖에서 본 한국사》 갖고도 그렇게 노여워하셨는데, 현실정치와 관련이 있는 이런 작업을 한다면 반응이 어떠실지 겁이 났다. 그렇지만 일에 관한 생각이라면 뭐든 남김없이 알려드리던 20여 년간의 버릇을 갑자기 고칠 수도 없었다.

그런데 한 차례 설명을 듣고 몇 가지 질문을 하신 다음 잠시 생각에 잠겨 있다가 말씀하시는 것이었다.

"자네 같은 사람이 할 일이군."

작업이 끝나고 책을 가져갔을 때 돋보기를 쓰고 표지를 훑어보다가 "이번에도 돌베개에서 냈군" 하시고는 고개를 들고 빙그레 웃으며 말씀하셨다.

"한철희 군 한번 놀러오라고 하게. 전번에 야단쳐서 보낸 게 미안했는데, 이번엔 칭찬해 줘야지."

엊그제 가서도 《공자 평전》 작업에 관해서는 자신 있게 설명 드렸지만, 《망국 100년》 작업 말씀 꺼내면서는 조심스러웠다. 그런데 약간의 설명을 듣자마자 내가 구상하고 있는 중요한 포인트 하나를 앞장서서 짚어주시는 것이었다. 지도를 흠뻑 받은 뒤 인사드리고 나오면서 이런 생각이 들었다.

'아니, 이렇게 배우는 사람이 제자가 아니면 뭐야? 왜 나를 제자로 인정 안 하시는 거야?'

학문의 내용과 방법을 배운 스승이라면 여러 분을 댈 수 있다. 그러나 학문의 동기를 살피는 데는 25년째 맑은 거울 노릇을 해주시는 분이 김 선생님이시다. 연구 성과와 강의 외에는 사회와의 접촉을 거의 차단하고 살아오신 선생님께서 이 글도 못마땅해하실 것을 훤히 안다. 하지만 배운 것을 어떻게 활용하느냐 하는 것은 선생님 일이 아니라 내 일이다.

명경지수 같은 선생님의 삶과 천방지축 같은 내 삶을 나란히 놓고 보면 나 스스로도 선생님 제자라고 나서기가 어색하기는 하다. 그러나 사회에 대한 걱정에서 학문의 뜻을 일으키는 학인의 자세를 그분께 배웠으니 어쩌겠는가. 공자가 '큰 스승'의 모습을 세우는 데는 오죽잖은 제자들도 나름의 공헌이 있었다. 나도 선생님의 가르침에 부끄럽지 않은 작업을 꾸준히 찾아나가도록 노력할 따름이다. (2009. 12. 24)

사람이 사람답게 사는 세상을 향해

정세현 전 통일부장관

김기협 박사는 수년 전《밖에서 본 한국사》라는 책을 통해서 우리 사회에 대한 위협 요소들을 지적한 바 있다. 이번에는《김기협의 페리스코프, 10년을 넘어》라는 책을 통해서 역사학자답게 옛일을 거울삼아 우리 사회가 나아가야 할 방향을 제시하고 있다. '죽음보다 노출을 더 두려워해서' 연변延邊에 칩거하는 동안 쓴《밖에서 본 한국사》는 본인 스스로도 시인하듯이, 아웃사이더로서의 입장이 강했었다. 그러나 이번에 출간되는《김기협의 페리스코프, 10년을 넘어》는 2008년 가을 인터넷 신문《프레시안》에 '뉴라이트 비판'을 연재하는 동안 얻게 된 현실감각을 갖고 인사이더의 입장에서 썼다고 한다. 그는 자기가 그렇게 바뀌게 된 데는 노무현 대통령이 큰 작용을 했다고 말한 적이 있다.

역사는 사실史實 그 자체로서 존재한다기보다 해석되는 것이다. 그리고 역사적 사실에 대한 해석을 하는 데 있어서는 역사관이 매우 중요하다. 조선조 역사를 해석하는 데 있어서 식민사관과 민족사관 중 어느 역사관에 입각하느냐에 따라 그 결과는 천양지차로 달라진다. 그런데 역사관은 지나간 역사를 해석할 때만 중요한 것은 아닌 것 같다. 역사관은 눈앞의 문제를 분석·평가하는 데서부터 작용을 하기 때문이다. 오늘날 우리 사회를 다시 양극화시키고 있는 소위 '진보'와 '보수'라는 것도 이념의 영향을 받기도 하지만, 보다 근본적으로는 각자의 역사관과 맥이 닿아 있다고 할 수 있다.

김기협 박사가 현실 문제에 대한 평론을 하고 있지만, 그는 원래 역사학자다. 아버지(김성칠 선생)도 역사학자였다. 그래서 그런지 지극히 현실적이고 당면한 핫이슈를 분석·비판하면서도 역사관의 심지를 박는다. 그래서 그의 글은 연필 들고 밑줄 그을 준비를 해야 할 만큼 읽을 맛이 있고 통찰력이 있다. 역사학자답게 동서고금을 종횡무진으로 누비면서 사회과학과 자연과학의 이론까지도 끌어들인다. 그는 원래 서울대 물리학과에 입학했지만 1년 만에 국사학과로 전과를 했고 이후 역사학자로, 교수로, 전문기자로 일한 적이 있는 특이한 이력을 가지고 있는데, 그것이 오늘날 그의 글이 깊이와 넓이를 갖게 만들었을 것이다.

내가 김기협 박사를 처음 알게 된 게 1968년 봄이었으니 40년도 더 됐다. 단과대학 수석 입학생이라고 해서 고교 선배들이 커피(막걸리였을 수도)를 사주는 자리에서 그를 처음 만났다. 첫인상에서부터 수재보다 한 수 위인 귀재鬼才 기가 있었다. 세월이 흘러, 역사학으로 박사학위를 취득하고 대구 계명대학에서 가르친다고 들었는데, 2000년대 초에는 난데없이 중앙일보 전문기자가 되어 필명을 날리고 있었다. 그러던 그가 어느 날 홀연히 사라졌다. 물어도 아는 사람이 없었다. 역시 귀재 기가 동했던 것이다. 그런데 작년 여름 어느 날, 우연히 《프레시안》에서 그를 발견했다. 〈페리스코프〉라는 고정

칼럼에 노무현 대통령과 관련된 제목의 칼럼이 떴길래 읽어보았다. 지극히 시사적인 문제인데 필치가 예사롭지 않아서 필자 이름을 찾아보니 '김기협/역사학자'라고 적혀 있었다. 그래서 며칠 후《프레시안》박인규 대표의 중개로 그를 만나 식사를 같이하면서 그동안의 인생 역정에 대해서 좀 들었다.

그 인연으로 이번에 출간되는《김기협의 페리스코프, 10년을 넘어》의 추천사까지 쓰게 되었다. 아무튼 김기협 박사는 예리한 필치로 지극히 현실적인 문제를 분석·비판하면서도 역사에서 우리가 무엇을 배워야 하는지, 바람직한 미래를 위해서 역사를 어떻게 해석해야 하는지에 대해서 끊임없이 시사점을 주고 있다. 그리고 무엇보다도 그는 '사람이 사람답게 사는 세상' '함께하는 세상'을 만들어 나가기 위해 글을 쓰면서 '인간 사회가 갖추어야 할 최소한의 요건'을 제시하고 있다. 그런 점에서 그는 단순한 논객이나 시사평론가가 아니다. 철학가, 사상가의 반열을 향해서 나아가고 있는 것이다. 이 시대를 사는 사람들이 이 책을 읽어보아야 하는 이유가 바로 그것이다.

역사는 드러내 보이기만 하면 스스로 말한다

이정희 민주노동당 국회의원

10여 년 전, 새로운 변화가 시작된다는 희망을 가질 만했다. 군부독재자로부터 사형을 선고받았던 정치범은 대통령에 당선되어 대한민국을 실질적 사형제 폐지의 길로 들어서게 했고, 6·15 남북공동선언을 만들어 냈다. 그의 뒤를 이은 노무현 대통령에게 닥쳐온 탄핵의 위기에, 시민들은 촛불을 들어 민주주의를 지켜냈다.

그러나 10년 동안 한국 사회를 더 진전시켜야 할 책임을 진 사람들은 점차 갈라졌다. 민주주의는 이미 반석 위에 올라 흔들리지 않을 것이라고 생각한 것일까? 촛불의 힘쯤이야 언제든 가로막힘 없이 빌릴 수 있다고 여긴 것일까?

그로부터 고작 몇 해 만에, 한국 사회의 민주주의는 수십 년간 어렵게 쌓아온 시간을 일거에 거슬러 올라가 후퇴했다. 그 아픔이 우리를 성찰로 이끌고, 때로는 직접 움직이게도 만들지만, 그렇다고 그 아픔을 쉽게 참아낼 수 있는 사람이 과연 몇이나 되겠는가. 지금 우리의 마음은 쓰리고 아프다.

저자는 1990년대 후반과 2009년 두 시기의 한국 사회를 오가고, 때로는 국경을 넘나들며, '역사는 드러내 보이기만 하면 스스로 말한다는 확신'을 드러내 보인다. 저자는 "공자가 《춘추》를 정리하매 난신적자가 떨었다"는 옛말을 보여주며 역사 앞에 감당해야 할 임무를 피하지 않고 맞닥뜨린 이들의 생애를 짚어냈다. 인간이 인간을 아껴야 한다는 원칙을 지키기 위해 통념을 이기고 이익과 권세를 멀리하며 생명까지 내던진 이들이 만들어 낸 역사는, 시간과 공간을 뛰어넘어 사람의 마음을 움직인다. 저자가 씨줄과 날줄을 일일이 살펴 넓은 시야로 찾아낸 역사의 흐름은, 우리 마음의 상처를 치유하고 내면을 타오르게 하는 밑불이 된다. 부끄러워해야 할 사람들에 대한 질타조차 모질지 않다. 아마도 깊고 넓은 탐구와 사색의 힘이리라.

형가, 제주도, 그리고 노무현의 추억

이정우 경북대 교수 · 전 청와대 정책실장

《밖에서 본 한국사》《뉴라이트 비판》에 이어 외우 김기협 선생이 새 책을 냈다. 이번 책은 우선 형식이 독특하다. 10년 전에 본인이 썼던 칼럼들을 가져와서 거기에 최근 사건, 최근 생각을 덧붙이는 방식이다. 이런 형식의 글은 일찍이 본 적이 없는데 아주 참신하다. 아마 김 선생의 발명이 아닌가 한다.

1968년 대학 신입생 때 김기협을 처음 만났다. 경기고 이과 수석 졸업, 서울대 문리대 수석 입학이란 쟁쟁한 간판의 소유자였는데, 만나 보니 의외로 소탈하고 어수룩한 구석이 있었다. 그를 가리켜 "한국 사회의 중심부에서 바깥으로 바깥으로 도망쳐 나오기만 한 사람"이라고 평한 이도 있다는 대목이 책 속에 나오는데, 정말로 수긍이 가는 표현이다. 그는 정운찬 총리하고는 학창시절부터 워낙 잘 아는 사이여서 이 책에서도 그의 예상 밖 입각에 대해 걱정이 태산이다. 특히 정 총리의 촌놈 정신을 높이 사면서 그가 길을 잘못 들어간 것을 비판하고 있다. 김기협도 역시 비주류 정신, 촌놈 정신의 소유자다.

김기협은 주류에 있었지만 비주류로 살아와서 우리나라의 주류 중의 주류, 경기고 동창회에서는 골치 아픈 이단아로 지목되고 있지 않을까? 보수를 자처하면서도 도덕성 없는 보수, 한나라당을 혹독하게 비판하고 있으며, 이회창 후보 대신 노무현 후보를 지지했고 지금도 열렬한 지지를 보내고 있으니 말이다. 나는 노무현 정부에 들어가서 2년 반이나 일했지만 이 책을 읽어보면 노무현을 한 번도 만난 적이 없는 김기협이 오히려 노무현의 시대정신을 더 잘 이해하고 있는 것 같아 슬그머니 부끄러운 생각이 든다. 그가 노무현을 지지한 이유는 바로 촌놈 정신, 비주류의 저항정신이 통하기 때문일 것으로 짐작된다.

웬일인지 그는 대학 4년 동안, 그리고 그 뒤로도 경기고 동창생들보다는 우리 경북고 졸업생들과 어울리는 시간이 압도적으로 많았다. 촌놈 정신 때문에 그런지 지금도 경북고 동창생들 중에는 김기협을 경북중고 졸업생으로 착각하는 이들이 있을 정도다.

대학 시절에는 혜화동에 있는 그의 집을 뻔질나게 드나들며, 잠도 자고 밥도 얻어먹고 지냈다. 이 책 머리말을 읽어보니, 그때 아들의 철없는 친구들을 한 번도 싫은 기색 없이 따뜻하게 맞아주시던 그의 모친이 최근 건강이 안 좋으신 것 같아서 걱정이다. 그때의 빚을 어떻게 다 갚을까.

시간이 한참 지난 뒤 알고 보니 김기협의 선친은 유명한 역사학자 김성칠(《역사 앞에서》의 저자) 선생이고, 나의 선친과는 경북고 동기였다. 그러니 우리는 2대에 걸친 교우관계다. 1990년대 중반쯤인가, 그가 선친의 6 · 25 난중일기인 《역사 앞에서》 원고를 들고 와서 읽어보라고 한 일이 있다. 그때의 놀람은 지금도 기억이 생생하다. 나는 전쟁 와중에 그런 장문의 일기를 쓴다는 기록 정신이 우선 놀라웠고, 현실의 대세에 휩쓸리지 않고 냉철함을 유지하려는 지식인의 고뇌도 가슴에 와 닿았지만 특히 그 아름다운 문장에 반했었다. 아니나 다를까, 그 일기의 일부가 나중에 어느 교과서에 실렸다고 들었다. 이 책을 읽는 독자들이 저자의 정치적 견해에 모두 동의하지는 않겠지만 그의 문장력이 뛰어나다는 사실은 동의하지 않을 수 없을 것이다. 부전자전이란 말이 빈말이 아니다. 그의 문장은 촌철살인이다.

이 책은 동서고금을 종횡무진 넘나들므로 좀 어지럽다. 공자, 초나라 장군 자반, 사마천의 《사기》가 등장하는가 하면 이스라엘의 역사, 인도의 간디, 미국의 연금 부대 이야기도 나온다. 1930년대 초 미국 워싱턴에서 연금 부대라고 불린 퇴역 군인들의 시위에 후버 대통령과 루즈벨트 대통령이 상반되는 방법으로 대처했던 것을 재미있게 보여준다.

이 책에 나오는 자객 형가와 친구 고점리의 이야기는 시대를 떠나 모든 사람들의 가슴을 뛰게 하는 참으로 감동적인 부분이다. 내가 청와대에서 일할 때 노무현 대통령에게 이 이야기를 해드린 적이 있다. 한참이 지난 뒤 노 대통령은 그 이야기가 기억에 남았던지 형가에 대해 다시 한 번 질문을 하신 적이 있어서 더욱 감회가 새롭다. 노 대통령은 역사에 관심이 많아서 청와대 식사 시간에 역사가 화제에 오르는 경우가 참 많았다.

'해원상생의 섬, 제주도'를 읽으니 다시 노무현 대통령 생각이 난다. 2003년 가을쯤이지 싶다. 노 대통령은 제주도를 방문해서 4·3

사건에 대해서 제주도민들에게 정식으로 사과를 했다. 죄 없는 수만 명의 주민을 정부가 학살한 이 엄청난 사건에 대해서 대한민국 정부가 사과한 것은 반세기나 지난 뒤, 참여정부가 처음이었다. 나는 그 장면을 서울에 앉아서 TV뉴스를 통해서 보고 있었는데, 대통령의 사과가 나가고 난 직후에 기자가 뒷자리에 앉아 있던 어떤 아주머니에게 소감을 묻자, 그 아주머니가 떨리는 목소리로 "내 생전에 이런 날이 올 줄 몰랐습니다"라고 대답하는 것이었다. 평생 얼마나 한이 맺혔으면 저절로 그런 대답이 나왔을까. 나 역시 그 순간 가슴이 벅차오르면서 이런 대통령 밑에서 일하는 것에 큰 보람을 느꼈다. 나는 지금도 참여정부에 들어가 일한 것 중에서 가장 보람 있었던 일이 뭐냐고 누가 물으면 주저 없이 바로 이 순간이었다고 대답한다.

저자는 시종일관 보수를 자처하면서도 우리나라 집권층 보수에 대해서 정면으로 비판을 하고 있다. 이 책을 읽으면서 '이 정도 건전한 생각을 가진 보수가 많아지면 우리나라는 참 괜찮은 나라가 되겠구나' 하는 생각이 들었다. "이승만 정권이야 아예 식민지 총독부와 별 차이 없는 존재"라든가, "(대미) 종속 중독증의 가장 큰 증세가 경제성장 집착"이라는 주장은 정곡을 찌른다. 행정수도 이전, 미디어법 등에 대해서 도저히 납득할 수 없는 판결을 연달아 내린 헌법재판소에 대해서는 이완용과 비교하며 가차 없이 비판하는가 하면, 이명박 정부의 일제고사 도입 방침에 대해서는 멍텅구리 정책이라고 일침을 가한다. 주권자인 국민에게도 정신 차리라고 따끔한 충고를 잊지 않는다. 그러나 이 책이 비판 일색은 아니다. 실기고사를 폐지키로 한 홍익대 미대에 대해서는 박수를 보내고, 친일파 인명사전에 대해서는 많이 늦었지만 마땅히 해야 할 일을 한 것이라며 지지를 보낸다.

이 책은 자칭 보수가 쓴 한국의 정치평론서이다. 자칫 진부하기 쉬운 주제임에도 전혀 지루하지 않게 책장을 넘길 수 있는 것은 그 배경에 적절한 동서양의 역사가 수놓아져 있기 때문일 것이다. 이것이 바로 역사의 힘이다. 역사의 거울을 통해서 본 현대 한국이 이 책의 주제다. 이 책을 읽고 나면 속이 후련해지고 머리가 맑아지면서 유식해진 느낌이 든다. 이만하면 안심하고 추천할 만한 좋은 책이 아니겠는가.

외우 김기협은 오랜 친구인 나에게 추천사를 부탁하면서 제발 낯간지럽지 않게 써달라고 신신당부를 했고, 나는 그러마고 대답했다. '춘추필법으로 써야지' 하고 시작했는데 막상 다 쓰고 읽어보니 아무래도 칭찬 쪽으로 기운 것 같다. 그래도 하는 수 없다. 춘추필법으로 엄정하게 쓴 것이지 칭찬하자고 쓴 게 아니니까. 부디 많은 분들이 이 책을 읽기 바란다.

탄탄한 내공과 깊은 울림의 글

박인규 인터넷 신문 《프레시안》 대표

김기협 선배를 처음 뵌 것은 2002년 봄, 《프레시안》 사무실에서였다. 김 선배는 《프레시안》 창립자인 이근성 선배와 《중앙일보》에서 한솥밥을 먹은 인연으로 이제 막 걸음마를 뗀 《프레시안》에 이러저러한 조언을 해주었고, 그해 5월 말부터 〈김기협의 페리스코프〉 연재를 시작했다. 칼럼 첫 회의 편집자 주에는 페리스코프 연재를 시작하는 김기협 선배의 '야심'이 잘 드러나 있다

"필자는 80년대 대학에 있을 때는 공부의 깊이에 매달렸고 90년대 신문사 일을 하면서는 공부의 폭을 앞세웠다. 이제 양쪽을 아울러 시사를 역사로 보고, 역사를 시사로 읽는 눈을 다듬고 싶다는 게 필자의 생각."

이근성 선배를 통해 주위들은 김 선배의 지적 여정은 놀라운 바가 있었다. 서울대 문리대를 수석 합격한 물리학도에서 선배 역사학도 서중석의 현하지변에 매료돼 역사학도로 변신, 아버님은 6·25 때 젊은 나이로 돌아가신 역사학자 김성칠 서울대 교수, 나아가 90년대에는 그 좋다는 교수직을 때려치우고 《중앙일보》에서 전문기자로 활약 등등.

실제로 초창기 〈페리스코프〉는 동양사를 공부한 역사학자의 글이라기보다는 동서고금, 세상만사를 넘나드는 왕성한 지적 탐구열로 가득 차 있었다. 예컨대 첫 회는 '유태인의 이름을 팔지 말라!' 라는 제목으로 중동분쟁을, 2회는 2002월드컵 개막전 패배에 대한 한 프랑스 교수의 소감을, 3회는 인도-파키스탄 갈등을 다루었다.

더욱이 2004년 가을, 미래 세계의 운명을 판가름할 중국의 변화상을 현장에서 직접 관찰하겠다며 연변으로 홀홀 떠나는 모습을 보면서 '과연 이분의 탐구욕은 끝이 없구나' 하는 생각을 하게 됐다.

하지만 그때까지 김 선배가 갖고 있는 지식의 폭과 깊이에 놀라면서도 그의 글에 공감까지 한 것은 아니었던 것 같다. 속된 말로 '2% 부족' 이라고 해야 할지, 어쨌든 '가슴 속의 울림心琴' 까지는 느끼지 못했던 것 같다.

김 선배의 글에 깊이 공감하게 된 것은 약 4년의 공백을 깨고 2008년 8월 〈페리스코프〉에 선을 보인 '뉴라이트 역사관 따져보기' 에서였다. 20회 가까이 계속된 이 연재에서 김 선배는 뉴라이트의 인간관·역사관·사회관을 그야말로 통쾌하게 논박했다. 뉴라이트의 주장에 대해 불만을 느끼면서도 그 정체가 뭔지를 꼭 집어내지 못했던 내게 그 명확한 실체를 보여주는 듯, 속이 시원해지는 글이었다.

실제로 연재가 계속되는 두 달여 동안 그의 글 대부분은 《프레시안》 기사 중 가장 많은 조회수를 기록했다. 2004년 중국으로 떠나기 이전 〈페리스코프〉에 실렸던 40여 편의 글들에 비하면 0을 2개나 더 붙여야 할 정도로 독자대중들의 폭발적 반응을 이끌어 냈다.

한마디로 김기협 선배는 뉴라이트 비판을 통해 '현실감각을 얻었고' 또 '이 사회의 구성원으로서 자기 자리를 찾은 것'이다. 하지만 뉴라이트 비판이 결정적 계기일지는 몰라도 그것이 전부일 수는 없다. 예컨대 2008년의 촛불시위라든가, 2009년 노무현 전 대통령의 돌연한 죽음, 그리고 본인이 고백한 것과 같은 어머니와의 화해 등도 김 선배의 글에 '현실감각'을 불어넣는 데 커다란 역할을 했다고 해야 할 것이다.

그러나 김기협 선배의 글이 오늘날과 같이 탄탄한 내공과 깊은 울림을 갖게 된 것은 40여 년에 걸친 절차탁마가 위의 여러 계기들을 거치면서 단련된 결과가 아닌가 생각해 본다. 본인은 아웃사이더의 글이라고 말하지만, 나는 〈뉴라이트 역사관 따져보기〉를 계기로 《밖에서 본 한국사》를 새롭게 읽으면서 그의 한국사에 대한 폭과 깊이, 그리고 무엇보다도 균형감각에 깊은 감명을 받았다.

〈김기협의 페리스코프〉는 《프레시안》 창간 직후인 2002년 5월 말부터 최근까지 9년간 100회 이상 연재되고 있다. 또 올해 초부터는 '망국 100년'이라는 제목 아래 19~20세기 우리 민족의 실패를 반성해 보는 야심찬 연재를 계속하고 있다. 그런 점에서 김기협 선배는 《프레시안》의 창립 동지이자 평생 동지라고 해야 할 것 같다.

무엇보다도 수십 년 불화했던 어머니와의 아름다운 화해를 축하해 드리고 싶다. 그리고 '같은 세상을 함께 살아가는 사람들을 시비지심에 얽매임 없이 아끼는 마음을 일으킬 수 있게 된 것'에 대해서도 진심 어린 축하를 보내며, 그런 평상심으로 앞으로도 계속 우리들의 심금을 울리는 글을 써주실 것을 부탁드리고 싶다.

'주변인'의 참여의식을 읽다

유시민 전 보건복지부 장관

《밖에서 본 한국사》(2008)와 《뉴라이트 비판》(2008)에 이어 세 번째로 김기협 선생의 책에 '추천사'를 쓰려니, 책 자체보다 책을 쓴 사람에 관한 생각을 조금 말하고 싶어진다. 저자가 쓴 머리말을 보니 이번 책은 저자 자신에게도 자기 입장을 여러 모로 돌아보는 계기가 되었다고 한다.

10여 년 전, 연구 프로젝트 하나를 함께 수행한 이래 그는 내가 흥미롭게 바라보는 사람 가운데 하나가 되었다. 공부에는 열심인데 공부한 것을 써먹는 데는 소홀하다는 사실이 가장 흥미로웠다. '공부를 위한 공부'가 아니라 세상을 위해 쓸모 있는 공부를 하겠다는 '실학자'의 면모를 가진 사람인데도 그런 것이다.

그는 스스로를 아웃사이더라 하는데, 이것은 아마 '참여'를 외면하고 사는 자세 때문인 듯하다. 그런데 자신이 이 책에 실린 글을 쓰면서 비로소 인사이더로 전향하게 되었다고 말한다. 정말일까?

그를 설명하는 데는 인사이더나 아웃사이더보다는 '주변인'이라는 표현이 더 적절하지 않을까 싶다. 그는 '주변인'으로 보이지만 언제나 자기 나름의 독특한 참여의식을 가지고 있었다. 그가 행동으로 직접 참여하는 일을 회피한 것은 '현상'에 가려져 있는 '현실'을 파고들려는 의욕 때문이었을 것이다. '주변인'의 참여의식이라고 할까.

공자는 《논어》에서 "사람들이 알아주지 않아도 불편해하지 않는人不知而不慍" 것이 군자라고 말했다. 자기 공부의 의미를 스스로 알아 남의 확인을 받는 데 급급하지 않는 그의 자신감이 부럽다. 그런 자신감이 있어야 현상에 휩쓸리지 않고 현실을 파고들 수 있을 것이라는 생각이 든다.

그가 열 살이나 아래인 나를 '친구'로 여기면서 글을 부탁했다. 한편으로 흐뭇하기는 하지만 어쩐지 어색하고 불편하기도 하다. 그런 감정을 달래려고 나는 열 살밖에(!) 차이가 나지 않는 그를 '선생님'으로 깍듯이 모신다. 그의 역사관과 인생관이 내 것과는 사뭇 다르지만, 역사와 인간을 바라보는 그의 시선에서 배우는 것이 많으니 '선생님'으로 모셔도 억울할 것이 없다.

재작년 《뉴라이트 비판》 이래 그의 글이 변해가는 것을 착잡한 마음으로 지켜보았다. '주변인'의 필치에 감성 또는 열정이라 할 어떤 것이 섞여드는 것이 반가우면서도 안타까웠다. 세상과의 거리를 좁힘으로써 자기의 생각과 뜻을 더 널리 펼쳐 보이는 것은 반가운 일이다. 그러나 무엇이 그런 변화를 일으켰는지 생각하면 이런 사람마저 초연한 자세로 '현상'을 바라볼 수 없게 만든 현실이 마음을 불편하게 한다.

1년간의 글이 모여 있는 것을 보니 그때그때 한 꼭지씩 읽던 것과 달리 하나의 흐름이 보인다. 이 글들을 불러낸 감정의 격동 중에는 내가 깊이 공감했던 것도 있고 그렇지 않은 것도 있었다. 이제 와서 보니 크게 공감하지 않았던 것들이 오히려 무엇인가 나를 일깨우고 생각하게 만든다. 내가 개입했던 현실에 직접 개입하지 않았던 사람의, 내 것과는 다른 시각으로 세상을 보게 하기 때문일 것이다. 2009년을 유난히 아프고 슬픈 기억으로 떠올리는 독자라면 누구에게나 좋은 되새김의 기회를 주는 책이다.

제대로 토론할 만한 보수주의자를 만나다

홍세화 한겨레 기획의원

저자는 자신이 보수주의자임을 거듭 천명한다. 거기에는 기득권 말고는 보수할 게 없는 한국의 가짜 보수, 참칭 보수들뿐만 아니라 나 같은 사람도 그 언저리에 있는 '몽상적' 진보주의자들에 대한 비판의 날이 예정되어 있다.

한국 사회의 주류를 차지한 보수 세력, 그렇지만 극우와 선을 그을 줄 아는 보수를 만나기는 대단히 어려운데 이점은 스스로 진보라고 말하는 사람들 중 대다수가 그럼에도 좌파는 아니라고 말하는 점과 만난다. '진보'와 '개혁'이라는 두 단어가 '진보개혁'이라고 묶이는 것도 한국에서나 볼 수 있지 않을까 싶다. 이렇게 뒤엉켜 있는 곳에서 제대로 토론할 만한 보수주의자를 만났으니 반가운 일이 아닐 수 없다.

가령 저자는 이라크에 파병을 하고 한미FTA를 추진한 노무현 전 대통령에 대해서는 무척 너그러운 데 반해 진보주의자들에 대한 비판의 칼날은 무척 매섭다. 나로선 그가 바탕을 두고 있는 현실 논리에 '피할 수 없는 현실'이 '바꾸어야 할 현실'을 지나치게 압도하고 있는 것은 아닌지 묻고 싶은데, 스스로 '피할 수 없는 현실'을 지키려고 보수주의자라고 말하는 것은 아니라고 믿는다. 또한 그가 노동자나 민초가 아닌 통치자의 시선을 갖고 있어서라기보다 실사구시의 정신과 '밖에서 본' 역사학자의 시선이 결합된 데서 비롯된 것이리라 믿고 싶다.

내가 그에게 귀를 기울이는 것은 무엇보다 배움이 있기 때문이다.